DIMP3E

D0625751

LE JUGEMENT

Du même auteur :

Das Thema des Todes in der Dichtung Ugo Foscolos, Universität des
    Saarlandes, 1967.
Huysmans A Rebours und die Dekadenz, Bouvier, 1971.
Zum modernen Drama, Bouvier, 1973 (2ᵉ édition : 1975).
Siegfried Lenz : Das szenische Werk, en collaboration avec W. J. Schwarz,
    Francke, 1974.
Christa Wolf : Wie sind wir so geworden wie wir heute sind ?, Lang, 1978.
Kein Schlüssel zum Süden, Bläschke, 1984.
L'autre Pandore, roman, Leméac, 1990.
Berbera, récits, Boréal, 1993.
Solistes, nouvelles, L'instant même, 1997.
Literatur in Québec. Eine Anthologie, en collaboration avec François Ouellet,
    anthologie, Synchron, 2000.
Orfeo, roman, L'instant même, 2003.
La littérature québécoise 1960-2000, en collaboration avec François Ouellet,
    essai, L'instant même, 2004.
La bonbonnière, roman, en collaboration avec Guy Boivin, L'instant même,
    2007 ; 400 coups, 2008.

HANS-JÜRGEN GREIF

Le jugement

roman

L'instant même

Maquette de la couverture : Anne-Marie Jacques
Illustration de la couverture : Niklaus Manuel Deutsch, *Le jugement de Pâris*, 223 × 160 cm, Kunstmuseum, Bâle, inv. nº 422.
Photographie : Kunstmuseum Basel, Martin Bühler
Photocomposition : CompoMagny enr.

Distribution pour le Québec : Diffusion Dimedia
539, boulevard Lebeau
Montréal (Québec) H4N 1S2

Distribution pour la France : Distribution du Nouveau Monde

© Les éditions de L'instant même et Hans-Jürgen Greif, 2008

L'instant même
865, avenue Moncton
Québec (Québec) G1S 2Y4
info@instantmeme.com
www.instantmeme.com

Dépôt légal – Bibliothèque et Archives nationales du Québec, 2008

Catalogage avant publication de Bibliothèque et Archives nationales du Québec et Bibliothèque et Archives Canada

Greif, Hans-Jürgen

    Le jugement

    ISBN 978-2-89502-256-5

    1. Manuel, Niklaus, 1484 ?-1530 – Romans, nouvelles, etc. I. Titre.

PS8563.R444J83 2008   C843'.54   C2008-940433-5
PS9563.R444J83 2008

L'instant même remercie le Conseil des Arts du Canada, le gouvernement du Canada (Programme d'aide au développement de l'industrie de l'édition), le gouvernement du Québec (Programme de crédit d'impôt pour l'édition de livres – Gestion SODEC), et la Société de développement des entreprises culturelles du Québec.

Berne, juillet 1518

LE PEINTRE Niklaus Manuel sortit afin d'acheter des œufs. Il en avait besoin car il était temps de commencer la toile que lui avait commandée dans des circonstances humiliantes Bendicht Brunner, membre du Petit Conseil. L'homme désirait une illustration du *Jugement de Pâris*.

Margaretha, la fille de Niklaus, n'avait cessé de pleurer pendant la nuit, les jambes remontées contre le ventre, le visage congestionné. L'enfant portait le même nom que sa grand-mère paternelle, mais on l'appelait Margot, sa mère préférant le nom français aux sonorités plus élégantes. Tous l'avaient portée et bercée à tour de rôle, ses parents, la tante Sophia, qui avait assisté sa sœur à l'accouchement et qui était depuis lors restée avec eux, la servante, Bärbli, ainsi que Melchior, l'apprenti du peintre, qui aurait dû préparer les couleurs pour la séance de travail du matin. Peu après minuit, Margot avait lâché des selles brunâtres, liquides, si malodorantes que le père avait refusé de l'approcher, craignant que la chose fût contagieuse. D'après Bärbli, une rustaude de Bruggen qui leur coûtait peu, forte comme un bœuf et si laide que personne n'en avait voulu, la fillette allait vivre plus longtemps que sainte Anne. Car, disait-elle, subir toutes les maladies à l'enfance endurcit le corps et lui donne

7

une excellente santé pour la vie. Si c'était vrai, Margot atteindrait sans doute un âge biblique. Même l'apothicaire de la ville, maître Alleman, le père du peintre, qui vendait également des épices et de beaux tissus italiens, s'était étonné devant l'obstination avec laquelle ce paquet de chair maigrelette s'agrippait à la vie.

Pendant plusieurs mois, et après que le sein de la mère se fut tari, Margot avait vomi de la bile sur la poitrine de sa nourrice. Elle accepta enfin un mélange de laits de brebis et de chèvre auquel son grand-père apothicaire et sa tante, versée dans le pouvoir des plantes, ajoutaient quelques gouttes de laudanum et de vin cuit. Tous deux s'entendaient pour dire que, comme l'enfant fourrait son nez partout, elle avait dû trouver et manger quelque chose de contraire à sa digestion, des mûres, peut-être, ou des légumes crus. Le mois d'avant, cela avait été des fraises, puis des cerises, provoquant des coliques douloureuses. Bärbli, pour flatter sa patronne, disait que c'était sans doute nerveux et que cette condition se retrouvait dans les vieilles et bonnes familles.

Après la débâcle, Bärbli avait lavé et langé Margot qui s'était tout de suite endormie. La mère, assise sur un coffre dans la chambre, sommeillait, épuisée, tandis que Sophia se préparait à sortir et rendre visite aux hospices du Saint-Esprit et des antoniens où des malades la réclamaient. La servante, ainsi que l'apprenti Melchior Aeppli, qui faisait tout dans l'atelier depuis qu'il avait fallu licencier les peintres et les hommes engagés pour la décoration de la voûte de la cathédrale Saint-Vincent, attendaient le lever du soleil pour commencer leur longue journée de travail.

Dès l'aube, la rue s'animait. Artisans, marchands et ouvriers ouvraient magasins et échoppes, s'installaient avec les tables, les outils, leurs marchandises sous les arcades aux colonnes trapues. À quatre heures, le vacarme des voix, des marteaux, des scies, le bruit des chevaux, des mules, des charrettes augmentait. Il diminuerait une première fois vers midi, une deuxième à l'Angélus, et ne cesserait qu'à la tombée du jour, vers dix heures.

Il faisait terriblement chaud. Bien que moins meurtrière que celle de l'année précédente, qui avait fait des milliers de morts dans le sud du Saint-Empire, la chaleur, une de ces chaleurs moites qui s'abattaient chaque année sur la région et sévissaient pendant deux ou trois semaines, collait les vêtements au corps. Et pas le moindre souffle d'air. On avait beau ouvrir les fenêtres pendant la nuit, cela ne donnait rien. Dans le jour, le soleil chauffait à blanc les toits des maisons et les murs épais en grès brun ou gris. Heureusement, les fontaines fournissaient une eau toujours claire et fraîche. Dans le corridor, le long du mur, la servante avait placé des brocs sur des tables basses ; le peintre s'était lavé avec soin les mains et le visage, puis s'était rasé et avait terminé sa toilette en imbibant d'alcool un linge blanc qu'il s'était passé en grimaçant sur les joues et le cou, ensuite sous les aisselles, à l'aine et entre les orteils. Il avait glissé une pierre d'alun mouillée sur les égratignures causées par la lame et, pour finir, avait étalé sur la peau rougie une noix de crème épaisse parfumée de musc, une des spécialités de son père. De ce dernier, il avait hérité le dégoût de la saleté, de la crasse des gens, de leur peau sentant le beurre rance, de l'intense senteur aigre des aisselles, des cheveux gras et malodorants.

C'est d'abord pour son ardeur au combat que Katharina avait remarqué et admiré Niklaus. Lors d'une fête à la « nouvelle » mairie, érigée après le terrible incendie survenu cent ans auparavant, deux fils de conseiller s'étaient querellés pour attirer les faveurs de la jeune fille. Constatant qu'elle restait indifférente, ils l'avaient prise à partie. Niklaus était intervenu, s'attirant l'ire des deux coqs qui avaient fondu sur lui. La rixe n'avait duré qu'une minute. Katharina avait eu les joues en feu, accordant au vainqueur un sourire.

Dès son premier voyage en Italie au service du roi de France, Niklaus s'était lié d'amitié avec Hans Frisching, qui l'avait ensuite présenté à sa sœur, une des plus belles jeunes filles de Berne : poitrine généreuse, taille fine, regard vif, teint rose, cheveu châtain. Toute la nuit, ils avaient dansé et parlé. Elle aimait sa voix, sa force mâle, ses récits de batailles, ses descriptions de la misère qu'engendre la guerre, les souffrances des pauvres gens. D'un carnet gardé dans une des manches de sa chemise extrêmement amples selon la mode, il avait sorti quelques dessins, puis fait un croquis d'elle, rapidement, à la sanguine. Elle était restée bouche bée devant son image, fixée sur le papier en si peu de temps. C'était prodigieux, presque un miracle. Pressant le dessin sur son cœur, elle avait balbutié des mots de remerciements. Quelques mois plus tard, la cour s'était conclue par le mariage, malgré les objections du père Frisching, conseiller et gouverneur d'un territoire appartenant à Berne. Comment un des hommes les plus influents de la ville aurait-il pu donner spontanément sa fille à un étranger au nom incertain, un romand, un *Walch* enfin, dont la famille, venue d'un patelin obscur près de Turin, en Italie, s'était établie à Berne il y avait une génération à peine ? De plus, Niklaus exerçait un métier qui n'en était pas un, selon lui. « Berne est trop petit pour y vivre de la peinture », avait-il dit. « Si nous avons besoin d'un tableau dans une de nos églises, nous pouvons nous accommoder de quelqu'un de passage ou encore inviter un peintre de Bâle, Lucerne ou Zurich. Ils nous fabriquent les retables dont nous avons besoin. »

Mais la mère, née Anna Fränkli, ainsi que sa cadette Sophia avaient été séduites par ce beau garçon respectueux, taciturne, à la mine sereine, aux blonds cheveux bouclés, au corps musclé, avec ses doigts fins et son profil racé au nez aquilin. Après un bref coup d'œil sur la braguette, la mère avait lancé un sourire rassurant à sa fille : si ce garçon devait tenir la moitié des promesses affichées, Katharina serait comblée. Et Sophia de lui murmurer à l'oreille : « Crois-moi, tu en feras ce que tu voudras, malgré ses habits élégants de mercenaire. Et puis, il est superbe, je comprends qu'il te plaise ». Pourtant, pendant sept ans, Katharina avait attendu son premier enfant vivant. Les jeunes gens se pavanaient avec un entre-jambes exagérant leur « nature » et dont la taille réelle faisait souvent pleurer la jeune mariée, déçue. Lui, au contraire, il avait tout pour la rendre heureuse et lui faire des marmots en santé. Son charme lui venait peut-être du fait qu'il n'était pas un Confédéré à part entière, avec ce père – en supposant que l'apothicaire et marchand d'étoffes Emmanuel Alleman fût son père, et qui signait soit Alemann, soit de Alamanis, comme la famille s'appelait autrefois, – et ce grand-père, Jacobus, apothicaire aussi, qui avait quitté Chieri, bourgade non loin de Turin. Le vieillard cassait encore son allemand et ne lisait ses livres savants qu'en latin ou en italien.

Après deux fausses couches, dont la seconde (un garçon au sixième mois) avait failli la tuer, Katharina s'était persuadée qu'elle devait se plier à la volonté de Dieu et accepter que ses enfants ne survivaient pas. Déjà, elle s'était faite à l'idée de mourir dans une chambre sans feu à la maison de son père. Mais Margot était venue, et Sophia, avec le poupon si souvent malade, était restée. De deux ans la cadette de Katharina, elle était très différente de sa sœur, le cheveu d'un blond presque blanc, le regard bleu, parfois vert, le visage long et étroit, le corps mince, les attaches aussi fines que celles d'une enfant. Elle parlait peu, riait encore moins, tout au plus si elle souriait de temps en temps. C'était une jeune femme silencieuse, efficace et effacée, raisonnable. Au début, le peintre se disait qu'il y avait trop de jupons dans la maison. Il regrettait l'absence d'un fils. L'apprenti n'avait que seize ans, son regard ne s'allumait pas encore à la vue des femmes ; il n'avait pas osé accompagner son maître dans les bains publics, situés au pied de la cathédrale Saint-Vincent.

« Bonjour, maître Niklaus ! » À chaque salutation qu'il rendait aimablement, il se sentait un imposteur. Lui, un maître ? Maître de quoi ? Suffisait-il pour se faire appeler « maître » d'avoir ouvert son propre atelier, l'an dernier ? Il allait devoir le fermer si les commandes continuaient à se faire aussi rares. À dire la vérité, pendant ses années de compagnonnage, il n'avait jamais fréquenté un atelier de renom, ni à Bâle, à Augsbourg ou à Nuremberg, ni ailleurs dans l'Empire germanique. Partout où il avait passé, les places étaient prises, les maîtres disaient qu'il avait du talent pour le dessin, mais que son expérience, dans le domaine de la peinture, la vraie, celle qui lui assurerait un revenu convenable, était par trop lacunaire, alors qu'il n'aspirait qu'à apprendre et à entrer dans leurs secrets. Personne n'avait voulu de lui. Il regardait ce que les autres compagnons faisaient, il les copiait. À cette époque, pour survivre, il avait dû offrir ses services comme journalier chez des artisans de toute sorte, car il était habile de ses mains. La vie s'annonçait difficile : depuis une demi-douzaine d'années, les prix augmentaient de manière effarante. Maintenant, il fallait dépenser le double pour le pain, le vin, les produits maraîchers, la viande. En même temps, les monnaies se dépréciaient ; on ajoutait du cuivre à l'or, de l'étain et du plomb aux pièces d'argent.

Il avait dessiné depuis son enfance, sans trop penser à ce qu'il faisait, et surtout à l'école, sous l'œil courroucé du *magister artium* Lupulus qui avait cru bon, pour faire plus savant, de traduire en latin le nom de Wölflin que lui avait légué son père et qu'il trouvait vulgaire. Niklaus n'avait montré aucun intérêt pour les matières, latin, grec, astronomie, physique, langues étrangères, ces choses difficiles à comprendre parce qu'il ne pouvait pas les dessiner. Il avait tout juste appris à lire, à écrire et à faire des calculs élémentaires. Le reste lui entrait par une oreille et sortait par l'autre. Il avait été un enfant taciturne qui se mêlait rarement aux jeux de guerre où les autres s'infligeaient des ecchymoses honorables avec leurs dagues en bois, leurs lances sans pointes et les grands glaives « à deux mains » ou les épées longues, également en bois, qu'ils allaient devoir manier dans quelques années. Il dessinait, lui. Avec la même facilité, il composait vers et quolibets dans lesquels il se moquait du *magister*. Les feuilles provoquaient l'hilarité des camarades quand elles circulaient sous les bancs. Mais il ne put suivre les bons élèves qui, après avoir terminé leur apprentissage chez Lupulus, avaient continué leurs études d'abord à l'école de Saint-Vincent, dirigée par les pères dominicains, puis dans des universités célèbres : Leyden, Varsovie, Bologne, Paris. Les autres élèves étaient entrés comme apprentis auprès des maîtres de différents métiers, brasseurs, ébénistes, maçons, sculpteurs de pierre, céramistes, orfèvres, tisserands, teinturiers, ferronniers, tonneliers, tout ce qui était nécessaire au bon fonctionnement de la ville et qui rapportait de l'argent.

À Pavie, son grand-père maternel, Thüring Fricker, avait obtenu le titre de docteur en droit après avoir fréquenté l'université de Heidelberg. Ces études lui avaient valu d'être engagé par le Petit Conseil de Berne comme secrétaire de la ville, avec un revenu modeste mais stable dont il se contentait.

Pour sa mère, Niklaus avait été une grande déception. L'apothicaire, bel homme, avec son allure soignée et ses vêtements coupés dans de somptueux tissus venus du pays de son père, avait séduit Margaretha avec sa science des plantes, des poisons, des potions, des onguents, des pommades, des crèmes, ses livres, son laboratoire. Puis, il l'avait abandonnée, car sa femme, avec laquelle il avait deux enfants, ne voulut rien savoir ni de la mère ni du petit bâtard. La seule consolation de Margaretha : le *Walch*, comme on l'appelait, ou l'étranger, ne fermait pas la porte à Niklaus qu'il aimait bien. Il l'avait reconnu comme son fils et lui avait donné le nom d'Alleman. Surtout, elle n'avait jamais à payer pour les remèdes. Avant même que l'enfant ne fréquentât l'école, elle dut se rendre à l'évidence : ce garçon avait constamment l'esprit ailleurs. Elle devait l'appeler deux ou trois fois avant que son regard ne la fixât, et alors il la toisait comme s'il la voyait pour la première fois. Il souriait pendant qu'il était ailleurs, mais ne voulait jamais raconter ce qu'il voyait dans ses rêves éveillés.

Quand sa mère épousa Hans Vogt qui lui avait fait promptement une fille, Niklaus demeura parfaitement indifférent devant cet homme, un bon diable pourtant, absent de la maison pendant de longues périodes puisqu'il s'engageait chez de grands propriétaires terriens qui, en faisant défricher, acquéraient de nouvelles terres, cadeau de l'empereur. Pendant les absences du mari, Margaretha s'occupait des champs, du bétail, comme une paysanne, condition bien au-dessous de son rang. Son père lui avait prédit qu'elle ne pourrait espérer mieux que Vogt, avec le bâtard du *Walch* sur les bras. Elle s'était résignée, mais gardait des allures de femme qui a connu des jours meilleurs : elle se lavait régulièrement avec du savon que lui offrait Alleman, et soignait sa mise. Elle avait une assez belle robe, qu'elle modifiait selon la mode, et un chapeau qu'elle mettait quand il lui fallait se rendre à Berne. La famille habita d'abord une maisonnette près de Bolligen, puis déménagea à Ostermundigen où elle occupait une masure avec deux pièces et quelques ouvertures pour chasser l'air vicié en hiver et la chaleur en été.

Vogt n'avait jamais rudoyé Niklaus ; cependant, sa saleté, l'odeur de sueur et d'urine qu'il dégageait faisaient fuir le garçon. En fait, Vogt n'était pas plus sale que d'autres. L'été, les paysans portaient une chemise en gros lin rugueux qui, à l'automne, était toute tachée, souillée, brunâtre et déchirée. Au début de l'hiver, on en enfilait une autre, doublée d'une espèce de bure en laine brun foncé s'arrêtant à la hauteur des fesses. Des chausses de laine informes couvraient les cuisses et les genoux et il fallait s'envelopper les mollets de longues bandelettes qui se défaisaient continuellement. Aux pieds, des souliers en cuir mou, grands comme des barques, enduits de graisse de porc.

Le père de Niklaus lui avait raconté l'origine des paysans, telle que décrite par Battista Mantuanus, peu avant la fin du siècle dernier. Selon l'auteur, Dieu avait rendu visite à Ève pour voir ses enfants. Rapidement, elle en avait lavé certains. Dieu, ravi de les voir si propres, les faisait rois, ducs, comtes, juges. Alors, Ève sortit les sales. En les voyant couverts de crasse, Dieu les fit paysans et leur donna des métiers sans noblesse.

C'est dans le sud de l'Empire que Niklaus avait eu l'occasion d'observer la vie des paysans. Ses contacts avec eux, son beau-père Vogt excepté, à Berne et autour, se réduisaient à un minimum, sauf les jours de marché où ils préféraient envoyer les femmes qui se lavaient au moins la figure, les mains, et portaient des vêtements propres. En comparaison avec les fermes des « Souabes », c'est-à-dire des territoires de l'autre côté du Rhin, celles de l'Oberland bernois lui semblaient des modèles de propreté. Si Vogt puait, des Souabes émanait une odeur de charogne, absolument pestilentielle. Il les avait trouvés vulgaires, arrogants, vicieux, dangereux, imprévisibles dans la colère. Dès qu'il se disait originaire de Berne, ils le traitaient en imbécile : « Allez, vous et vos vaches, et le beurre et les fromages que vous vendez aux monastères ! Voleur de chevaux, va ! Voilà un autre *Reyslouffer* qui vend sa peau aux Français ! Tous les Confédérés sont des *Reyslouffer,* à ce qu'on dit. Vous *courez au voyage,* le mot est bien trouvé, mais vous courez à la mort et au diable. En plus, tu te dis peintre, ce qui n'est pas un métier honnête, mais celui d'un fainéant sans feu ni lieu ». Ils se rengorgeaient : le grain de l'Oberland ne valait pas le leur, ils vivaient bien sous la protection du noble local, alors que Berne et les autres villes de la rive gauche du Rhin avaient chassé la noblesse pour montrer leur indépendance face aux Habsbourg qu'ils détestaient, tandis qu'en réalité, ils n'en voulaient plus, trop avares pour payer leur pfennig et leur dû à l'Empire.

À les entendre, Niklaus se serait senti comme le survivant d'un âge révolu, n'eût été son nom qui le rattachait à une civilisation raffinée. Il se répétait que ces gens étaient des ignares crasseux qui dormaient sur la paille. Leur peau galeuse, boursouflée, était piquée de puces, de poux, de toutes sortes de vermine. Ils avaient peur de l'eau qu'ils disaient empoisonnée. Ils ne se lavaient presque jamais, sauf sur ordre du médecin. Leur laideur l'avait fasciné pendant un moment, les hommes gras, mêmes jeunes, les femmes énormes, avec des goitres descendant jusque sur la poitrine, les dents pourries, les bouches édentées des vieux et leur haleine fétide. De leur nez s'écoulait une morve verdâtre que la plupart reniflaient pour ensuite l'avaler tandis que d'autres, dans un accès de politesse, se mouchaient dans la main qu'ils essuyaient sur leurs chausses.

Il avait assisté à des kermesses où les paysans de l'Empire s'empiffraient de choses immondes, engloutissaient des tripes nageant dans une épaisse soupe brune au fumet répugnant, de la viande de bœuf brûlée ou saignante, de la cervelle de porc bouillie, des estomacs de vache farcis de gruau, durs comme du cuir, immangeables. Ils se chamaillaient dès qu'ils buvaient un hanap de bière ou un verre de schnaps, s'engageaient dans des jeux où l'un brisait les doigts de l'autre, ce qui les faisait rire à s'en tenir les côtes. Soûls, les plus jeunes tentaient d'atteindre des saucisses, des jambons suspendus à l'extrémité d'un grand mât. Mais, comme ils glissaient sur la dernière partie, enduite de savon, ils devaient se laisser choir dans des ballots de foin, grommelant des obscénités. Ces divertissements dégoûtaient Niklaus. Une fois, à Nuremberg, le crieur public avait annoncé une « danse des nez », tenue le dimanche suivant. Comme il ne pouvait imaginer pareille chose, Niklaus s'y était rendu avec un ami, Niclas Meldemann, excellent graveur de bois, pour assister à un concours couronnant les nez les plus laids parmi les paysans. Il y avait des trompes d'animaux exotiques, des nez gonflés par des furoncles ou gros comme des choux dont le bout pendait jusqu'au menton, d'autres en queue de cochon, courbés, aplatis, couverts de verrues. Aux gagnants – ils étaient nombreux – revint l'honneur d'une danse à laquelle se joignirent bientôt les autres, joyeux, beuglant des chansons grivoises et martelant le sol de leurs bottes crottées.

« Par ici, maître ! Les œufs sont frais, d'hier soir ! Deux douzaines, n'est-ce pas ? » Il s'arrêta devant l'échoppe de Barbara Märkli, dont le mari cultivait quelques arpents des hautes terres de Berne. Aveuglé par le soleil, sentant avec agacement des gouttes de sueur lui couler le long des tempes, il ne voyait pas ce qui se passait au fond de la boutique, derrière les arcades, mais il entendait les cris de poules effrayées. « Venez, entrez ! lui dit-elle, il y en a juste deux qui me donnent du mal à les attraper. Sales bêtes, ça court plus vite que le diable ! »

Le peintre arriva devant l'étal de la paysanne, débordant de légumes. Malgré l'heure matinale, il faisait si chaud qu'une brume blanche cachait les montagnes au loin. Niklaus tira un mouchoir de la manche de son pourpoint afin d'éponger la sueur qui lui coulait maintenant dans le cou. Il se dit qu'il aurait pu sortir en chemise, simplement, comme les autres. Mais à la recommandation de son père, il se faisait un point d'honneur d'être toujours correctement vêtu. Au fond de la voûte, la marchande venait de saisir une poule, lui serra les ailes, posa le cou soudainement immobile sur un bloc de bois et, d'une petite hache, trancha la tête d'un coup sec, puis lâcha la bête qui zigzagua pendant un long moment sur des pattes encore pleines d'énergie pour s'écraser enfin contre le mur du fond.

« C'était la dernière, Dieu soit loué », soupira-t-elle, en l'apportant à un garçon assis à côté d'un pilastre et qui plumait tranquillement les volatiles. Il en avait déjà éviscéré une dizaine et les avait alignés sur l'étal. « Quand tu auras fini, n'oublie pas de jeter tout ça dans le ruisseau, derrière la maison », lui lança-t-elle en désignant le tas de choses gluantes à ses pieds. Elle posa sa main sur la manche du peintre qui fit un mouvement de recul. « Ah, toutes mes excuses ! Je ne suis qu'une souillon, regardez ce qu'elles m'ont fait, ces paresseuses. D'abord, elles ne veulent plus pondre, juste manger et faire plaisir au coq, et pour se venger, elles me barbouillent de sang du haut en bas. »

Niklaus ne l'écoutait pas. Il se revoyait sur une colline près de la ville de Gênes, en compagnie de son ami bâlois Urs Graf qui avait insisté pour qu'ils partent ensemble : les villes confédérées avaient cédé au roi de France des troupes levées à Berne, Bâle, Uri, Schwyz, Unterwalden et ailleurs. Comme *Reyslouffer,* ce qui était un bel euphémisme pour leur véritable profession, celle de se vendre comme mercenaires, ils étaient non seulement bien payés, mais ils pouvaient, comme le voulait la tradition, rapporter du champ de bataille et de ses environs tout ce qu'ils trouvaient sur leur passage. La vente de ce butin leur assurait une vie confortable chez eux, pourvu qu'ils ne se fassent pas tuer au combat, bien entendu. Niklaus n'avait pas voulu y aller. « Écoute-moi, lui répétait Urs, c'est la seule façon de faire de l'argent, et vite. Mais surtout, cela te donne du prestige auprès des femmes. Elles aiment ça, un homme qui revient de la guerre, les mains pleines de sang. C'est signe qu'il est aussi fort qu'un chevalier, un noble, tu te feras considérer à Berne. Qui sait, une belle demoiselle riche te remarquera, tu l'épouseras, et ton bonheur sera fait. Si tu veux vivre de ta peinture et de tes dessins, bonne chance. Tu finiras comme tant d'autres à les vendre dans le coin d'une échoppe, à côté de livres, pour quelques pfennigs la feuille, et tu donneras au libraire la moitié de la misère qu'on voudra te verser. Viens avec nous, tu verras, les Italiens prennent leurs jambes à leur cou dès qu'ils aperçoivent les croix suisses sur nos habits. On y va pour tuer, pour l'argent et la gloire. Tu t'y feras, n'aie crainte. » Alors il était parti avec les autres.

Né à Solothurn, mais composant des vitraux à Bâle, Urs était le meilleur dessinateur qu'il eût jamais rencontré, le plus rapide aussi. En attendant le signal de leur intervention dans la mêlée, il jetait sur papier des croquis saisissants, des scènes souvent terribles, comme celle tracée lors d'une accalmie devant la forteresse de Gênes, onze ans auparavant. On avait attrapé un jeune soldat piémontais qui s'était, disait-il, égaré. En moins de cinq minutes, il fut interrogé, jugé, condamné, exécuté. Après quelques questions, pour la forme, un des leurs lui avait passé le haut de la chemise sur les épaules, lié les poings derrière le dos, donné un coup de pied dans les jarrets qui l'avait jeté sur les genoux. C'est à ce moment que le prisonnier comprit ce qui allait se passer. Il commença à crier, il pleura et dit rapidement des mots où Niklaus crut comprendre famille, femme. Il parlait encore quand le bourreau leva son arme, cette longue épée plus légère et plus facile à manier que le lourd « deux mains » des lansquenets, l'abaissa lentement, mais sans toucher la nuque, puis la releva très haut et en un rapide demi-cercle qui fit siffler l'air, la ramena à son point de départ, faisant sauter la tête vers l'avant, comme un ballon. Le chapeau toujours attaché sous le menton, elle roula sur la terre battue avant de s'immobiliser. Terrifié, Niklaus vit le tronc de l'espion se pencher, puis se dresser sur ses jambes. Il chancela, fit quelques pas avant de s'écrouler. Son bourreau qui, d'après sa façon de parler, venait de Kirchbach et était donc un sujet de Berne, avait soulevé la tête par la bande en cuir du chapeau. « Il n'a même pas de boucle à l'oreille, il ne vaut rien », avait-il grogné en la laissant retomber sur le sol. Puis, s'adressant à Niklaus : « Il y en a qui marchent encore plus loin. Mais règle générale, c'est moins résistant qu'un poulet. C'est parce que la tête est plus grosse ». Après quoi, tout le monde avait ri, y compris Urs, tandis que Niklaus avait vomi devant ce corps sans tête et ces épaules inondées de sang.

Urs avait dit aux autres que son ami venait d'assister à sa première exécution capitale en pleine guerre mais qu'il s'y ferait, comme tout le monde. Puis, il lui avait montré un feuillet où il venait de dessiner le prisonnier dont la voix semblait encore résonner dans l'air, vu de dos, la chemise tirée en bas, la corde autour de la taille, et le bourreau en train de dégainer, en costume élégant, les fortes jambes écartées pour bien garder le contact avec le sol, ses pantalons collants tailladés aux mollets et aux cuisses, sur les larges manches la croix suisse, en crevés elle aussi, laissant voir la chemise blanche. Plus tard, le soir, il lui montra à nouveau le dessin. En arrière-plan, il avait ajouté une potence avec un pendu, ainsi que deux roues montées sur de longs mâts où des oiseaux de proie arrachaient la chair des suppliciés. Il lui avait dit : « C'est comme ça, la guerre. Nous, les Suisses, on nous engage parce que nous sommes féroces, nous savons nous battre. Nous ne faisons pas de prisonniers, même quand il s'agit des nôtres. N'oublie pas ce qui s'est passé en quarante-quatre, dans le pré de Nänikon, où nous avons décapité toute la troupe zurichoise qui avait voulu s'opposer aux Confédérés de Schwyz dans la forteresse de Greiffensee. Si possible, on évite de se battre contre ses frères, mais dès que tu t'es vendu pour un camp, tu es payé pour faire mourir les autres ou mourir toi-même ».

À deux reprises, Niklaus avait transposé cette scène de Gênes, en peignant la décollation de saint Jean. Le premier tableau était une commande, il y avait de cela presque cinq ans. Là, le précurseur du Christ se trouve étendu sur le sol, les épaules au pied d'une colonne, comme s'il avait tenté de fuir, comme si la tête, avant d'être tranchée, avait ordonné au corps de se lever, exactement de la même façon que cela s'était passé sur la colline en Italie. Dans cette *Décollation*, le bourreau de Gênes est vu de face, le visage féroce, celui d'un rapace, la barbe divisée en plusieurs pointes roulées ; le nez, une arête tranchante ; les yeux ardents rivés sur Salomé ; la longue épée à la lame mince souillée de sang dans la main droite. Dans l'assiette, il dépose la tête entourée de rayons par lesquels Dieu nous fait savoir que cet homme fut Son élu. Le bourreau est habillé à la manière d'un *Reyslouffer* particulièrement élégant, manches bouffantes composées de plusieurs tissus, crevés en haut des pantalons collants, bicolores sur la jambe gauche, tandis que la droite est pliée pour maintenir l'équilibre. À la hauteur de la ceinture, cachée par la chemise blanche, finement plissée, apparaît le pommeau de la dague suisse, cachée dans le dos, et utilisée dans la mêlée quand les hommes sont si proches que seule une arme courte peut tuer.

En transposant la mort du saint dans l'Oberland bernois, Niklaus soulignait que la justice sommaire, le meurtre fortuit se pratiquaient n'importe quand, n'importe où sur terre. Sa Salomé et les deux dames de sa suite sont vêtues à la dernière mode italienne, jupes superposées, dont la dernière en brocart, manches étroites aux bras, avec interstices bouffants en satin blanc. Ces femmes sont parées de bijoux ; elles portent des coiffures retenues par des filets en velours doré. Toutes trois affichent le même sourire alors qu'en haut, dans la salle du palais, le tétrarque festoie et rit avec ses compagnes, le dos tourné à un beau paysage alpestre. Entre le bourreau et Salomé, et au-dessus d'un petit nègre, noir comme le charbon, surgit le haut du corps d'un jeune homme simplement vêtu qui retient l'attention du spectateur avec son regard plein d'effroi et de chagrin. Il semble ne pas comprendre la scène et être bouleversé par la mort de Jean.

Cela avait été le premier autoportrait du peintre.

Il y avait un mois à peine, Niklaus avait terminé la deuxième version de la *Décollation* : le bourreau et les femmes sont présentés dans la même attitude que sur le premier tableau, mais en position inversée. Des serviteurs emportent sur un brancard le corps du saint, les mains sont ligotées et posées sur le devant du corps. Katharina lui avait dit qu'elle ne voulait pas de cette peinture chez elle, la tête coupée étant par trop affreuse à voir, tenue par la barbe, la bouche ouverte, et puis, il y avait cette terrible étoile brisée dans le firmament. Niklaus avait fini par garder l'œuvre dans l'atelier. Il déplora l'attitude de sa femme, car le tableau, dans lequel il avait mis toute son expérience de peintre, était un éloquent témoignage de celui qui avait dit : « Pour qu'Il grandisse, il faut que je diminue ». D'autres raisons le poussèrent encore à ne pas vouloir se séparer du panneau, plus petit que le premier, mais il ne pouvait pas en parler à Katharina. Il n'avait pas voulu l'offrir à une église – partout, d'autres peintres avaient déjà fourni des décollations –, et surtout pas aux dominicains qu'il n'aimait guère plus, après le scandale entourant les « apparitions » de la Vierge pour lequel quatre des leurs étaient par la suite montés sur le bûcher, l'année de son mariage, en 1509. D'ailleurs, les dominicains venaient de le payer, mais trop peu, pour le nouveau maître-autel de leur église, voué aux saints Pierre et Paul.

Maître Niklaus sentit à nouveau la main sur sa manche.

« ... alors je suis allée voir votre nouveau tableau de la danse avec des squelettes, sur le mur du cimetière. J'en ai parlé à Märkli, mais il est trop pris ces temps-ci, il ne peut pas descendre des alpages et laisser les vaches à notre Kasper qui est trop jeune et trop imbécile pour prendre soin des bêtes. Je lui ai dit que j'aimerais bien que vous fassiez son portrait sur le mur du cimetière, mais il ne veut pas. Tous ces squelettes qui dansent autour et qui emmènent ces pauvres gens, cela lui fait peur. Moi, je dis qu'il nous faut mourir, on y passera tous, et qu'il vaut mieux laisser son portrait, même si c'est à côté de notre cimetière, que disparaître tout simplement. Mourir, cela peut nous arriver n'importe quand, vous le savez bien, la peste peut venir nous faucher demain, n'est-ce pas ? Alors, quand la mort m'aura emmenée, ce serait bien que mes enfants aient un souvenir de leur mère. Mon Märkli dit que nous ne sommes pas assez riches pour payer un peintre comme vous, et je ne veux pas d'un dessin fait par n'importe qui, bien que, à ce qu'on me dit, votre apprenti a du talent... Mais vous êtes tout pâle ? »

Le peintre regardait la main de la paysanne sur sa manche, une grosse main propre, à la peau rougeâtre, au dos charnu, aux ongles courts. Quelques instants auparavant, elle avait tenu une hachette et expédié des poules de la vie à la mort. Cette main avait sans doute souvent saisi ou ou allait saisir un couteau pour égorger un chevreau ou pour fouiller le cou d'un porc, elle avait rompu ou briserait la nuque de chiots ou de chatons.

À nouveau, Niklaus pensa à son ami bâlois. La dernière fois qu'ils s'étaient rencontrés, il lui avait dit, dans un moment de faiblesse, car il n'aimait guère se confier : « Urs, tout va à la mort, rien à la vie. Je suis en train de peindre cette grande danse macabre, plus grande que celle de Bâle, et je ne m'oublierai pas, j'y serai, moi aussi, comme tout le monde : le pape, le chevalier de l'ordre teutonique, l'empereur, le duc, le bourgeois, le paysan, hommes, femmes, enfants. Les squelettes nous jouent une jolie mélodie, l'un d'eux me montrera le sablier et me signifiera que mon heure est venue, mais je suis triste de n'avoir rien fait de vraiment grand pour qu'on se souvienne de moi. Ceux que j'ai peints sur le mur du cimetière, ils ont eu de la chance, personne ne les a expédiés au Ciel ou en enfer comme ces pauvres bougres qui ont péri par nos mains à Gênes, Pavie, Novara ou ailleurs, à Marignan surtout, où dix mille des nôtres sont morts en se battant becs et ongles contre les mercenaires souabes du roi François et les Vénitiens. Tu te rappelles ? Les lansquenets leur ont tiré dessus avec des canons, il y avait toute cette chair déchirée, des tas de cadavres nus à qui nous n'avons même pas laissé de quoi couvrir leur nature. J'ai toujours les cris des chevaux à l'oreille quand les lances les traversent et le chahut des vivandiers et des putains sur les hauteurs qui battent des mains chaque fois qu'un des nôtres vient de tuer un homme. Pour nous, comme pour les autres mercenaires, tuer, c'est gagner de l'argent avec ce que nous ravissons aux morts, leurs vêtements, les ceintures remplies de ducats. Jusqu'aux souliers, tout se vend et nous rapportons cet argent à la maison ou nous le gaspillons pour des femmes, un cheval, un nouveau costume ou à la taverne, comme notre ami Hans Leu dont le talent nous faisait pâlir dès qu'il nous a montré ses premières esquisses. Où est-il ? Sur quel chemin ? Peut-il vivre de sa peinture comme toi et moi tentons de le faire ? Et toi, que feras-tu ? Tu m'as dit n'être jamais retourné à Solothurn, que Bâle te fait vivre. J'ai envie de te revoir ailleurs que dans une troupe de *Reyslouffer*. Moi, j'ai eu de la chance, ni le Petit ni le Grand Conseil bernois ne s'intéressaient à cette guerre contre le roi de France, seuls les plus hardis, les plus jeunes et les plus beaux sont partis pour ne pas revenir ».

Niklaus secoua la tête pour sortir de sa torpeur. Soudain, il se dit qu'il aurait dû se faire accompagner par l'apprenti pour faire ses emplettes. On se moquerait dans son dos : « Voilà maître Niklaus qui achète lui-même ses œufs ». Mais Melchior était trop occupé à broyer les pigments qui devaient être prêts dès son retour.

Il sourit faiblement comme pour s'excuser auprès de la paysanne. « La nuit n'a pas été facile, vous savez. Ma fille a eu des coliques et nous n'avons pas fermé l'œil. C'est vrai, j'ai beaucoup travaillé, ces derniers temps. Le nouvel autel m'a demandé de grands efforts. Et puis, il commence à faire chaud. » Le garçon à côté du pilastre continuait sa besogne en le fixant d'une drôle de façon, comme s'il s'attendait à une défaillance du peintre. Niklaus sortit un mouchoir de sa manche pour essuyer son visage luisant de sueur. Il tremblait. Depuis toujours, la vue du sang le troublait profondément, il était incapable de surmonter sa faiblesse devant la mort. Tout jeune, il se bouchait les oreilles quand venait la fin de l'automne pour ne pas entendre les cris de terreur des cochons qui savaient ce qui les attendait ; ils sentaient l'odeur de la peur mêlée à celle du sang de la bête qui avait partagé avec eux la chaleur de la porcherie. Enfant, Niklaus avait tenté de casser la nuque de lapins comme le lui avait montré sa mère, avec un gourdin, mais là encore, il avait échoué. Au lieu de les soulever par les oreilles et les frapper d'un coup sec bien placé, il les avait flattés longuement, puis, fermant les yeux, leur avait asséné des coups maladroits qui provoquaient des cris aigus. Vingt ans plus tard, il entendait encore ces cris. Sa mère l'avait trouvé en larmes et pétrifié devant les corps brisés des lapins, elle l'avait giflé, croyant qu'il était méchant et qu'il aimait faire souffrir les animaux. Depuis, il mangeait de la viande seulement après un grand effort ou une maladie pour retrouver ses forces, mais alors de préférence bouillie et fortement assaisonnée pour en masquer le goût.

Il portait à nouveau le mouchoir au visage, cette fois pour en humer discrètement la senteur, longuement distillée dans le laboratoire de son père qui en possédait le secret. Rien de mieux que le musc mêlé à des essences florales pour chasser le dégoût devant les cadavres de ces poules, nus, la chaire blême. Quelques instants auparavant, elles étaient en vie encore, couvertes de plumes, courant, grattant le sol. Niklaus se rappela un mot d'Urs Graf : « Il faut manger les autres pour vivre, mais on ne trompe pas la mort ; même si on est en santé, intelligent, bien nourri, toujours elle attrape la vie et l'anéantit ». Les œufs qu'il allait porter à la maison auraient pu éclore et donner des poussins, alors qu'il s'apprêtait à les casser, à percer l'enveloppe du jaune pour le mélanger avec des morceaux de terre ou des pierres que l'apprenti avait réduits en poudre. Les poussins finiraient en minces couches de couleur sur une toile.

Entre-temps, Barbara avait mis une couche de paille dans un panier, déposé les œufs, puis, sur une autre couche, placé une poule plus charnue que les autres et, voyant que le peintre fouillait dans sa manche : « Vous me la paierez la prochaine fois, maître. La Bärbli va en faire une bonne soupe, et donnez-en à la petite aussi, la pauvre mignonne. À cet âge, mes garçons ont été malades, eux aussi. Mais deux ans passés, et ce sera fini, vous verrez ». Elle lui recommanda encore de saluer sa femme, « la belle Katharina » et, si son chemin devait le mener à sa ferme dans l'Oberland, de ne pas oublier d'emmener son morceau de charbon et une grande feuille de papier : « Je vous le dis encore, maître Niklaus. On ne sait jamais quand la mort nous frappe, et avec l'empereur, le roi de France, le pape qui changent sans arrêt d'opinion et d'allégeance, les temps sont incertains... ». Il la remercia, déposa quelques pièces de monnaie dans la main de la paysanne, prit le panier et sortit dans la rue où, pour le laisser passer, un ferronnier dut déplacer en maugréant des morceaux de métal poli, destinés à former le poitrail du cheval de combat commandé par un notable des environs.

Dans la rue, l'air était rempli d'une fine poussière soulevée par les passants. Le peintre longea les boutiques de la rue des Épiciers, la *Kramgasse,* puis celle du Marché, la *Marktgasse,* dans le brouhaha de la foule qui s'y pressait. Il y avait peu de mendiants, beaucoup moins qu'ailleurs dans l'Empire, de l'autre côté du Rhin. Des prédicateurs rassemblaient des foules au coin des rues. À sept heures de ce matin de juillet 1518, et bien que ce ne fût pas jour de marché, il y avait des amuseurs, des saltimbanques, des marchands étrangers veillant sur une charrette tirée par un âne ou une mule et leurs articles soi-disant venus d'Orient mais fabriqués à Venise et ses alentours, des moines, des prêtres, des nonnes, des voyageurs dont on reconnaissait l'origine et le rang aux tissus et aux couleurs qu'ils portaient. S'y trouvaient également beaucoup de mercenaires, des Suisses pour la plupart, immédiatement reconnaissables à leurs vêtements luxueux, aux plumes d'autruche sur les chapeaux, mais pas un seul lansquenet issu d'un territoire appartenant à la maison des Habsbourg.

Entre les paysans, les paysannes, des ménagères tenaient leurs conciliabules sous les arcades, les paniers de provisions posés devant les pieds, gesticulant peu, suivant du regard la progéniture disparaissant et émergeant de la cohue. Des apprentis faisaient des courses pour leurs maîtres, des compagnons cherchaient une échoppe où l'on aurait besoin de leurs services, des étudiants affamés quêtaient un gîte où se sustenter et dormir pour quelques jours, s'enquérant des prix dans les auberges et chez les cabaretiers. Des crieurs se tenaient au pied de la Tour de l'horloge, la *Zytglogge,* des magiciens exécutaient leurs tours, ils étaient grimés et habillés de costumes sombres, portaient d'énormes capes sur les épaules et, malgré la chaleur, des chapeaux pointus sur la tête, comme ceux des juifs. L'odeur des pains chauds sortait des boulangeries, des pâtissiers offraient leurs friandises, des teinturiers transportaient des ballots de laine rouge vermillon au fleuve pour les laver, laissant de longues traînées couleur de sang sur le pavé. Cela martelait, limait, sifflait, frappait, peinturait, jacassait dans la fumée âcre dégagée par les gargotes où l'on grillait de la viande, faisait cuire des beignets, préparait déjà des repas à emporter vers midi. On se heurtait à quelque cochon échappé d'une cour, à des chèvres, à des brebis, on trébuchait sur une oie, des poules, on glissait sur un étron qu'un passant venait de planter à l'ombre d'une arcade parce qu'il n'avait pas eu le temps de courir se soulager derrière les maisons.

Une énergie inépuisable se dégageait de ces rues, longues, larges, appelées encore *Gassen,* « ruelles », comme au temps d'avant l'incendie. Les deux Conseils avaient appris leur leçon après cette catastrophe qui avait anéanti la ville il y avait de cela plus d'un siècle. Depuis, il fallait se conformer à des règles strictes : pour combattre le feu, le gouvernement bernois avait fourni de l'eau en abondance et à proximité, en aménageant un large caniveau où coulait de l'eau, en plein milieu de la rue pavée, tout comme cela s'était fait dans d'autres villes fondées par les ducs de Zähringen, une grande famille souabe disparue depuis longtemps. Les façades des nouvelles maisons étaient toutes en pierre brune, et pas plus larges qu'une vingtaine de pieds. Leurs hautes fenêtres observaient tout mouvement en bas, enregistraient les couleurs de la foule où dominaient le bleu, le rouge, le blanc écru.

En bifurquant par la rue de la Croix, la *Kreuzgasse,* Niklaus se dit que Berne était l'une des plus belles villes qu'il connaissait, des plus propres aussi. Pendant ses années de compagnonnage, il aurait voulu parfaire ses connaissances sur les techniques de la peinture, en apprendre davantage sur les mélanges des nouveaux pigments employés en Allemagne, dans les Flandres et en Italie, leurs réactions chimiques. Il aurait aimé s'approprier les procédés qu'utilisaient les maîtres, les vrais, comme Dürer, dont il ne connaissait que certaines gravures sur bois. Parmi elles, les feuilles sublimes avec les quatre chevaliers de l'Apocalypse, la Peste, la Guerre, la Faim, la Mort. Il connaissait les œuvres des Cranach comme celles de Paul Löwensprung, trop modeste pour signer de son nom ses tableaux à la cathédrale Saint-Vincent et du cloître des dominicains, préférant y apposer le dessin d'un simple œillet rouge ou blanc. Mais Löwensprung était mort dans la bataille de Dornach, il y a vingt ans, et son atelier avec lui. Bien sûr, Niklaus avait beaucoup appris chez les dessinateurs dans les ateliers de peinture sur verre. Cependant, il avait percé trop peu les secrets de la peinture à l'huile, glanés d'abord chez Hans Fries, à Berne, qui lui avait également montré comment reproduire la lumière sur des étoffes luxueuses, les draperies, peindre les ombres. Fries n'avait pas tardé à envoyer Niklaus chez son maître à lui, Hans Burgkmair, dont l'atelier se trouvait à Augsbourg. Il n'y était resté que trois mois, le temps d'assimiler quelques nouveautés. Puis, le maître l'avait licencié, faute de commandes.

Il aurait tant voulu connaître et travailler avec maître Mathis Nithardt à Aschaffenbourg, dont la vue du retable d'Issenheim, créé pour consoler les malades atteints du feu de Saint-Antoine, avait failli l'anéantir, avec son énorme et terrible Christ, couvert de pustules, aux mains gigantesques, tordues dans un geste d'indicible souffrance physique. Nithardt n'avait pas voulu l'accepter comme élève, prétextant qu'il ne peignait pratiquement plus et qu'il s'était retiré du monde pour mener une vie de pénitence vouée à Dieu afin de racheter ses péchés. Un autre des grands maîtres, Martin Schongauer, l'avait également attiré par la précision de son burin sur une plaque de cuivre, le traitement des pigments, leurs mélanges, le pinceau mené d'une main sûre. Mais Schongauer était mort quelques mois avant son arrivée. Restait un autre peintre, rencontré après son mariage, Sigmund Holbein, qui s'était établi à Berne, moins célèbre que son frère Hans, mais qui lui avait montré comment les Italiens commençaient à faire entrer l'espace dans leurs tableaux. Holbein lui avait enseigné l'essentiel des lois de la perspective, la manière dont il fallait disposer les personnages, fixer leurs gestes, la distribution de la lumière. Il avait présenté à Niklaus un livre de grand format contenant les superbes gravures sur bois de la *Vie de Marie* que Dürer avait fait imprimer à un moment où Niklaus avait déjà adopté son nouveau patronyme, Deutsch. À ce moment de sa vie, Sigmund le traitait avec le respect qu'on doit à un collègue du même rang. Désormais, il devait faire son chemin, seul.

Au cours de ces années de formation, les villes, les villages, les hameaux de l'Empire et de l'Alsace, tout lui avait paru étroit, chaotique, d'une saleté sans nom. Bien sûr, avec ses six mille âmes, Berne ne pouvait se comparer à des villes comme Augsbourg ou Nuremberg, trois ou quatre fois plus grandes, mais quelle propreté ici, quel ordre, quelle organisation, quelle sagesse émanant du Grand et du Petit Conseil ! Ailleurs, à la campagne et parfois en ville, les maisons, habituellement en bois, n'avaient pas ou peu de fenêtres. À l'approche de l'hiver, on bouchait les ouvertures avec des planches et on s'installait dans de petites pièces enfumées et sombres, assis sur des chaises bancales ou couchés dans des lits trop courts et inconfortables, avec les puces, les poux, les rats, les souris qui envahissaient tout, alors que le bétail remuait de l'autre côté de la cloison. En mettant les pieds dehors, on pataugeait dans la boue et le fumier. Dans les villages, et même dans certaines villes, on pouvait tomber dans une des fosses creusées devant les maisons d'où, en été, s'élevait l'odeur pestilentielle des matières fécales, des charognes en train de pourrir ; ces fosses ne seraient comblées de terre qu'à l'arrivée de l'hiver. L'eau des puits était souvent saumâtre, mais il fallait la boire si on ne voulait pas mourir de soif ou encore chercher de l'eau à la rivière, ce qui n'était guère mieux. Quand la peste s'installait, on brûlait vite quelques juifs accusés d'avoir empoisonné l'eau à l'aide de formules magiques dans leur langue « abrahamique » à laquelle personne ne comprenait goutte. Sous les toits, couverts de chaume, on couchait dans des chambres, brûlantes en été, mal chauffées en hiver par la cuisine et la salle à l'étage médian où l'on passait le jour, tandis que le maître de la maison entreposait son matériel de travail au rez-de-chaussée afin de pouvoir le sortir rapidement au lever du soleil. Ces constructions sombres, compliquées, agrandies au fur et à mesure que la famille croissait et exécutées n'importe comment, forçaient les artisans à s'installer dès l'aube devant leur échoppe, dans l'étroite ruelle assombrie par les hautes façades, afin de travailler.

On vivait si bien à Berne ! Ici, les rues étaient pavées et larges de presque quarante pieds, on y trouvait de l'eau fraîche, propre et en abondance, il y avait des fontaines et des puits partout, et ces maisons en pierre étaient des merveilles, surtout en été quand il faisait aussi chaud que maintenant, sauf s'il fallait utiliser les combles, comme lui, pour travailler. C'était surtout l'emplacement de la ville qui faisait l'envie des voyageurs, créée par le génie des ducs de Zähringen il y avait de cela trois cents ans, à l'intérieur d'une boucle que formait le beau fleuve Aare, de couleur vert bouteille, dont l'eau froide et pure pouvait être bue sans danger, ce fleuve protecteur, habituellement calme sauf lors des crues du printemps quand la neige fondait dans les montagnes. L'eau n'atteignait jamais les hauts quartiers de la ville, vulnérable seulement du côté opposé de la boucle que formait l'Aare. Avec un unique pont, hérissé de quatre tours de défense, à l'orient, la ville était mieux protégée que bien des places fortes qu'il avait vues ailleurs.

En passant par la rue Saint-Antoine, il espérait pouvoir se rendre plus rapidement chez lui, rue de la Justice, la

Gerechtigkeitsgasse. Mais on l'arrêtait à tout moment pour lui glisser un mot sur une affaire dont il faudrait traiter d'urgence au Grand Conseil ou à la corporation des tanneurs dont il était également membre. Il lui fallait répondre aux questions, aux compliments qu'on lui faisait au sujet de ses nouveaux tableaux pour l'autel des dominicains, sa *Danse macabre.* Il fut flatté par cette sollicitude, car elle lui confirmait son statut de citoyen bernois à part entière. Cependant, cette curiosité renouvelée chaque matin l'exaspérait aussi, ces « très finement exécuté, très réussi, maître », ou « maître, votre saint Luc, qui peint la sainte Vierge, c'est vous, aussi beau, aussi élégant, et ce magnifique manteau rouge que vous portez dans le tableau, et toutes ces choses de votre métier, jusqu'aux pinceaux et l'apprenti qui prépare les couleurs, on reconnaît tout ». Il fut plusieurs fois félicité pour avoir décoré le plafond de Saint-Vincent, « de magnifiques dessins : on se croirait au Ciel, maître Niklaus ».

Tout à coup, il aperçut Bernhard Tillmann et le rejoignit en tenant son panier haut dans les airs. Tillmann, homme trapu aux manières brusques et à la langue bien pendue, bon joaillier mais surtout l'un des meilleurs orfèvres des villes confédérées, lui sourit puis le détailla du chapeau aux souliers sans oublier de remarquer la poule dans le panier : « À ce que je vois, toujours aussi populaire auprès des dames, maître Niklaus. Et, *semper idem,* d'une élégance, comme saint Luc... ! Elles ont scruté chaque pouce de votre *Rencontre de saint Joachim et de sainte Anne à la Porte d'Or* et la trouvent aussi réussie que la *Crucifixion* que vous venez de terminer, avec cette lumière rouge, presque vermillon, derrière le bon larron. Bel effet, le même que celui de la *Crucifixion* de votre *Danse macabre* sur le mur du cimetière. Moi, vous pouvez imaginer que j'ai beaucoup apprécié votre saint Éloi – qu'il continue à protéger mon ouvrage ! – en train de faire un calice. J'aurais aimé me voir un peu moins gras que le joaillier qui travaille à sa bague, en face du saint, mais que voulez-vous, les gens tiennent à reconnaître leurs voisins. J'aimerais que mon atelier soit aussi rangé et aussi propre que celui du tableau... J'avoue que cela fait un joli pendant au saint Luc. Et puis, vous et moi, tous les deux sous la lumière de la Vierge, c'est bien, très bien même. Les commandes rentrent chez moi, à ma boutique. Et vous ? Toujours jeune et beau, *semper idem,* c'est étonnant, comment faites-vous cela ? Et avec l'aide de votre belle-famille, cela doit bien rouler, l'argent et les relations, je veux dire. Vous m'avez parlé l'autre soir d'une nouvelle commande ? »

Le peintre ne releva pas l'ironie dans les remarques de son confrère du Grand Conseil. Il n'aimait pas non plus que Tillmann utilisât des formules latines qu'il ne comprenait pas, comme s'il avait retenu quelque chose des leçons de Lupulus. Pourtant, il aimait s'isoler avec lui dans un coin de la salle principale, une énorme voûte plutôt, lors des réunions à la mairie quand des points à l'ordre du jour ne les intéressaient pas. Alors ils discutaient assis, à l'abri des regards, dans l'embrasure d'une fenêtre.

« Oui, je n'ai pas à me plaindre. Des commandes, j'en ai, comme vous, mais elles sont mal payées. La dernière me vient du conseiller Bendicht Brunner (l'autre poussa bruyamment l'air par le nez et lâcha un vent pour signifier ce qu'il pensait de ce membre du Petit Conseil) qui veut une toile pour édifier les esprits chez lui, à la maison, ou encore ceux du Conseil.

— Et quel en sera le sujet ?

— *Le jugement de Pâris.*

— Le jeune et beau prince de Troie ? Celui à qui apparaissent Junon, Minerve et Vénus réunies par Mercure pour

34

décider à laquelle revient la pomme qu'a jetée la déesse de la discorde ?

— Lui-même. Vous êtes bien renseigné, à ce que je vois. Seulement...

— Attendez. Pourquoi veut-il ce tableau ?

— Je vous le répète, ce n'est même pas un tableau, c'est un bout de toile, un chiffon, un *Tüchle,* vous rendez-vous compte ? Il m'a dit qu'il veut un exemple illustrant le pouvoir néfaste des femmes sur les hommes.

— Il vous donne combien pour ce travail ?

— Ah, je préfère ne pas en parler, il est par trop radin. Pas plus que quelques florins, c'est certain. Déjà, les dominicains n'ont pu me payer pour le nouveau retable, ils en ont refilé les frais à un donateur anonyme, ce qui leur a donné toute latitude pour négocier à la baisse.

— Et qu'en dit Katharina ? »

Le visage du peintre se ferma.

« Elle doit trouver que votre métier ne rapporte guère assez, malgré le tas de commandes, c'est ça ? dit Tillmann. Mais que voulez-vous, une Frisching est habituée à disposer de beaucoup d'argent.

— En ce moment, j'ai du mal à joindre les deux bouts. Il m'a fallu emprunter fortement sur la somme que me laissera en héritage mon grand-père, le docteur Fricker. Des deux cents florins promis il n'en reste que huitante. Margot est souvent malade, et la Bärbli, même si elle ne me coûte pas cher, il faut la nourrir, tout comme Sophia et l'apprenti qui ont leur place à ma table. Je viens de payer la maison que j'ai achetée il y a quatre ans seulement. C'est vrai que j'ai eu tant de commandes en peu de temps que l'argent est entré à pleines pelletées. Mais j'ai eu beaucoup de dépenses, avec les peintres de passage qu'il m'a fallu engager à l'atelier, et ils n'étaient pas tous bons, vous savez. Je n'ai pas arrêté de corriger leurs travaux.

— Le vieux Frisching pourrait vous aider, il est riche. Mais pour ce qui est du père Fricker, c'est proprement immonde. On a beau avoir obtenu le chapeau de *doctor iuris* à Pavie, cela n'empêche pas le vieux bouc de faire des bêtises avec sa servante.

— Oui, sans doute, ma femme pense aussi que c'est un comportement indigne. Depuis que mon grand-père, à son âge !, a fait deux enfants à sa catin, il se peut qu'il change son testament. Et cela me donnera encore de nouveaux soucis, car ma mère n'acceptera pas qu'il nous brime en favorisant ces bâtards-là. Les femmes en causent souvent à la maison, et Katharina semble se liguer avec sa mère pour que j'aille voir mon grand-père et l'empêcher de donner en héritage ce qu'il possède à d'autres que nous. »

Il se tut. L'autre ne dit rien, il attendait la suite. Après un temps, Niklaus lâcha, exaspéré :

« Si vous saviez combien j'ai du mal avec Katharina, ces temps-ci ! Elle me tance, elle est devenue revêche et me dit du matin au soir que je ne lui donne pas la vie qu'elle mérite. Je n'ai qu'une envie, sortir de la maison. Elle me casse les pieds même quand je travaille. Je n'en peux plus, et toujours elle me parle de sa famille, comme si les Frisching étaient ce qu'il y a de plus noble en ville. Sans l'influence de Sophia, bien plus sage, je ne sais pas ce que je ferais.

— Ah, vous voilà en plein dans votre sujet ! Voyez ce que nous font les femmes ! ». Et maître Tillmann de rire bruyamment.

Le peintre ne lui raconta pas combien les fonds de la caisse s'amenuisaient, d'après les dires de sa femme. Les quatre cents livres que sa mère, Hans Vogt et son beau-père Frisching leur avaient données lors du mariage avaient suffi pour compléter le nécessaire donné par le père Frisching : lit, chaises, table, bahuts, armoires, vaisselle, ustensiles de cuisine, draps, encore que Katharina ait reçu de sa mère bonne quantité de ces derniers. Par chance, la ville lui avait versé, l'an dernier, presque cinq cents livres pour les arabesques noires peintes sur la grande voûte de la cathédrale, dont il avait fallu donner une partie aux ouvriers engagés pour l'aider. Là, il avait placé les armoiries de Berne au centre, l'ours noir avec une patte en l'air, puis signé deux fois l'ouvrage, le NMD bien en vue, avec la dague suisse. « Chaque fois que les gens lèveront les yeux, ils verront ta signature. Cela leur prouve que ton atelier est le meilleur de Berne. » Katharina n'avait pas ajouté qu'il était le seul : son rival, Hans Fries, était mort quatre ans plus tôt, au soulagement de Katharina. Les antonites leur avaient avancé cinquante livres pour les deux volets destinés à l'autel dans la petite église de leur hôpital où ils soignaient les malades atteints du feu de Saint-Antoine. Niklaus aurait aimé composer quelque chose d'aussi puissant que le retable d'Issenheim par maître Nithardt, mais il n'avait eu ni le temps d'aller le revoir, ni l'énergie, ni la volonté après ses discussions avec Sophia. De mémoire, il avait repris une partie de la composition du panneau central, le Christ et la Mort, énormes, tandis que la femme à gauche, représentant la Vierge ou Marie Madeleine, se faisait presque minuscule à côté des personnages principaux.

Et voilà que, depuis deux mois, plus rien ne rentrait, le marché était parfaitement saturé, les nombreux autels avaient tous été pourvus de retables. Les églises comblées, son principal gagne-pain lui échappait. Il devait s'exiler peut-être, aller ailleurs, s'établir dans une grande ville, affronter la concurrence qu'il savait terriblement forte. Combien de temps pouvait-il encore nourrir l'apprenti qui passait ses journées à lambiner dans l'atelier ?

Avec quoi payer les pigments qu'il utilisait depuis quinze ans, dont certains devenaient de plus en plus rares et hors de prix ? Les substituts, comme le lapis-lazuli, aujourd'hui inabordable, lui paraissaient suspects, et il n'osait pas changer son matériel, ne connaissant pas les réactions des nouveaux pigments que son père ne gardait d'ailleurs pas à sa boutique. De plus, la situation de Sophia chez lui le rendait inconfortable. Mais il avait besoin d'elle et de ses mots, il ne voulait pas qu'elle retournât chez son père, toujours gouverneur au château d'Erlach. Comme clients potentiels, restaient les gens aisés, mais ils n'ouvraient presque plus leurs goussets pour doter une chapelle d'images pieuses. Maintenant, les gens riches préféraient se faire confectionner de la vaisselle en argent chez maître Tillmann ou des habits taillés dans des étoffes luxueuses tissées à Venise ou à Milan, chez maître Lienhard Tremp qui avait eu la gentillesse de commander un tableau sur le mur du cimetière pour y voir figurer ses armoiries. Se trouvant trop laid, le tailleur n'avait pas voulu qu'il fît son portrait. Cependant, il autorisa Niklaus à peindre à sa place un ouvrier qui jette avec joie ses outils à la fin de sa vie. Sauf pour quelques rares métiers, la vie des artisans devenait par trop difficile. Tout se faisait outrageusement cher, les pièces de monnaie se dépréciaient d'une année à l'autre, et pendant que les paysans s'enrichissaient et commençaient à acheter des propriétés dans les villes, la plupart des artisans s'appauvrissaient. Bon nombre d'entre eux émigraient, qui en Savoie, qui en France ou dans les Flandres, d'autres encore partaient pour des pays éloignés, l'Angleterre, la Suède. Ils allaient n'importe où, cela ne pouvait être pire qu'ici. À maître Lienhard, Niklaus devait encore une forte somme pour la nouvelle robe de sa femme qu'elle avait commandée expressément pour le tableau du jugement de Pâris.

Il y avait eu aussi la commande conjointe de Berne et de Fribourg pour l'autel des carmélites à Grandson où, quarante ans plus tôt, les Confédérés avaient battu à plate couture les troupes du duc de Bourgogne, Charles le téméraire, bien qu'ils eussent payé leur victoire au prix de milliers de morts. On parlait encore du butin énorme ramené des champs de bataille à Grandson et à Murten qui avaient marqué le début de la chute et du démembrement de la Bourgogne. Fait cocasse, de retour à Berne, les mercenaires n'avaient d'abord pas compris comment enfiler les chaussures en chevreau d'une merveilleuse souplesse, trouvées dans les tentes et les réserves du camp ennemi. Elles avaient des pointes si longues qu'il leur était impossible de marcher, jusqu'au moment où quelqu'un se rendit compte qu'il fallait les attacher à la ceinture avec une fine chaîne. Une génération plus tard, on en riait encore, et les gens, quand ils voulaient se moquer des manières affectées d'un des leurs, imitaient la marche « des cigognes venues de Bourgogne ».

Toujours en riant, on se rappelait aussi, comment les Confédérés avaient tenté, selon la coutume, d'enfiler les vêtements des Bourguignons morts. Mais leurs épaules étaient autrement carrées que celles de ces « dégénérés », comme ils disaient. Alors ils coupaient les pourpoints de partout, créant ainsi la mode des « crevés », qui avait dès lors fait fureur en Europe. Les costumes de Niklaus en avaient partout, il connaissait leur origine, mais n'en avait jamais ri. Pour lui, cette cour demeurait un paradis, mythique, perdu à jamais, détruit par l'envie, la convoitise de l'empereur, du roi de France, du duc de Lorraine, mais surtout par la brutalité des Confédérés. Le duc Charles avait créé la cour la plus raffinée de toute l'Europe ; on y portait aux nues musiciens, peintres, sculpteurs, toutes sortes d'artisans au faîte de leur métier. Le butin avait enrichi Berne, Lucerne et quelques autres villes. Aujourd'hui, il ne restait plus rien de ces trésors, disséminés aux quatre vents. Toujours on manquait d'argent : le Petit Conseil de Berne avait trouvé le prix trop élevé pour les retables de Grandson et demandé, ultime humiliation, une évaluation du travail de Niklaus par le peintre de Fribourg, un barbouilleur sans talent.

Afin de faire rentrer d'autres commandes, Niklaus avait même renoué avec Hans Funk, propriétaire d'un grand atelier où l'on confectionnait des fenêtres avec peintures sur verre pour les nouvelles maisons de riches bourgeois. Funk s'était montré affable, mais fuyant comme une anguille, et une allusion aux vitres, qui auraient pu montrer son habileté de dessinateur, avait glissé comme une goutte d'eau sur le plumage d'un canard.

Le peintre prit une profonde inspiration mais se retint de confier à Tillmann la conclusion à laquelle il en était venu au sujet d'un événement qui avait bouleversé la ville depuis le mois de février et qu'il jugeait bien plus important que ses soucis d'argent. De ses plans au sujet d'une fresque, commande qu'Antoni Noll, un marchand aisé, lui avait donnée pour décorer sa maison, il n'en parlait qu'avec Sophia. Se confier à quelqu'un, même à un homme discret comme Bernhard, pouvait tourner au désastre, pour lui et sa famille. S'il était convoqué par les autorités de l'Église, l'influence de son beau-père le sauverait peut-être de la prison et d'un procès qui pourrait le mener sur le bûcher ; mais de toute façon, sa carrière à Berne prendrait fin, la vie de sa femme serait détruite, et avec elle celle de Margot.

« Dans ce genre de situation, le silence est d'or » se dit-il sur le chemin de retour.

En mars dernier, à la fin de l'hiver, qui avait été doux, avec davantage de neige fondante et de verglas qu'à l'habitude, en pleine rue de l'Arsenal, la *Zeughausgasse,* il avait rencontré l'orfèvre, aussi pressé que lui de rentrer. Niklaus savait que Tillmann faisait partie d'un groupe secret sous l'autorité du Grand

Conseil qui choisissait ses mouchards. L'homme était au courant de chaque rumeur, lui seul pouvait le renseigner sur l'affaire qui occupait tout le monde, mais dont personne n'osait parler. Comme il le considérait presque comme un intime, il lui avait demandé, non sans brusquerie : « Les feuilles, les avez-vous eues ? ». Tillmann avait ralenti le pas, puis tourné lentement la tête pour voir s'il n'y avait ni délateur ni quelque moine en vue. Il avait tiré Niklaus à l'ombre d'une arcade où se hâtaient les gens.

« Oui, et je vous dis que les choses n'en resteront pas là. Les thèses circulent dans tout l'Empire. Il y a déjà des exemplaires en langue française.

— Ce qu'il écrit, est-ce aussi vrai qu'on le dit ? Et comment cela s'est-il passé devant le commissaire ?

— À mon avis, le moine y dit ce qu'il faut, ni trop ni trop peu. Mais venez, marchons un peu, les façades ont des yeux et les murs, des oreilles. »

Ils avaient continué leur chemin lentement en passant par la rue de la Mairie, la *Rathausgasse,* longeant la rue de la Poste, la *Postgasse,* jusqu'à la petite église de Nydegg. L'orfèvre lui confia qu'un membre du Petit Conseil, Bartlome May, avait eu en sa possession une copie des nonante-cinq thèses de Luther concernant la politique des indulgences du pape Léon X, un Médicis, qui avait pris les rênes après l'irascible Jules II, un Rovere, celui qui avait conclu un accord officiel avec la Confédération pour obtenir les services de mercenaires suisses. Le commissaire Bernhardin Sanson, originaire de Brescia, grand commerçant au service du pape et se trouvant depuis quelque temps en ville pour mousser la vente des lettres d'indulgences, avait appris par un mouchard la présence des thèses luthériennes à Berne. Il retraça les feuillets et convoqua le coupable. Si le Conseil n'avait pas protégé May, la rencontre aurait pu se terminer, dans le meilleur des cas, par l'expulsion de l'homme et la confiscation de ses biens, partagés entre la ville et l'Église. May ne nia point, rendit sur-le-champ l'exemplaire des thèses, alors que tout le monde, Sanson compris, savait qu'un scribe en avait déjà fabriqué plusieurs copies, dont l'une se trouvait entre les mains de Tillmann, et qu'ailleurs dans l'Empire on pouvait se procurer les thèses sous forme imprimée. May fit amende honorable et jura devant Sanson que l'homme de Wittenberg n'était rien d'autre qu'un « maudit hérétique invétéré ». Pour plaire à son juge, il avait prononcé le nom du moine augustin avec un *d* au lieu d'un *t,* ce qui fit rire l'assistance, car « Luther », qui peut signifier « clair » ou « pur » se transforma en « Luder », autrement dit en « charogne ». L'affaire était close, May s'en tira avec une modeste amende et acheta quantité d'indulgences pour prouver qu'il était pour le pape et la construction de la basilique de Saint-Pierre, à Rome, centre de l'univers chrétien.

La mésaventure de May n'avait pas été le seul incident relié à la vente des lettres d'indulgences dont on parlait à Berne. Le chroniqueur attitré de la ville, Valerius Anshelm, fit courir la nouvelle que le jeune Jakob vom Stein avait cédé à Sanson sa monture préférée, un superbe étalon gris, contre une indulgence complète pour lui-même ainsi que pour cinq cents mercenaires suisses sous son commandement, sans oublier tous ses ancêtres et l'ensemble de ses serfs au village de Belp. Difficile à dire comment Sanson fit le partage de la valeur du cheval, car la moitié des revenus allait à Rome, un quart à l'évêque responsable du territoire où travaillait le vendeur, et le dernier quart dans la poche du prêcheur. Aux pauvres, Sanson vendait des indulgences pour deux batzen, la valeur d'un thaler en argent fin, et l'équivalent de ce qu'il fallait payer afin d'obtenir droit de cité à Berne – pour beaucoup une somme hors de portée.

C'est contre ce genre d'abus que s'élevait Luther. Selon lui, les papes avaient oublié depuis longtemps leur véritable mission, celle de répandre la Vérité du Christ dans le monde. Ils mélangeaient politique et pontificat, abusaient de leur pouvoir terrestre, menaient des guerres comme les princes séculaires, donnaient le mauvais exemple par leur vie dissolue. Ainsi, la fille d'Alexandre VI, un Borgia d'Espagne, était en ce moment mariée en troisièmes noces avec le duc de Ferrare tandis que le fils, le terrible César, grand guerrier et meurtrier célèbre qui avait assassiné l'amant de sa sœur sur les genoux de cette dernière, était mort depuis peu au service du roi de Navarre. Le successeur d'Alexandre, Pie III, n'avait pas eu le temps de tomber dans le vice, il était mort après vingt-six jours de règne. Mais Jules II s'était ligué avec l'empereur, le roi français et la Confédération afin de punir Venise avec laquelle il ne s'entendait pas, entre autres parce que la Sérénissime offrait un refuge aux juifs. Les mercenaires suisses lui avaient donné la victoire sur son ennemie lors de la bataille d'Agnadello, en 1509, année où le peintre avait épousé Katharina Frisching. S'il avait participé à la campagne milanaise, trois ans plus tard, qui sait si le pape ne l'aurait pas annobli ou, du moins, ne lui aurait pas accordé le titre de « Protecteur de la liberté de l'Église » lors de la victoire écrasante des *Reyslouffer,* cette fois contre son allié, le même Louis XII qui venait de se brouiller avec le pape à cause de son divorce d'avec Jeanne de France.

Le roi avait eu l'audace de convoquer un concile à Pise, composé de cardinaux hostiles à Jules II, ce à quoi Rome avait répondu par le Latran V, un contre-concile, convoqué en mai 1512 dans la ville éternelle. Les alliances changeaient du jour au lendemain, les « vérités » se puisaient inévitablement dans les Saintes Écritures et justifiaient le contraire de ce qui avait été dit la veille. À cela s'ajoutait la folie du plus grand édifice sur terre, la basilique de Saint-Pierre, avec son luxe : l'or, le bronze, le marbre, les peintures, les pierres précieuses, les vitraux.

Ce faste grandiose, combiné à la politique et à l'extorsion de sommes énormes, faisait de l'Église le point de mire de ceux qui l'accusaient d'être à la racine des maux du temps. Du moins, Jules II avait-il évincé César Borgia qui, grâce à son père, mais surtout par sa cruauté qui ne le faisait reculer devant aucun crime, s'était taillé une magnifique principauté en Romagne. Le pape, le glaive dans une main, la croix dans l'autre, avait repris Ravenne, Pérouse, Ferrare, Plaisance.

Partout, les incartades des vicaires de Rome avaient encouragé des révoltes contre la vie honteuse des prêtres. Le célibat ne leur interdisait pas la fornication, péché de la chair qu'ils rachetaient en un tournemain. Outrés par ces pratiques, certains membres du clergé même s'y étaient opposés depuis longtemps, comme Jan Hus de Prague, brûlé au concile de Constance cent ans plus tôt. Ses partisans avaient par la suite dévasté le sud et l'est de l'Empire, de l'Autriche à la Bavière, jusqu'en Silésie. On n'avait pas oublié le moine dominicain Savonarole, vite classé de fanatique et qui avait été pendu, puis attaché au poteau du bûcher, à Florence, vingt ans auparavant. D'autres l'avaient suivi et tenté de retrouver le sens originel des Évangiles, mais avec plus de prudence, par l'exemple d'une vie vouée à la foi chrétienne et aux fidèles, dans la dénégation de leurs intérêts, sans effet cependant sur le cours que poursuivait la curie romaine.

Tillmann, aussi scandalisé que Niklaus par la politique de l'Église, avait dit :

« Vous verrez, ils brûleront Luther à la première occasion, lui aussi.

— Et s'il leur échappe ? Si les fidèles et avec eux des princes, se rallient à sa cause ?

— Alors c'est la chute de Rome. Tout le monde a soupé de leurs histoires. Rappelez-vous : d'abord, les papes déménagent en France. Puis on élit un anti-pape à Rome. Rappelez-vous de la lettre que Clément VII nous a fait parvenir, dans le temps où les papes étaient français et résidaient à Avignon. Dans cette lettre, il encourageait les Confédérés à détrousser et à garder prisonnier tout un chacun qui passait par le col du Gotthard pour s'incliner devant son adversaire à Rome plutôt qu'à lui rendre hommage, en Provence. Le roi Sigismond a dû convoquer le concile à Constance, en 1414, parce qu'il y avait trois papes. Trois ! Le dernier était mort peu de temps après son intronisation, et fut remplacé par Balthazar Cossa, un faux pape, qui prit le nom de Jean XXIII. Eh bien, ils ont tous été déposés, et on a élu Martin V. Mais Cossa a bien tiré son épingle du jeu puisqu'il a été accueilli de façon grandiose par Cosme l'Ancien, le plus habile de tous les Médicis. Vrai ou faux, pour Cosme, c'était un pape, et il lui a construit un monument funéraire au Baptistère à Florence, superbe à ce qu'on dit. Cosme avait engagé les meilleurs sculpteurs, Michelozzo et Donatello. La largesse du banquier lui a amené de nouveaux clients importants. Les millions rentraient par gros sacs dans son palais ».

Niklaus regardait l'autre, la bouche ouverte. Il n'avait jamais entendu parler de ce Cossa. Tillmann gloussait de plaisir. Il aimait épater son frère du Conseil :

« Plus tard, mon grand-père a fait de bonnes affaires à Bâle, pendant le nouveau concile de 1431. L'argent coulait à flots, avec ces dignitaires venus de partout. Figurez-vous qu'à lui seul, l'ambassadeur castillan arrivait avec mille quatre cents chevaux et deux fois plus d'hommes, sans compter les femmes qui suivaient le cortège comme les mouches le fumier. La ville craquait de partout, il y avait trop de monde. Naturellement, la peste n'a pas tardé à leur rendre visite. Après cinq mille morts, elle en avait assez, elle est allée ailleurs. Mon grand-père a survécu grâce à un vœu fait à saint Achatius – vous l'avez si bien peint, il y a à peine deux ans, avec *Le Martyre des dix mille chevaliers* ! – et à saint Roch. Le Ciel l'a protégé, il n'a eu que des bubons et des furoncles, la peste ne s'est pas mise dans les poumons. Mais, à quoi a-t-il mené, ce concile ? On s'est retrouvé avec deux papes, Eugène IV, le vrai, et Félix V, dont on s'est bien moqué par la suite. »

Niklaus et Tillmann s'étaient appuyés sur la balustrade, en haut de la fosse aux ours, de l'autre côté de la muraille, à l'opposé de la partie dite « savoyarde » de la ville, bâtie du temps des comtes de Savoie. Le ciel s'était dégagé et le temps avait rafraîchi, le soir tombait rapidement. Pour se réchauffer, les bêtes s'étaient couchées, les unes contre les autres. Des enfants leur jetaient des bouts de carottes, des feuilles de chou ou des noix pour les faire bouger. « Allez, retournez à la maison, la soupe attend ! », leur avait lancé Tillmann, en imitant le grognement d'un ours en colère. Les garnements leur avaient fait des pieds de nez et déguerpi. « Temps de rentrer, maître Niklaus. Il fait presque nuit noire et je n'ai pas envie de me casser une jambe sur le pavé glacé. »

Chacun s'était dirigé de son côté, l'orfèvre à sa maison, rue de la Croix, le peintre, rue de la Justice.

« Faites-moi quelque chose de joli », avait dit Brunner, l'automne précédent. Le conseiller était un petit homme replet. Le teint fleuri, il portait une belle chemise blanche plissée, et ses courtes pattes étaient couvertes de chausses bleu et rouge, tandis que des bas collants, dans les mêmes teintes, mettaient en évidence ses gros mollets dont il était fier. Il achetait ses vins en Bourgogne pour les vendre non seulement à Berne, mais aussi dans les environs, aux propriétaires terriens, surtout à Erlach, Nidau, Oberhasli et Thun. Dans l'est, à Lucerne et Zurich, il avait établi des comptoirs qui rapportaient gros. Son rêve : crouler sous l'or comme Ludwig Diesbach, dont le père, joaillier, avait loué des mines d'argent à Oberhasli et fait une fortune colossale. La particule de noblesse, il l'avait ajoutée plus tard ; avec autant d'argent dans ses caisses, il lui fallait se distinguer, il n'était plus un simple *Burger* bernois. Depuis que le barbier avait arraché la plupart des dents à Brunner, il étirait les lèvres dans un sourire qui, au lieu de lui donner l'air aimable, lui conférait quelque chose de lubrique et de vicieux.

Irrité par le ton hautain de Brunner, et surtout par le geste accompagnant le « joli », un rapide battement de la main comme s'il chassait une guêpe, le peintre lui avait demandé s'il pensait à un sujet en particulier. « Oui. En Italie, les bons peintres préfèrent maintenant des choses de l'antiquité, des histoires anciennes, grecques ou romaines, non, plutôt grecques. Il y a quelques années, mes amis de Lucerne ont décoré un mur de leur grande salle avec le jugement de Pâris. Ils m'en ont raconté l'histoire, alors j'ai compris pourquoi les trois déesses doivent se présenter nues devant ce jeune berger. Ils ont aussi un coffre venant de Lombardie, avec la même scène, mais les femmes sont habillées, et j'ai moins aimé. » Il fit une pause, puis ajouta :

« Si vous voulez aller à Lucerne, je vous donnerai une lettre d'introduction afin que vous puissiez voir cette murale. Cela pourra vous donner une idée de ce que je veux.

— Je vous remercie, ce ne sera pas nécessaire, je connais le sujet », avait fait Niklaus sèchement, alors qu'il ne s'en souvenait que vaguement. Il se sentit profondément humilié par Brunner qui le traitait comme son valet. En même temps, il se rappela à l'ordre : maintes fois, Katharina lui avait dit qu'il fallait demeurer affable et patient avec tout client. Des peintres, il y en avait autant que des grains de sable au bord d'une rivière. Il s'était composé une mine agréable :

« Vous désirez un grand tableau qui fasse de l'effet, sans doute ? Du genre de ma *Décollation de saint Jean ?*

— Oui, de l'effet, c'est ce qu'il me faut. Mais avec moins de personnages. Toute cette suite derrière Salomé, cela prend du temps à faire, sans parler d'Hérode et de ses courtisanes sur son balcon. Rien de trop élaboré, juste l'essentiel. Elle est assez réussie, cette *Décollation,* mais elle raconte trop de choses à la fois. Moi, je l'aimerais mieux avec moins de gens. Ne l'avez-vous pas exécutée deux fois, si je puis m'exprimer ainsi, sans jeu de mots ? ».

Il avait poussé un rire bref, comme une toux, en couvrant de sa lèvre les deux incisives qui lui restaient.

Pour dissiper ses craintes naissantes, le peintre lui avait posé des questions sur la taille du tableau, le délai accordé, le prix. Il apprit que Brunner ne voulait pas d'un tableau véritable, peint sur bois et préparé convenablement, surface plâtrée, puis polie, peinte et terminée avec un vernis de Dammar, de préférence, très durable, mais qu'il se contenterait d'une simple toile, de facture somme toute peu soignée, qu'il pourrait accrocher « à un mur et couvrir des taches », imitant une tapisserie, bien moins chère cependant. Il lui offrait septante livres, « ce que je crois amplement suffisant pour le travail de quelques heures. Et naturellement, vous ajouterez les armoiries de ma femme, qui est une *von* Schwanden – il appuya sur la particule – et les miennes, discrètement, mais tout de même bien en vue ».

Le peintre avait eu beaucoup de mal à ravaler son indignation. Ce que Brunner voulait, c'était, au fond, un *Tüchle,* un carré de chiffon montrant trois belles femmes nues. Ce *Tüchle,* il pouvait l'arracher et le cacher dans un coffre dès qu'une personne de quelque importance lui rendait visite. Chez lui, le soir, après son travail ou ses séances au Petit Conseil, avec sa femme et ses fils, il allait commenter ce bout de tissu pendant un temps, puis l'oublier. Ça ne vaudrait même pas la peine de le signer. Brunner le traitait de haut comme il aurait traité n'importe quel vulgaire artisan. Ailleurs, en Italie par exemple, ou en France, des peintres étaient invités à la table des rois et des princes. Il avait entendu dire que le pape en personne avait supplié le grand Michel-Ange de revenir à Rome. Niklaus brûlait de voir une des œuvres du maître et étudier le travail de Léonard et de Raphaël qu'il ne connaissait que de nom. Il soupira en pensant à l'accueil triomphal que les grandes villes d'Europe, Venise en tête, réservaient à Albrecht Dürer. Que n'aurait-il donné pour avoir passé, ne serait-ce qu'un seul mois, à l'atelier de cet homme !

Urs avait été en mission à Florence pour le compte d'un Bâlois d'origine italienne qui avait vendu une propriété à Fiesole. Après son retour, il voulut carrément abandonner son métier : « Tout ce que nous faisons ici est démodé, vieux jeu, nous nous répétons sans arrêt. Nous n'avons qu'à jeter nos pinceaux et recommencer à neuf. Si tu voyais ce qu'ils font, en Italie... Regarde ! ». Il avait ouvert son carnet et montré des dessins où les visages et les corps étaient si vrais, si vivants que le regard, le sourire, la tension des muscles semblaient avoir changé dès qu'on y revenait après un moment. « C'est prodigieux, non ? Et ce ne sont que de piètres copies faites d'après des cartons de Léonard et de Michel-Ange qui se trouvent à la mairie de Florence. Ils sont en compétition pour embellir la grande salle des réunions du Palais communal. Quand je suis entré dans la grande salle du Palazzo Vecchio, il y avait quantité de peintres en train de copier les ébauches. Ces croquis sont en réalité d'immenses chefs-d'œuvre, je n'ai jamais rien vu de pareil. Devant eux, tout le monde restait muet. Michel-Ange vient de finir la chapelle Sixtine à Rome. Si je survis à toutes ces guerres, j'irai voir cela. Mais il me faut encore de l'argent. J'en mettrai peut-être de côté, si je ne le dépense pas de la manière que tu sais. » Il eut un rire bref.

« D'où viendra cet argent ? Je m'en moque. Parfois, je ne sais plus qui saute à la gorge de qui. Aujourd'hui, c'est le pape et l'empereur qui nous engagent, demain ce sera le tour des ducs de ceci et de cela, ou encore le roi de France, et nous, de Bâle, de Berne, nos amis de Lucerne, de Zurich, toujours en train de nous battre sur n'importe quel front parce qu'on veut vite gagner de l'argent. Je ne peux pas prendre femme comme toi, l'avenir est trop incertain, je vis au jour le jour. »

Malgré la chaleur, Niklaus frissonna. Peu importe ce qu'il y avait au sud des Alpes, il devait s'atteler à la tâche et commencer cette chose mythologique. De toutes ses œuvres, il n'aimait que la deuxième version de la décollation de saint Jean-le-Baptiste. Le reste lui importait peu, on aurait pu brûler ses autres tableaux, comme l'autel en l'honneur de saint Jean, celui de saint Antoine, un autre, voué à sainte Anne et à saint Joachim, sans oublier le *Martyre des dix mille chevaliers* à Grandson – à l'exception du panneau représentant sainte Barbe –, une boucherie sans nom, répartie sur les deux panneaux extérieurs où il avait exprimé son dégoût du sang, et les nombreuses crucifixions. Il aurait tout fait pour sauver cette *Décollation*.

Sur ses tableaux, il avait versé quantité de sang, un sang faux, il est vrai, qui ne noircirait jamais. Ce serait un répit que de peindre une scène avec trois déesses et un mortel qui allait les juger. Pas de sang. Rien que de la beauté.

JUNON

Quand Niklaus lui avait parlé de la commande faite par Bendicht Brunner, Katharina s'était écriée : « Septante livres ? Pourquoi ne veut-il pas le *Tüchle* pour rien, quant à y être ? Et de quoi allons-nous vivre ? Avec quoi veux-tu payer les dépenses de la maison ? Nous avons des comptes en souffrance partout, les gens commencent à parler et les voisins me regardent de travers. Si tu n'apportes rien, et si tu ne pars pas en Italie pour ramener de l'argent, il faudra commencer à vendre des meubles, puis notre maison et nous réinstaller chez mon père. Il ne sera pas content ! Et moi non plus ! Mais toi, je sais que cela ne te fera rien, tu pourrais même coucher avec les ours dans leurs cages ! Et les modèles, où les trouveras-tu ? Avec quoi veux-tu les payer ? J'économise sur tout, et maître Tillmann a déjà plus d'une de mes bagues en consignation. Il est discret, heureusement ».

L'aigreur du propos s'accordait bien avec sa voix. Cependant, la question des modèles fut réglée en quelques jours de tractations avec sa femme et sa belle-sœur, cette dernière étant toujours de bon conseil : Pâris, ce serait lui, le peintre, avec quelques modifications de la silhouette, en le rajeunissant un peu, les cheveux plus foncés, la peau aussi, mais il garderait le

51

nez aquilin, trop noble pour être escamoté. De toute façon, il n'y avait rien de déshonorant à être reconnu comme Pâris qui juge la beauté de trois déesses. Quand il avait proposé à sa femme d'être Junon, l'épouse de Jupiter, Katharina avait rapidement tranché : « Nue ? Jamais. Tu veux montrer ta femme nue aux vieux du Petit Conseil ? Et me donner en spectacle ? Mon père irait chez les Brunner, couperait ton chiffon en petits morceaux et te déshériterait, crois-moi. Non, tu vas me peindre habillée de mes plus beaux atours, enfin, ceux que j'ai, c'est-à-dire pas grand-chose en comparaison des robes qu'ont mes amies ».

Sophia avait calmement refusé d'être Minerve et de poser nue ; elle trouvait quelque peu ridicule toutes ces plumes sur la tête, un bouclier au bras, un glaive à la main et un bandeau lui cachant le sexe : « Cela ne se fait pas, Niklaus, avait-elle dit de sa voix posée. Une Frisching n'est pas une – elle avait hésité, puis ajouté en rougissant – une femme comme cette, eh bien, tu sais, cette créature que tu rencontres aux bains, comme tout le monde sait, et ma sœur la première, bien qu'elle s'en accommode et fasse comme si elle n'existait pas. Moi non plus, je ne t'en fais aucun reproche. Après presque dix ans de mariage, un homme ressent le besoin de connaître autre chose, je comprends très bien cela ». Elle lui suggéra de peindre Katharina comme elle l'avait demandé, mais d'utiliser deux fois à peu près le même corps nu, celui de Vénus sous les traits de sa catin. Elle dit le mot sans mépris. Cette femme se faisait appeler « Lukrezia » aux bains, alors qu'en ville on disait qu'elle était la fille illégitime d'un journalier suisse, du Valais ou de l'Oberland ou encore d'un Souabe de passage. Son nom véritable était Dorothea Chind. Pour indiquer une certaine intelligence entre les deux déesses perdantes dans le concours, il devrait changer quelque peu les traits du visage de Katharina et du sien, car il fallait rester prudent afin de ne pas éveiller trop facilement la curiosité des membres du Conseil. Il avait réfléchi et, après plusieurs esquisses jetées dans son carnet où toutes les trois étaient nues, il s'était résigné. Il habillerait Katharina selon la dernière mode française.

Cela s'était passé l'automne précédent.

Aujourd'hui, le peintre monta avec sa femme sous les combles, là où il avait aménagé en atelier une vaste pièce qui, à l'origine, avait été prévue comme grenier servant d'entrepôt. S'y trouvaient, outre la table de travail de l'apprenti et les mortiers, un chevalet, une chaise et quantité d'étagères chargées de sachets avec des pigments réduits en poudre et prêts à être utilisés, d'autres avec des pierres brutes, d'autres encore enfermés dans des vessies de porc pour les protéger de la lumière. Disposés çà et là, quelques tableaux et dessins terminés attendaient preneur, comme une *Femme mourante,* par exemple, et une *Bethsabée au bain,* une scène très sensuelle avec, à l'endos, un de ses sujets préférés, la jeune fille et la Mort. Un squelette habillé de ce qui avait été le costume d'un mercenaire suisse, retrousse la jupe en cherchant de la main le sexe de la femme qui, tout en rendant le baiser que lui donne le crâne, guide ou retient la main hardie. Sur une poutre apparente étaient fixés les originaux d'une série de gravures sur bois, les dessins des cinq vierges sages et des cinq vierges folles. Il n'y avait aucune toile, rien que des panneaux de bois solides et des travaux sur papier ou parchemin. Certains tableaux, afin de les protéger de la lumière ou pour aiguiser l'intérêt d'un client ou encore pour les cacher du regard indiscret d'un visiteur inattendu, étaient tournés face au mur.

En entrant dans l'atelier, Katharina dit : « Je ne sais pas combien de temps je vais pouvoir tenir dans cette chaleur.

Regarde, je suis déjà toute mouillée rien qu'à monter l'escalier. Heureusement que je ne me suis pas maquillée comme tu me l'avais demandé, la graisse aurait fondu et abîmé ma belle robe neuve ». De la chaise, à côté du chevalet, elle prit quatre dessins pour s'éventer. « C'est intenable ici, sous le toit. Je ne sais pas comment tu fais pour travailler dans ce four. » Elle s'approcha de la toile et examina les silhouettes, sommairement tracées au charbon, du groupe des personnages.

Pour le « chiffon », comme l'appelait sa femme, Melchior avait acheté chez l'apothicaire-parfumeur-marchand d'étoffes une douzaine d'aunes de toile de lin de finesse moyenne que Bärbli avait coupée puis cousue en trois laizes, ce qui allait donner un tableau de sept pieds de hauteur sur cinq de largeur, afin que les personnages soient à peu près de grandeur nature, comme le voulait Brunner. Ensuite, il avait tendu la toile sur un cadre fait de lattes de pin en la fixant avec des clous et ajouté quelques planches assez larges pour empêcher que le tissu ne lâche sous les coups des pinceaux. Derrière les quatres acteurs – cinq, si l'on comptait Cupidon –, Niklaus avait esquissé l'arbre devant porter les armoiries demandées par Brunner, un hêtre à l'écorce lisse et au feuillage abondant. Les terres de différentes couleurs, broyées puis réduites en poudre très fine dans plusieurs mortiers en marbre ou en fonte, la gomme arabique, les œufs, l'eau, tout avait été préparé selon ses ordres. Des morceaux de cuir reposaient dans une casserole remplie d'eau et attendaient la cuisson pour fournir la colle nécessaire au liant de la peinture et la faire adhérer à la toile. Le peintre adressa un sourire encourageant à l'apprenti. Ils pouvaient commencer.

Puisqu'il s'agissait d'un travail qu'il voulait terminer rapidement, Niklaus n'avait pas fait préparer la toile comme pour un tableau d'envergure, avec un enduit de craie ou de plâtre mince. Dans ce cas, en roulant la toile ou, pire encore, en la pliant, des craquelures l'auraient ruinée sur-le-champ. Il opta pour une technique où les couleurs sont directement appliquées sur le support. Dès son enfance, il avait à ce sujet effectué des essais dans le laboratoire de son père, en suivant le célèbre traité sur la peinture de Cennino Cennini. Or, l'apothicaire en avait fait la traduction pour Niklaus.

Ces nombreuses heures d'apprentissage passées en compagnie du père comptaient parmi ses souvenirs les plus précieux.

Avec le temps, l'apothicaire et son fils avaient acquis une solide connaissance de la peinture dite *a tempera,* ou détrempe, la technique la plus courante au nord des Alpes, alors qu'en Italie on utilisait de plus en plus la peinture à l'huile permettant des effets de lumière particuliers, des superpositions de couleurs, des corrections, des retouches, même importantes. Le seul inconvénient demeurait le temps de séchage nécessitant plusieurs semaines, alors que la détrempe ne prenait qu'une heure ou deux. Contrairement aux rêveries dans lesquelles il tombait lors des leçons du *magister,* l'adolescent ne perdait pas un mot des explications paternelles. D'abord, il avait appris la détrempe dite « maigre », avec de l'eau et de la gomme arabique, extraite des acacias ; ensuite la « grasse », avec jaune d'œuf, colle de fromage ou de peaux et un peu de vinaigre pour obtenir une meilleure liaison de l'émulsion. Ils avaient expérimenté longuement avec des huiles de noix, de lin, les avaient cuites, puis purifiées, filtrées, exposées au soleil, pour obtenir des couches de protection, procédure qu'ils abandonnèrent pour suivre celle des enlumineurs qui avaient utilisé aux mêmes fins un mélange de blanc d'œuf et de miel. Après le séchage, on frottait la peinture avec un lainage, ce qui la rendait aussi brillante que celle à l'huile. Ils avaient connu des défaites cuisantes avec des préparations, pour n'avoir pas su doser la quantité de jaune d'œuf par rapport au matériau donnant le pigment. La terre de Sienne ne réagissait pas de la même façon que la terre verte ; ailleurs, des craquelures apparaissaient dès le séchage ; certaines couleurs, comme le blanc de plomb ou le blanc de zinc se comportaient de façon étrange dès qu'elles se trouvaient en présence de terres ou de métaux oxydés. Ensemble, ils découvrirent le cinabre, un rouge de sulfure de mercure, ou encore la lazurite, vendue à un prix exorbitant mais donnant un bleu magnifique, puis l'orpiment et le bol d'Arménie, une ocre rouge réduite en poussière qui donne, en sous-couche, aux minces feuilles d'or tout leur éclat. Le père avait mis son fils en garde contre certains pigments qui contenaient des métaux dangereux, comme le mercure, l'arsenic et le plomb. Dans un de ses livres illustrés qui avaient tant impressionné sa mère, Margaretha Fricker, le garçon avait vu les effets de ces substances, terribles pour un peintre : cécité, incapacité de tenir le plus léger pinceau, paralysie, chute des cheveux, maladies de la peau.

Niklaus pensait souvent aux enseignements du père, homme aux gestes tranquilles et élégants, toujours bien vêtu, passionné de science et qui avait pris grand plaisir à découvrir en même temps que Niklaus le monde des pigments. Sa femme aurait aimé chasser ce bâtard de la maison à coups de balai, jalouse de sa beauté alliée à une grâce naturelle, jalouse de son talent aussi, alors que ses enfants, à elle, avaient hérité de la lourdeur d'esprit et de corps de leur mère. Mais l'apothicaire n'avait pas cédé. Au laboratoire, Niklaus avait trouvé mieux qu'un atelier de peinture dont le maître aurait pris beaucoup plus de temps pour lui expliquer, et sans doute avec moins de patience, les fondements de son métier. Après deux ans, Niklaus savait faire de l'encre noire ou rouge. Il connaissait la proportion exacte du mélange de résine de pin et des verts de cuivre, la recette du vermillon à la laque de garance rouge ou rose, il dosait les rouges de minium de plomb. Il fabriquait le plus beau vert en plaçant pendant une quinzaine de jours des feuilles de cuivre dans du vinaigre, puis les sortait, les secouait et séchait le métal oxydé au soleil. Ou encore, pour obtenir du minium, il trempait pendant un mois du plomb dans du vinaigre, manipulait les feuilles de la même manière que celles de cuivre, chauffait les résidus jusqu'à ce qu'ils tournassent d'abord au blanc, puis au rouge vif. Il y avait des douzaines de recettes pour imiter des couleurs devenues trop rares ou très onéreuses à l'achat, comme le lapis-lazuli, que l'on trouvait encore sous forme de pains qu'on broyait facilement.

Melchior avait déjà rempli le fond de la toile d'une couleur foncée, de l'argile en poudre teintée de vert de cuivre puis assombrie avec de la suie et du noir de Rome, grâce à laquelle les couleurs vives des personnages prendraient l'éclat voulu. Niklaus examina les pinceaux, alignés sur une table basse à la droite du grand cadre. Là encore, l'apprenti avait fait du bon travail, taillé les soies de porc, serrées dans un anneau attaché à une fine baguette, en plat ou en rond, et déposé la demi-douzaine de pinceaux en soies de martre. Deux couteaux pour enlever les surplus, des torchons pour les corrections, le bois de la palette brillant et propre, fraîchement huilé. La colle était tiède, juste à la bonne température.

Le peintre se reprocha de commencer tard : avec la chaleur, Melchior devait préparer les émulsions en petites quantités seulement puisqu'elles allaient sécher rapidement. En entrant dans la maison, il s'était changé, ne voulant pas ruiner ses beaux vêtements que Barbara, la paysanne qui lui fournissait les œufs, avait tant admirés. Nu-pieds, il portait un sarrau léger en toile écrue et une paire de larges chausses brunes, comme celles des ouvriers. À Katharina, qu'il avait priée de poser pendant une heure avant le déjeuner, il dit : « Tu as sans doute raison. Il fait très chaud en haut, et je vais tenter de faire aussi vite que possible. Mais n'oublie pas qu'avec cette belle robe, tu seras le centre du tableau ». Elle eut un sourire satisfait. Il la plaça devant le mur face aux deux lucarnes, en pleine lumière, souleva des pans de sa lourde jupe à l'étoffe si raide qu'elle semblait empesée, plia son bras droit, lui fit ouvrir la main et tendre les doigts comme si elle allait indiquer quelque chose. La tête tournée à droite, le bras gauche demeurait immobile le long du corps.

Mais elle venait de voir les dessins sur les feuilles lui servant d'éventail. « Du nouveau ? Je connais ça ? » Elle les examina. C'était une série d'études. La première montrait un soldat en costume de mercenaire qui regardait deux femmes nues, représentant la volupté et la tempérance. Ensuite, elle en aperçut trois autres, habillées cette fois, identifiées au-dessus de leur tête par des inscriptions : Italie, France et Espagne, dans des robes selon la dernière mode des pays respectifs. Sur la troisième, Niklaus avait dessiné Vénus, Junon et Minerve, nues toutes les trois. Katharina fut profondément irritée de se découvrir, elle, Junon, tenant un énorme glaive dans la main droite, tandis que la gauche se cachait derrière un bouclier orné d'un dragon, et que sur la tête, elle portait un casque ridicule orné de petites plumes. En jetant un regard sur la dernière feuille où trois mercenaires cajolaient des filles, elle cria : « C'est à cela que tu penses toujours ? Des femmes nues, des putains qui s'exhibent devant les hommes ? Toujours le même... Et tu ne te rends pas compte de ce qui se passe autour de toi, la tête dans les nuages. Sais-tu seulement que le prix pour une livre de bœuf a triplé depuis un an ? Que le pain n'a jamais été aussi cher que maintenant ? Aujourd'hui, une bonne poule coûte autant qu'un porcelet il y a douze mois. Et tu veux manger, t'habiller, aller à la taverne, aux bains ! Tu oublies ta famille, ta femme ! Si mon père ne me donnait pas les revenus des fermes que j'ai eues en dot, à Ittigen, nous crèverions tous. Toi aussi ! ».

En effet, il ignorait la plupart de ces choses. Ne pouvant se prononcer sur la cherté de la vie, il murmura en fixant à nouveau la pose, que ces dessins demeuraient sans importance, c'était juste des esquisses, que ces pays symbolisaient les puissances étrangères qui courtisaient et séduisaient les *Reyslouffer* suisses. Melchior ramassa les feuilles jetées sur le plancher. Katharina, encore rouge d'indignation, s'épongea le cou et le visage, et reprit elle-même la pose en lançant un dernier regard courroucé à son mari. La dispute aurait lieu plus tard, sans témoin. Le peintre commença son travail.

Niklaus avait été le plus bel homme de la ville. Bien habillé, chaque jour un autre vêtement, aussi coquet qu'une fille. Et il dessinait si bien ! Quand il avait fait son portrait ce soir-là, Katharina le voulait, lui, et pas un autre. Ils ne manquaient pas pourtant, ceux qui demandaient sa main au père, comme un des fils du conseiller Brunner. Le jeune homme aurait payé cher pour la voir nue, plus cher que ce que son père offrait maintenant pour le Tüchle. Katharina avait déjà entendu son frère, Hans, parler de Niklaus et lui dire que ce garçon était différent des autres qui louent leurs services pour aller à la guerre et reviennent avec des ducats auxquels colle encore du sang. Elle avait appris qu'il ne se jetait pas dans la bataille et ne détroussait jamais les morts ; cela l'avait rendue encore plus curieuse. Niklaus lui avait murmuré à l'oreille qu'il la trouvait belle et combien il la désirait. La voix de cet homme était comme du beurre, n'importe quelle femme en aurait eu des frissons. Puis, il sentait bon, il était propre, alors que les autres ne se lavaient qu'aux jours de fête, et sommairement en plus, de sorte qu'ils puaient comme des boucs. Katharina et Niklaus se voyaient souvent, en cachette s'il le fallait. Hans était au courant.

« Tu as baissé la main. Garde-la comme je te l'ai montré, s'il te plaît. Ne bouge plus.

— Mais ça me fatigue, et j'aimerais mieux regarder droit devant moi. J'ai mal au cou.

— Kätherli, je t'en prie, un peu de patience. Nous irons bientôt manger un morceau. Reste comme tu es. Oui, comme ça. »

Par la cage d'escalier leur parvinrent les cris de Margot qui demandait son bol, et la voix de Bärbli, rassurante. Sophia était sortie. Tout à son travail, Niklaus plongeait ses pinceaux dans les pots, plaçait de la peinture sur la palette, mélangeait des couleurs, appuyait la main droite sur un long bâton pour éviter de faire des bavures sur la toile, plissait les paupières de temps à autre en penchant le torse un peu vers l'arrière.

Il l'appelait toujours Kätherli quand il voulait quelque chose. Au début, sa voix si chaude l'avait privée de ses moyens, on aurait dit que les mots tombaient comme du miel de sa bouche. Cela n'avait duré qu'un temps, tout le monde s'habitue aux douceurs quand elles sont distribuées du matin au soir. Le mariage avait eu lieu dans la maison de son père, dans sa maison deux fois plus grande que celle de la rue de la Justice, étroite et haute. Y avait assisté tout Berne, rien que les meilleurs noms, et les amis de Hans qui étaient aussi ceux de Niklaus. Une semaine de préparatifs ; sa mère avait engagé les cuisinières des voisins, les gros quartiers de bœuf avaient été rôtis aux cuisines de la mairie. La veille de la cérémonie chez les dominicains, au début de novembre 1509, il y avait neuf ans de cela, avec musique, chœur et tout, on avait signé le contrat devant témoins. Bien entendu, Niklaus n'avait pas grand-chose à apporter, rien que la promesse du grand-père Fricker, deux cents florins après sa mort. Le père Frisching l'avait longuement regardée et il avait haussé les épaules quand le notaire écrivit en récitant solennellement « deux cents florins de Hans Frisching » ainsi que « deux grandes fermes à Ittigen, dans l'Oberland, sous la juridiction de la ville de Berne ». Le vieux Frisching avait payé les noces, on avait mangé, de midi à dix heures du soir, des pièces montées, des paons et des cygnes, de la venaison prise dans les montagnes, des lièvres, des pigeons, des faisans, deux quartiers de bœuf, du beurre sur des tranches de fromage emmenthal, des gâteaux aux épices d'Orient, au safran. Quatre tonneaux de vin de Bourgogne avaient été vidés, six de bière et de nombreuses cruches de schnaps aux prunes, aux framboises, aux poires. Cela avait été une grande et belle fête. À la fin, barbouillés de graisse et de sauces, les hommes s'étaient endormis sous les tables pendant que les femmes riaient en se racontant des histoires salées.

Niklaus l'avait suivie dans la chambre qu'ils allaient habiter jusqu'à l'achat de leur maison dans la *Gerechtigkeitsgasse*. Il n'aimait pas son beau-père, le vieux Frisching n'ouvrait pas facilement sa caisse. Avec l'approche des noces, le père Fricker avait sondé le terrain pour que son petit-fils fasse partie des deux cents membres du Grand Conseil, mais on n'y avait accepté Niklaus qu'après le mariage parce qu'il appartenait désormais aux Frisching. Son beau-père était l'un des vingt-sept du Petit Conseil, et gouverneur d'Erlach. Il ne répondait qu'au maire, le *Schultheiss* Jakob von Wattenwyl, qui venait de remplacer

Wilhelm von Diesbach, mort à la tâche, l'année précédente. Sous le regard d'un grand christ sculpté dans un bois sombre, cadeau de sa belle-mère, Niklaus avait défloré Katharina, s'y prenant de manière experte, en homme qui aime les femmes. Elle n'avait presque pas eu de douleur et beaucoup de plaisir. Par la suite, il avait toujours été délicat et assidu dans l'amour.

Cette première nuit, après l'étreinte, elle s'était agenouillée dans le lit et avait adressé ses prières au christ aux yeux vides. Puis, elle était tout de suite venue aux affaires qui ne souffraient pas de délai. Elle lui avait dit d'un ton péremptoire qu'il fallait se débarrasser de son nom. On ne s'appelait pas « Alleman » si on voulait faire carrière à Berne. Fricker aurait été convenable, bien que cela ne valût pas Frisching, mais patience. Par bonheur, il avait hérité les cheveux blonds de sa mère, les boucles étaient celles de son père italien, le *Walch*. Celui-là, il avait déjà simplifié le nom qui lui était venu du vieux Jacobus de Alamanis, celui qui baragouinait encore son allemand.

Bien avant le mariage, elle avait cherché une solution au grave problème du nom. Et elle l'avait trouvée : il s'appellerait désormais Dütsch, Tütsch ou Deutsch, c'était tout simplement la traduction allemande du nom italien. En même temps, elle changea son deuxième prénom, Emmanuel, également hérité de son père étranger, en Manuel, un peu exotique mais approprié pour un peintre qui gagne sa vie dans une ville libre et riche comme Berne. Son nom de famille serait donc Manuel, avec l'ajout « dit Deutsch ».

À Berne, quand on mentionnait le nom des Frisching, on savait tout de suite qu'il y avait de l'argent en réserve, on se rappelait ce qu'avait fait le père pour posséder sa fortune et qu'il était maintenant le seigneur au château d'Erlach. Dütsch, Tütsch, Deutsch, ce serait parfait, il y avait quantité de gens qui s'appelaient ainsi, dans les villes confédérées comme dans l'Empire. Avec le temps, la ville s'y habituerait. Et puis, il fallait faire comme d'autres peintres, avoir une belle signature, avec un détail particulier. Cela faisait exclusif, riche, maître établi. Voilà : dès ce jour, il signerait tout simplement de ses initiales, NMD, suivies d'une dague, « exactement comme ton ami Urs, de Solothurn, qui te rend visite quand il revient d'Italie. Cela montre que tu es Suisse et un Confédéré comme lui. » Puisqu'il avait été absent de Berne pendant ses années de compagnonnage, il ajouterait, du moins au début de sa carrière, « von Bern » ou « V.B. » pour souligner son appartenance à la ville. De cette façon, personne ne pourrait l'accuser d'être un de ces va-nu-pieds sans foyer qui gagnent leur pain en quêtant du travail. À lui, Niklaus Manuel Deutsch, on donnerait du travail, parce qu'il avait sa marque de commerce, le magnifique nouveau nom, NMD, et la dague avec des fioritures joliment faites. Katharina était particulièrement fière d'avoir pensé à la dague suisse. Cela montrerait qu'il était un homme qui partait pour les guerres en Italie du nord et qui rapportait de l'argent à la maison pour nourrir sa famille. La valeur du nom, il allait la prouver par la qualité de son œuvre. Pas question de signer à l'avenir ses tableaux de façon anonyme, avec une fleur par exemple, comme ce malheureux Löwensprung avec ses œillets rouges ou blancs, à la cathédrale de Saint-Vincent. Non, cela prenait une vraie signature dont les générations à venir se rappelleraient.

Cette affaire réglée, elle lui avait parlé de ses rêves. Il ferait son ascension dans la bourgeoisie, sa place parmi les deux cents du Grand Conseil étant acquise. De là, il aurait quantité de commandes, l'argent entrerait par la grande porte de leur propre maison qu'ils auraient un jour. Il fallait le « lancer », voilà tout.

« Il fait vraiment très chaud, et j'ai affreusement soif. Si tu ne t'arrêtes pas, je m'en vais.

— Je sais, Kätherli, j'y suis presque, juste un petit moment encore, et ce sera terminé pour ce matin. On continue plus tard, dans l'après-midi si tu peux. »

Elle fit la moue, mais ne bougea pas, malgré la sueur qui ruisselait sur son visage, tombait par grosses gouttes de son menton sur le camée au centre du décolleté.

Sans Katharina et son appartenance aux Frisching, sans ses amies, ses relations avec toutes les maisons des riches citoyens de Berne, les *Burger,* il n'aurait jamais pu se faire une réputation. Personne ne se serait préoccupé de son sort, il aurait dû aller tenter sa chance à Bâle peut-être, à Genève, Zurich, Lucerne, où les habitants étaient plus généreux envers les peintres. Ou encore dans une ville de l'Empire, Augsbourg, Francfort, Nuremberg, Bamberg, Stuttgart. Il aurait péri peut-être comme tant d'autres sur un champ de bataille, en Italie ou ailleurs. Sur ses plus beaux dessins des débuts, dont il avait offert, suivant les recommandations de Katharina, bon nombre aux membres des deux Conseils, il avait toujours représenté un mercenaire vêtu d'un costume luxueux : pourpoint à larges manches bouffantes et amovibles, crevés laissant voir la chemise lâche, doublet retenant les chausses rayées tricotées serré à larges rayures, bleu et jaune, ou vert et orange, mettant en évidence les fesses et les cuisses musclées ainsi que le volume du sexe, sans oublier d'autres crevés en forme de croix suisse. Descendant d'un *Walch,* mais né à Berne, Niklaus, dans un élan de patriotisme, vénérait cette croix par laquelle se distinguait le *Reyslouffer* du lansquenet souabe, créé par l'empereur Maximilien, un Habsbourg, qui affichait, dans les crevés, la croix de Saint-André pas toujours facile à reconnaître dans la mêlée sur le champ de bataille. Bien entendu, tout le monde se faisait un point d'honneur de laisser paraître les jarretières des chausses, ornées de pierres précieuses. Les Confédérés portaient un béret mou orné de plumes d'autruche ou d'une aigrette, doublé de taffetas qui, selon les dires, éloignait les puces, tandis que leurs ennemis jurés, les Souabes, préféraient de grands chapeaux tailladés avec des plumes aussi longues que possible. Les deux étaient équipés d'une hallebarde, le lansquenet maniait le lourd glaive « à deux mains », tandis que le *Reyslouffer* affectionnait une arme aussi longue, mais plus légère, moins large, à demi cachée par une cape, à part la dague fichée sous la ceinture, dans le dos, arme utilisée dans les corps-à-corps quand il n'y avait plus de lances, d'arbalètes, de flèches, quand les chevaux étaient morts ou avaient fui le carnage.

Depuis les guerres des Flandres, il y avait de cela trente ans, les *Reyslouffer* détestaient les lansquenets souabes de l'Empire. Leurs services coûtaient beaucoup moins cher que ceux des Suisses, ils étaient presque aussi efficaces, certainement aussi brutaux et implacables. Quand l'un tombait sur l'autre, il n'y avait qu'un survivant.

Niklaus répétait volontiers ces épisodes remplis de sang et de destruction dans la partie supérieure du dessin, au-dessus d'un arc sous lequel se tient son *Reyslouffer* devant un fond de campagne vide, sans canons, ni mêlées ni morts.

Cependant, il n'avait jamais tué un lansquenet dans une bataille, il était toujours resté près d'une tente, en arrière, à enregistrer, écrire, envoyer des lettres que d'autres lui dictaient. Hans avait dit à Katharina que Niklaus n'était pas un poltron, mais qu'il ne supportait simplement pas la vue d'hommes morts étendus sur le sol, que d'autres déshabillaient, pour ensuite fourrer ce butin souillé dans de grands sacs qu'ils traînaient derrière eux ; à la maison, les femmes laveraient tout cela et ils pouvaient en tirer un bon prix chez les juifs. Curieusement, les camarades ne se moquaient jamais de lui et de cette faiblesse, connaissant sa grande force et sachant qu'il valait mieux ne pas le provoquer dans un combat à poings nus. Ils demeuraient déroutés par l'avidité avec laquelle Niklaus regardait et observait tout, le souffle court. Quand un combattant enfonçait son couteau dans le ventre d'un autre et le retirait couvert de sang, les yeux du peintre brillaient, son visage se faisait pâle, mais, plaçant souvent la main sur son cœur, il n'en continuait pas moins à regarder pendant que les renforts, inactifs pour l'heure, les putains, les vivandiers, les serviteurs des cavaliers, lançaient des cris aux leurs. Tous n'avaient que cela à la bouche : tuer, piller, butin, argent.

Pendant trois ans, le couple avait tiré le diable par la queue. Niklaus ramenait peu de richesses à la maison ; rien que de la bimbeloterie trouvée dans les tentes abandonnées par les ennemis. Les autres étaient passés avant lui, il n'avait cueilli que des miettes. Il répétait qu'il lui était impossible d'agir comme un vrai *Reyslouffer,* qu'il resterait toujours le scribe de « la meute », comme il appelait ses camarades, car pour lui, les mercenaires suisses se comportaient comme des chiens enragés au moment de la curée. C'est le père Frisching qui avait fourni l'argent afin d'acheter la maison qui demeurait sa propriété jusqu'à paiement complet, « pour l'amour de ma fille, la Kätherli », avait-il dit, tandis que la mère Anna avait donné quantité de chaises, trois bahuts dont un magnifiquement clouté, ramené par son fils Hans après une victoire sur des troupes françaises, de la vaisselle peinte, des cuillers, des couteaux, des draps de lin. Le père avait secoué la tête :

« Ma fille, ton mari n'est pas un vrai Bernois, malgré ses cheveux blonds et son nouveau nom. Il part avec Hans et les autres, mais au lieu de se battre, il se cache dans les jupes d'une putain et se cure les ongles pendant que les autres détroussent l'ennemi. Et puis, qu'est-ce qu'il a dans sa braguette ? Lui aurait-on jeté un mauvais sort ? Tu as fait deux fausses couches, après, plus rien. Je t'avais dit de ne pas t'enticher de celui-là. Tu as la tête dure, tu veux que tout se passe selon tes plans. Rien à faire, tu la tiens autant des Frisching que des Fränkli, ta tête ».

Pressant la main de Katharina, qui regardait obstinément le plancher, des taches rouges sur le cou, il avait ajouté : « C'est peut-être de ma faute. J'aurais dû te donner la fessée plus souvent ».

Katharina baissa brusquement le bras, souleva les pans de sa jupe, s'approcha de la toile. « C'est assez, j'ai trop soif ici sous le toit, dans la chaleur, et faim. À la Bärbli, il faut tout dire, et Sophia sortie, elle n'aura rien préparé. Viens, on descend. » Niklaus déposa la palette et les pinceaux sur la table, fit un signe à l'apprenti qui avait sommeillé sur sa chaise. Il lui lança : « As-tu faim et soif, toi aussi ? ». Melchior fit signe que oui. « Alors, on arrête. Un gentilhomme se plie au désir de la dame. » Il se leva pour descendre. Mais Katharina s'attarda devant le tableau. La jupe de Junon, composée de trois tissus de couleurs et de factures différentes, se détachait du vert sombre que constituait le fond. Le brocart de la partie supérieure, des hanches à la mi-cuisse, était d'un brun tirant sur le rouge, avec un large ruban doré formant une boucle à la hauteur du sexe. Un souffle soulevait le bout du ruban, dirigé vers l'esquisse de Minerve, tandis que la main droite, d'un geste qu'on pouvait croire accusateur, montrait la silhouette de Vénus, dégageant toute la rondeur du ventre de Junon sur lequel jouait la lumière avec des reflets jaunâtres, couleur de la joie. La section suivante de la jupe, d'un bleu indigo, alternait une deuxième fois, à la hauteur des chevilles, avec l'étoffe brun rouge, pour se terminer en une large bande de satin chatoyant dans lequel étaient tissées des queues d'hermine, ce qui donnait un effet de dignité royale au personnage. Le corselet, d'un bleu plus foncé que celui de la jupe, sans texture mais orné à l'extrémité supérieure d'une riche broderie en fil d'or, était maintenu par deux bretelles dont la droite avait glissé de l'épaule. Le collet consistait en deux minces rubans en forme de demi-cercles, attachés par un camée ancien à la hauteur du décolleté carré. Le ruban, passant au bas du cou, portait, comme deux autres minces lacets placés le long des clavicules, une série de glands d'or. À quatre endroits, les manches serrées brun rouge en crevés à ballonnets faits d'un satin blanc jaunâtre, superposés et détachables du corselet, étaient retenues au coude et sous les aisselles par deux longs fils indigo.

C'était étrange à voir, comme si la déesse n'existait que par sa robe. « C'est très beau, beaucoup plus beau que ce que je porte, dit Katharina avec un sourire. Tu y as ajouté de magnifiques feuilles d'acanthe. Ce tissu-là coûte encore plus cher que le mien, qui vient de Milan. J'ai vu quelque chose de ce genre chez maître Lienhard. Je n'aurais pas pu me l'offrir. Tant mieux si Margareta Brunner et ses filles voient cela, elles en seront blêmes d'envie. » Sans daigner jeter un regard sur les silhouettes encore vides de Minerve et de Vénus, elle commenta les beaux plis de la jupe, et la façon dont elle était drapée à ses pieds. Le peintre ne lui dit pas qu'il voulait donner à l'image de Junon celle d'une colonne sur laquelle s'appuie l'Olympe, immobile, dure, en pierre colorée. Une déesse sans humour, ambitieuse, jalouse de son pouvoir, de son mari, de ses bijoux, de ses clés, de la beauté dont le peintre allait couvrir Vénus.

Ils descendirent. La servante avait préparé une bouillie de son cru, céleri, fenouil, carottes, de jeunes rutabagas cuits, et ajouté quelques saucisses fumées, cadeau de la mère de Katharina. Ils se mirent à table ; Katharina avait enlevé sa robe neuve et enfilé une autre, coupée dans du coton léger, bleu ciel, ce qui rehaussait les reflets dans ses cheveux que le henné, un colorant venu d'Arabie, faisait paraître presque roux. Elle donna la becquée à Margot qui avala quelques morceaux, mais fit la grimace devant le goût salé de la viande qu'elle cracha aussitôt. Par contre, la petite sembla apprécier les légumes qu'elle mâchonna longuement. C'était une enfant pâle, d'un blond tirant sur le blanc, avec des yeux bleus, comme ceux de sa tante Sophia. Elle souriait peu, pleurait souvent, parlait par monosyllabes que seules la servante et la tante comprenaient. Son père ne s'en occupait presque pas, il avait espéré un fils qu'il aurait appelé Hieronymus, rompant ainsi avec la tradition bernoise voulant que le premier fils porte le nom du père. Bien avant la naissance de sa fille, et malgré les remontrances de son beau-père, il s'était montré intraitable à ce sujet : il voulait enrayer l'ascendance de ce fils, oblitérer le grand-père, et faire de l'enfant un Bernois dont les souches se confondraient avec celles des autres familles.

Pour Katharina, chaque florin, thaler, livre, schelling, batzen, kreutzer et pfennig comptait. Le couple avait loué l'espace du rez-de-chaussée à un marchand de livres, venu de Bâle, qui avait accepté de vendre les dessins de Niklaus à bas prix. Au début, l'essentiel des revenus de Niklaus lui venait des dessins qu'il offrait aux grands ateliers de verre peint, en particulier celui de Hans Funk. Selon la mode, on s'offrait maintenant des fenêtres aux compositions de plus en plus compliquées, assez onéreuses. Pour la plupart, il s'agissait d'extravagantes armoiries redessinées, ou encore de scènes avec le saint choisi par la famille et qui devait garantir la protection de la nouvelle demeure.

Longtemps, le jeune couple vécut chichement, n'ayant même pas quelques thaler pour engager une servante. Il fallut attendre presque quatre ans avant que Niklaus n'obtînt sa première commande officielle de la ville, payée la misère de dix schellings, pour peindre une hampe. Mais les affaires s'amélioraient avec la représentation des rois mages sur un drapeau, pour laquelle Niklaus reçut du trésorier bernois cinq livres, dix schellings et six pfennigs. Pendant cinq ans, chaque fois que son mari recevait de l'argent pour son travail, Katharina en avait donné la plus grande partie à son père qui l'empochait en haussant les épaules. Pour lui, peindre était aussi peu sérieux que jouer d'un instrument de musique. Il aurait préféré un gendre maréchal-ferrand, maçon, marchand, tout, mais pas un crève-la-faim sans réputation dans une ville où on appréciait un métier demandant de l'imagination seulement s'il servait à quelque chose de solide, menuisier, ébéniste, orfèvre. De jeunes mariés avaient toujours besoin d'un beau lit, en sculpter un rapportait gros, de même que des chaises solides, des coffres et bahuts sculptés. Et les femmes raffolaient de bijoux et de vaisselle d'argent pour damer le pion aux voisines.

Mue d'une volonté obtuse, Katharina avait tracé le plan de carrière de son mari. D'abord, il lui fallait se présenter toujours richement habillé, les chemises éclatantes de propreté, à l'image d'un jeune homme issu d'une excellente famille. Son adage, elle l'avait continuellement à la bouche : « Si tu as l'air d'un gentilhomme et que tu passes pour être riche, les clients te traiteront en gentilhomme et te feront confiance ». Parfois, elle élaborait : « Si tu as une livre dans la manche, fais semblant d'en avoir vingt. Donne dix schellings à un pauvre, même s'il ne te reste rien pour toi. Tu passeras pour riche. Mentionne la fortune de ton grand-père et de mon père, et ce qui va nous revenir un jour. Décore tes dessins à profusion, avec des colonnes travaillées, des armoiries nouvelles sur les boucliers des *Reyslouffer,* de superbes plumes sur leur chapeau, des parures au cou des filles, tout ce qui coûte cher, ce qui est moderne et à la mode. Il faut que les gens se reconnaissent, ils aiment ça. On croira que tes modèles viennent du monde riche et que tu es leur ami. Dans les tableaux, applique de l'or tant que tu le peux. Les gens ne savent pas que ton or en feuille est presque une illusion. Avec une couche de jaune d'étain, elle peut être mince comme de l'air et donner l'impression d'une plaque massive. Fais dans le riche, riche, riche, ce sera payant ».

En effet, Fortuna s'était montrée aimable, lentement d'abord, ensuite de plus en plus vite. Coup sur coup, Katharina lui avait obtenu les contrats pour l'autel de saint Jean, un autre pour sainte Anne et saint Joachim, un autre encore pour la chapelle de Grandson et, le plus important, celui de l'église des dominicains. Niklaus avait suivi à la lettre les instructions de sa femme : les auréoles de saint Éloi et de saint Luc brillaient comme si elles étaient faites d'or massif. Sur les chapiteaux, il y avait des sculptures de saints tous azimuts ; dans les coins des arches, des camées en grisaille paraissaient taillés dans des marbres précieux. En arrière-plan, il ajoutait toujours des paysages familiers, des prés, le lac de Thun, des châteaux, des montagnes, tout ce qui était près de Berne. La *Décapitation de saint Jean,* la première version, avait été un franc succès. Déjà, les jeunes gens se faisaient faire des habits aussi somptueux que celui du bourreau, tandis que leurs sœurs trouvaient l'inspiration pour leur robe d'apparat dans les tissus de velours et de damas broché, les manches de Salomé, à gigot tailladés et pleins de crevés.

C'est Katharina aussi qui, avisée, eut l'extraordinaire idée de l'énorme fresque sur le mur du cimetière : « Les meilleures familles de la ville y auront leurs armoiries et tu peindras les commanditaires d'après nature, s'ils le désirent. Tu verras, ils paieront bien, je me charge des négociations ». Elle avait rencontré chacun des deux cents membres du Grand, ensuite les vingt-sept du Petit Conseil. Cela avait englouti de nombreuses semaines en pourparlers. Le soir, elle revenait brisée de fatigue, rue de la Justice. Les von Diesbach, von Wattenwyl, von Erlach, von Seengen, von Mülinen, von Raron, von Roverea, tous les patriciens de Berne et des environs lui avaient commandé une section de la danse, avec leurs armoiries dans les coins supérieurs. Cette série de tableaux rapporterait des centaines et des centaines de livres. Ce serait un honneur pour les commanditaires si toute la ville pouvait, dans un endroit aussi passant et sans avoir à entrer nulle part, les admirer à loisir. Les acomptes avaient été versés sur-le-champ, personne n'avait hésité. Et Katharina vidait ses poches sur la table, les grandes pièces d'argent résonnaient sur le bois. Même les Chevaliers de l'ordre teutonique participaient, ayant retenu un espace double, payé par le commandant de la forteresse Köniz, Rudolf von Fridingen, sur le territoire bernois. Un des premiers à s'assurer son image avait été Thomas vom Stein, cantor des chanoines de Saint-Vincent. Suivaient les gens riches de Berne, les Stürler, Hübschi, Armbruster, Vogt, Glaser, Hetzel, Ziely, Fränkli, Achshalm. Maître Tillmann et sa femme, une Hübeli, son propre frère Hans, à condition de voir ses armoiries au-dessus de l'image du roi, Brunner et sa femme Margareta, richement dotée, bien entendu, comme c'était la tradition chez les von Schwanden. Tous avaient promis de fortes sommes « pour l'honneur d'y être ».

Quand le père Frisching la vit apporter la grosse bourse en cuir chez lui, au château d'Erlach – elle avait loué les services d'un charretier et s'était faite accompagner de Bärbli, tant elle avait hâte d'entendre son père compter les pièces et le son qu'elles faisaient en tombant dans sa caisse –, il l'avait longuement dévisagée :

« Bien. Je vois que Sophia et ta mère avaient raison, tu le mènes par le bout du nez. Mais laisse-moi te dire une chose : s'il a une once de moelle dans les os, il va te détester pour ces travaux. Les hommes n'aiment pas que les femmes soient aux commandes. Ils font la guerre, et c'est sur le champ de bataille qu'ils montrent leur valeur. Ils affrontent la mort. Crois-moi, nous détestons, *tutti quanti,* le pouvoir des femmes ».

Le regard de sa fille s'éteignit et se remplit d'angoisse. Elle lui dit qu'elle voulait aider son mari et sa famille, faire honneur à son père, au nom des Deutsch, puis aux Frisching, aux Fricker, et un peu aux Alleman.

« Ne t'occupe pas de son père. Ce sera toujours un *Walch* à qui nous avons accordé droit de cité. Il ne compte pour rien, te dis-je. Mais avec tous ces contrats, j'avoue que ton mari est établi en ville. Reste à savoir s'il sera accepté par les familles. » Il l'avait encore fixée un bon moment, puis s'était penché sur sa table de travail. La visite était terminée.

Katharina répondit, la voix étranglée par la colère :

« Mon *Walch,* je te le dis, un jour il sera assis à ta place, il sera gouverneur comme toi, il fera partie du Petit Conseil. Et je n'aurai pas à attendre longtemps ».

Le père continua sa lecture comme s'il n'avait pas entendu. Alors, hors d'elle, sa fille cria :

« Il sera non seulement gouverneur, mais il agira comme un des quatre porte-étendards bernois, il sera *Venner,* tu entends ? Et il ne présidera ni les boulangers, ni les forgerons, ni les bouchers, mais les tanneurs. Les *tanneurs* ! Je ferai en sorte qu'il devienne *Venner* des *tanneurs* ! Je sais bien que l'argent de la ville vient de nos tanneries, nous vendons du cuir à tous les chrétiens de la terre, c'est toi qui me l'as enseigné, et qu'il fallait avoir du respect pour les tanneurs. Après, pourquoi pas, et si Dieu lui donne vie, il deviendra *maire* de la ville, il sera *Schultheiss*. Tu verras, mon *Walch* traitera avec le roi des Français, avec l'empereur, avec le pape ! C'est mon *Walch* qui fera la pluie et le beau temps ici, on se souviendra de lui autrement que pour les tableaux sur le mur du cimetière... ». À bout de souffle, elle sortit en claquant la porte.

Dehors, Bärbli lança un regard inquiet à sa maîtresse qui se jeta sur son siège, le cou et le visage en feu, essoufflée, les poings serrés. La servante savait qu'un mot placé au mauvais moment pouvait exacerber la colère de Katharina. Alors elle garda le silence.

Vers trois heures de l'après-midi, ils montèrent à nouveau pour une autre séance. Il faisait encore plus chaud que le matin et tellement humide que la peinture n'avait pas encore séché sur la toile. « Il nous faut un orage, dit Katharina. Cela va nous donner du répit. Cette chaleur doit venir du diable, ce sera la fin du monde si cela continue. Les pierres sont si chaudes qu'on peut faire cuire un œuf dessus. » Par mouvements lents, elle s'essuya le visage, la gorge, les bras. « Mais je suis bien plus à l'aise dans ma petite robe. Dans la grande, j'aurais fondu. »

Des pots de peinture, Melchior enleva délicatement l'eau protégeant les pigments, prépara plusieurs mélanges de degrés différents, de la céruse, du blanc de plomb avec du brun sépia et, pour les cheveux, du rouge de cinabre, rendu foncé par une terre ocre qu'il avait calcinée au préalable dans le four de l'atelier, cette dernière couleur devant également servir aux ombres du visage autour des yeux, du nez, faire ressortir les clavicules et la naissance des seins. Au lieu d'un chapeau selon la nouvelle mode florentine, prévu pour Vénus, Katharina avait insisté : « D'après ce que tu m'as dit, Junon est la plus importante des déesses, et je veux que sa chevelure fasse, derrière la coiffe très simple cachant mes oreilles, une couronne, avec des fils d'or ». Cette fois, elle n'avait qu'à garder la tête tournée comme lors de la séance précédente. « Oui, elle est peut-être la première entre les déesses, mais Vénus sera plus grande qu'elle. Et je m'en moque si elle n'aime pas ce superbe corps blanc », pensa le peintre.

Niklaus travaillait rapidement, ne parlant que pour donner des instructions à Melchior : « Mets du blanc d'œuf de côté, j'en aurai besoin pour faire sécher l'ocre ». Plus tard, après un bref regard sur les mains de l'apprenti, il dit : « Attention au jaune. Si tu échappes l'enveloppe, cela provoque des grumeaux, regarde-moi faire ». Il prit un œuf, le cassa, fit glisser le blanc dans une moitié de la coquille, tendit l'autre contenant le jaune à Melchior. Puis, il prit un torchon propre, essuya sa main gauche jusqu'à ce qu'elle fût parfaitement sèche, saisit le jaune entre le pouce et l'index, le plaça au-dessus d'un pot vide, le perça d'un coup d'aiguille. Le globe se vida lentement. Bientôt il ne resta qu'une fine peau flasque orangée qu'il jeta dans un récipient avec les autres. Melchior tenta de répéter les gestes du maître, mais le jaune lui glissa des doigts. « Il faut que ta main soit absolument propre et sèche, autrement, la pellicule n'adhère pas et tu gâches l'œuf. » Il fit une autre démonstration, puis laissa Melchior ajouter les pigments qu'il avait réduits en poudre, pour la plupart des terres de Sienne, de l'argile verte, de l'aragonite, afin d'obtenir des blancs d'une grande pureté, couler de la colle de peau mêlée à un peu de gomme arabique pour obtenir une consistance onctueuse de l'émulsion et faire adhérer les particules des pigments sur la toile. Quand l'apprenti voulut se servir de la poudre de lapis, le maître avait couvert le sachet de la main : « C'est trop cher pour l'utiliser sur un *Tüchle*. Sais-tu seulement combien me coûte une once de cette pierre ? Je la réserve pour les grands tableaux qui paient mieux que cette toile de rien ».

Le ton était à la fois agressif et triste. Pendant un moment, Niklaus revit l'atelier, deux ans auparavant, quand il avait dû embaucher deux autres peintres et un compagnon de passage. Les commandes n'arrêtaient pas d'entrer ; il était pressé de toutes parts ; les clients lui accordaient si peu de temps pour confectionner les retables qu'ils devaient se contenter des panneaux extérieurs, destinés aux messes ordinaires, quand l'autel montrait son visage de tous les jours. Katharina avait négocié les salaires des employés. Elle leur disait qu'ils allaient avoir le privilège de travailler avec le seul maître de Berne et qu'il leur rédigerait une belle recommandation pouvant servir lors des prochaines haltes. Elle les logea tous trois dans un débarras sous l'escalier, sans lumière, et pire encore que celui où dormait Bärbli, les fit manger à la cuisine avec la servante et compta, le dernier jour du mois, dans la main de chacun, les quelques pièces d'argent et de cuivre qui leur revenaient. En contrepartie, ils travaillaient dur, réduisaient les pierres en poudre, préparaient les divers mélanges de pigments, appliquaient le plâtre pour la couche de fond des panneaux de bois qu'ils polissaient à la pierre ponce avant que Niklaus n'esquisse au charbon la composition de la scène, exécutée selon les études, les personnages, les contours des vêtements. Auparavant, pour colorer les espaces, le maître avait inscrit les numéros sur les pots contenant les pigments préparés et destinés à être mélangés soit avec des jaunes d'œuf et les liants, soit avec de l'huile de lin purifiée, selon le désir du client.

« Où en es-tu ? demanda Katharina. Il me semble que tu prends beaucoup de temps pour peindre mon visage et mes épaules. » Elle s'approcha, examina son portrait. Ses cheveux formaient une couronne d'un beau châtain clair, tirant sur le roux, les longues mèches séparées et posées sur un mince rouleau de satin blanc. La coiffe, étroite sur le dessus, s'élargissait ensuite pour cacher les oreilles et une partie des mâchoires, elle reprenait le même bleu de la jupe. « Tu m'as presque donné un teint de paysanne, j'aurais aimé être un peu plus blanche, tout de même ! » Niklaus ne répliqua pas, il était impossible de la satisfaire, elle trouverait toujours à critiquer des choses auxquelles elle ne comprenait rien. S'il lui avait donné la même blancheur que celle dont il ferait le peau de Vénus, elle aurait eu l'air d'une statue de marbre habillée, tout à fait ridicule, alors que maintenant, c'étaient les reflets des parures qui conféraient à son visage et aux épaules un ton entre le doré et l'ivoire. Katharina continua à scruter la toile. « Ah, c'est bien. Tu as peint mes bagues, même celles qui se trouvent chez maître... » La présence de l'apprenti la fit hésiter. « Enfin, tu sais chez qui. Tu l'as bien réussie, cette robe. Très élégante, plus belle encore que celle que je portais ce matin. Et – oui, la déesse a l'air de dire quelque chose à l'autre, celle avec les plumes sur la tête, qui nous regarde si fièrement. C'est drôle, je ne me reconnais pas vraiment, ni l'autre, mais on dirait qu'elles sont sœurs. »

Soudain inquiet de la tournure que pouvait prendre la pensée de sa femme, le peintre l'entraîna. « Viens, allons manger, le souper attend. Puis, il faut que je voie mon ami Tillmann, pour lire quelque chose dont il m'a parlé.

— Toi et tes lectures... Il me semble que tu lis beaucoup, ces derniers temps. Et pas toujours seul. Je croyais que tu allais aux bains, comme d'habitude. »

Après une pause, elle ajouta, en murmurant : « Je ne sais pas où tu trouves l'argent pour payer ses services. Comment fais-tu ? ». Mais elle n'attendit pas la réponse. L'odeur de la soupe au poulet monta dans la cage d'escalier. « La Bärbli aura mis encore trop de poivre. Pourtant, elle sait combien coûtent les épices. Elle va nous ruiner, cette imbécile. »

Les deux peintres avaient été de bons artisans, mais sans imagination, incapables de voir à l'avance quel aspect allait prendre l'œuvre une fois terminée. À la lettre, ils suivaient les instructions de Niklaus. Ils connaissaient bien les techniques du métier, les chauffages au bain-marie ou de sable, les procédés d'extraction, les qualités des acides et des alcools. Ils appliquaient couche sur couche, mais ne prenaient pas de recul pour examiner l'effet des pigments et ne posaient pas de questions sur les mélanges, ni la composition des vernis de Niklaus. Par contre, le compagnon, un barbu taciturne, se révéla d'une remarquable efficacité. Il avait peint presque tout seul les deux panneaux extérieurs du *Martyre des dix mille chevaliers* pour le compte des villes de Berne et de Fribourg. Les Conseils avaient décidé de doter la chapelle Saint-Georges du monastère des franciscains d'un autel commémorant les Confédérés morts en héros : lors de la guerre contre la Bourgogne, en 1477, les Suisses avaient défendu le château de la ville. Comme Katharina connaissait bien les Diesbach, ces derniers lui avaient fait rencontrer le prieur de Grandson, Niklaus von Diesbach. Par ailleurs, Ludwig, le père de ce dernier, ainsi que son oncle Wilhelm avaient déjà payé leur contribution pour les deux premiers tableaux de la danse macabre sur le mur du cimetière bernois, derrière le monastère des dominicains. L'autel de Grandson serait complété par les statues de saint Georges se tenant entre les saintes Catherine et

Marguerite, une idée du prieur voulant donner du travail à un de ses amis de Fribourg, Hans Geiler, sculpteur sur bois.

À cette œuvre, Niklaus y tenait presque autant qu'à sa deuxième *Décollation* de saint Jean.

Les volets fermés, le retable montre le supplice des dix mille chevaliers sur le mont Ararat, en Turquie, là où avait échoué l'arche de Noé. Selon la légende, le centurion romain Achatius, dont le nom signifie en grec « l'innocent » et en hébreu « celui que Dieu garde », avait affirmé devant l'armée que, désormais, Jésus-Christ serait son seul empereur. Les pires tortures ne le faisaient pas fléchir. On le fouetta d'abord avec des branches chargées de longues épines, puis il fut crucifié. Dix mille autres légionnaires avaient suivi son exemple ; ils subirent le même sort. Mais au lieu de peindre une multitude de croix, Niklaus avait choisi de parsemer le sol au pied du mont d'épines aussi longues que des glaives. Il fit avancer, sous la menace de soldats munis de fouets, une interminable chaîne d'hommes sur un sentier menant au sommet ; de là, ils étaient poussés dans le vide. À l'avant-plan, une douzaine de cadavres gisent, ensanglantés et presque nus, empalés sur les épines géantes. Sur le panneau de droite, un des suppliciés regarde le spectateur, un léger sourire aux lèvres, le bras gauche levé en l'air, retenu par une épine, l'épaule et la main droites ainsi que la cuisse gauche transpercées. Sur le panneau de gauche, un autre martyr est mort, bras et jambes percés. Les deux hommes, couchés dans l'herbe verte, ont le même visage, celui du peintre.

Devant ces tableaux, Katharina s'était exclamée, furieuse : « Mais tu es fou ! Tu crois que les gens ne te reconnaîtront pas ? Mon mari deux fois en martyr, cela dépasse les bornes. Et cette scène horrible sous un ciel d'or, c'est indécent. Je ne dis pas, on est habitué aux croix. Mais ces épines, et tout ce sang, alors que tu n'en supportes pas la vue ! ».

Il lui avait expliqué que ce sang était aussi celui de Jésus : le fils de Dieu avait été fouetté, puis blessé par une couronne faite d'épines. Selon lui, le paysage serein en arrière-plan, avec une ville resplendissante, traduisait la promesse du paradis et de la céleste Jérusalem. L'herbe verdoyante qui boit le sang représentait la vie éternelle après les tortures de la vie. Bouche bée, elle l'avait écouté, puis s'était détournée en murmurant : « Mais tu n'aurais pas dû te peindre toi-même, une fois agonisant, puis mort, sur l'autre panneau. C'est un mauvais présage. Je n'irai jamais à Grandson ».

Elle se disait si dégoûtée qu'elle n'avait pas voulu voir les deux autres tableaux, saint Achatius d'abord, chevalier en armure d'acier, couvert d'un manteau d'un rouge aussi foncé que le sang versé lors de son martyre, une large croix suisse sur la cuirasse, la dague à la ceinture, la longue épée dans la main droite. Plein d'énergie, de constance, de valeur virile, la visière levée, il regarde la croix qu'il tient de la main gauche, en brave défenseur de la foi. Le fond du tableau est en or richement damasquiné, sous les pieds du saint un beau tapis d'herbe, une herbe aussi verte que celle des dix mille martyrs des panneaux extérieurs, nourrie par le sacrifice de dix mille vies. Sur l'autre, sainte Barbe, dont les tortures furent encore plus cruelles que celles d'Achatius, mais pour laquelle avait posé Sophia, avec la palme des martyrs et un calice au-dessus duquel flotte une hostie, symbole de la foi. La sainte est élégamment habillée, selon la mode bourguignonne, en cotte et robe rouge foncé, ceinture verte, profonde échancrure carrée, la gorge voilée de blanc et ornée de trois bijoux couvrant toute cette magnifique chair recomposée par la grâce de Dieu. Barbe avait été massacrée avec un raffinement pervers par son père, le terrible Dioscorus : ongles arrachés, mamelles coupées et, pour finir, la tête tranchée. Maintenant, entourée d'une immense auréole d'or, elle portait une magnifique couronne sur ses cheveux blonds bouclés. À ses pieds, l'herbe est encore plus riche, plus féconde qu'ailleurs. Si elle l'avait vue, Katharina n'aurait pu ignorer que sa sœur souriait de la même façon que le peintre deux fois empalé et que le regard de la sainte était le même que celui du martyr mourant, représenté deux fois sur les volets extérieurs du retable.

Le compagnon n'avait rien dit, mais s'était détourné en serrant les dents comme s'il voulait ne pas céder à un rire irrépressible. Il avait assisté aux séances de sainte Barbe sous les traits de Sophia, il était complice du pied de nez que le peintre faisait à son beau-frère Hans, le modèle pour Achatius : il fallait savoir lire et s'approcher du panneau afin de déchiffrer le nom du saint, inscrit juste au-dessus du pommeau, et changé en « Bockaciuss », le bouc.

En fait, Niklaus avait reproduit à nouveau le bourreau devant la forteresse de Gênes : jambes écartées, glaive prêt à s'abattre sur la nuque de la victime, manteau ouvert mettant en évidence la braguette bien remplie, et fixant de ses yeux vides la croix qui pourrait aussi bien être une lance. Le peintre n'avait jamais vraiment aimé Hans qui raffolait des expéditions dans le sud et revenait chargé d'un riche butin. Il était fort, brutal, courait aussi vite qu'un cheval, tuait avec discernement, car il choisissait froidement ses victimes. Devant un adversaire prometteur, il s'emparait d'abord des rênes de la monture, se cachait sous le ventre de la bête pour éviter les coups maladroits de l'autre qui faisait tout pour ne pas la blesser. D'un mouvement rapide, il ouvrait la boucle de la sangle retenant la selle et faisait basculer le cavalier. Dès ce moment, l'autre était perdu. Il avait beau tomber à genoux, implorer Hans, l'épée s'enfonçait dans sa gorge. S'il portait des vêtements particulièrement riches, le trahissant comme le fils d'une famille nantie, Hans le faisait prisonnier et lui dictait une lettre dans laquelle était indiquée la somme de la rançon ainsi que la date de l'exécution si elle n'arrivait pas. C'est ainsi que le jeune Frisching avait amassé une fortune considérable. Il s'habillait richement, possédait un cheval de prix ; un valet portait ses couleurs et le suivait dans la bataille. Avec des guerriers comme lui, la réputation des *Reyslouffer* faisait fuir les armées ennemies dès qu'elles pouvaient distinguer les croix suisses. Grâce à leurs coursiers, les cavaliers du camp adverse pouvaient se sauver, mais les fantassins étaient rattrapés, exécutés et spoliés comme d'habitude. Puis, on se tournait du côté des vivandières et des putains, sans valeur, qu'on laissait courir après avoir fait bon usage des plus jolies. Ce qui intéressait les mercenaires, c'étaient les chevaux de réserve, pour lesquels ils pouvaient obtenir de bons prix sur les marchés de Berne, Lucerne, Zurich, Fribourg ou Bâle.

Jeune et riche, Hans avait passé outre au désir du père, qui lui proposait une jeune fille de bonne famille. Il avait choisi Franziska Löbeli, une « moins que rien », presque sans dot, d'une modeste famille d'ouvriers, mais belle comme le jour et aussi douce que du velours. Elle l'adorait, sa force physique, la brutalité qu'il déployait sur le champ de bataille et qui lui rapportait gros, son visage et son corps couverts de cicatrices qu'avaient laissées coups de poignard, pointes de lances, éperons de cavaliers tentant la fuite. Qu'il eût l'esprit borné ne la dérangeait pas, pas plus que ses beuveries avec les camarades, sa forfanterie, les sommes astronomiques dépensées pour ses habits luxueux, aussi extravagants que ceux d'un jeune noble. Il lui donnait tout l'argent qu'elle voulait pour ses robes, la maison, les serviteurs ; il rapportait des bijoux qui avaient appartenu à des femmes probablement violées, peut-être tuées ou, à coups de fouet, chassées après la bataille, avec rien de plus qu'une chemise sur le dos. Elle ne posait pas de questions, elle disait avec les autres : « C'est comme ça à la guerre », et fermait les oreilles devant les remontrances des vieux qui fustigeaient le luxe insensé des vêtements. Anshelm, l'historien de la ville, notait : « Jamais auparavant, l'or, le velours et la soie n'ont été si répandus. Les pantalons montrent des crevés au niveau des genoux, avec davantage de doublure que de tissu, et ce qui a été taillardé et déchiré coûte bien plus cher que du tissu neuf ».

Comme toutes les autres, Franziska craignait que son mari ne revienne plus, ou pire, qu'il retourne estropié, manchot ou cul-de-jatte, car les barbiers, qui s'occupaient des saignées et arrachaient les dents pourries, traitaient également les blessés. Après les avoir soûlés, ils les charcutaient rapidement. Dans le premier cas, comme tant d'autres jeunes veuves, elle chercherait un nouveau mari, aussi longtemps qu'elle demeurerait jolie. Mais s'il allait lui revenir impotent, elle devrait s'en occuper, avec l'aide du beau-père, bien entendu. Dans ce cas, elle n'aurait pas de souci à se faire : la fortune combinée des Frisching et celle de Hans, s'élevant à plus de cinq mille florins, suffirait jusqu'à la fin de leur vie.

La force brute de ses compatriotes répugnait à Niklaus. Leur cupidité, la gloutonnerie, la bestialité après le carnage le dégoûtaient autant que leur manque de discipline, car ils se lançaient dans la bataille en désordre, gueule ouverte, dents luisantes, arme blanche à la main, infatigables, n'acceptant aucun ordre, ne souffrant aucun commandant, une horde de loups se dispersant dès que c'était terminé. Ils évaluaient leurs chances de survie : s'il s'agissait de trouver des volontaires pour les porteurs de lances dont la longueur atteignait jusqu'à vingt-cinq pieds et qui formaient les deux ou trois premières rangées, il fallait leur promettre le double ou le triple du butin, car dès que leur arme était brisée, il ne leur restait que la dague, inutile dans le combat contre les archers et les lanciers sur leurs chevaux carapaçonnés.

Pour ces *Reyslouffer,* mourir était peu, être riche, beaucoup. En échange des florins, des thalers, des ducats, des livres, ils se montraient prêts à tout, même dans les tractations avec ceux qui, hier encore, avaient été des ennemis et qui étaient aujourd'hui leurs alliés. Il y avait six ans de cela, les Confédérés avaient battu Louis XII, et obtenu l'Eschental et Domodossola, pourtant vendus trois ans plus tard aux mêmes Français par Hans von Diesbach, geste que les Confédérés ne lui pardonnaient pas. En 1513, à Novara, ils avaient de nouveau battu le roi de France. Deux ans plus tard, son successeur, François Ier, avait conclu une entente de non-intervention avec Berne, Fribourg, Solothurn et le Valais pour anéantir les autres Confédérés à Marignan. Après avoir reçu la nouvelle que dix mille mercenaires suisses étaient morts, Niklaus n'eut qu'un geste d'indifférence à leur mémoire. Ce n'étaient pas des martyrs, ils n'avaient rien en commun avec cet Achatius qu'il avait livré à la chapelle Saint-Georges de Grandson, ils pouvaient bien rôtir en enfer et s'ils y étaient empalés comme sur les volets de son retable, tant pis pour eux. Le visage taillé comme dans du bois, le regard vide, la démarche fanfaronne, les membres forts et lourds, l'épée luisante, toute cette virilité animale rebutait le peintre.

Malgré les disputes avec Katharina au début de leur mariage, il n'avait jamais changé son attitude. Elle était revenue sans cesse sur cette aversion, maladive, disait-elle, à la vue du sang, son rejet de la violence et son incapacité à dépouiller l'adversaire, les nommant d'abord faiblesse, puis lâcheté. La dernière fois, elle s'était déchaînée en lui lançant qu'il avait par hasard un gros dard dans ses chausses, mais n'était qu'une femmelette. Dans l'intimité de leur chambre chez son père, elle l'avait poussé à bout, jusqu'à ce qu'il levât la main pour la laisser retomber aussitôt. Pendant un instant, elle avait eu très peur, car il savait frapper fort, elle se rappelait bien le premier soir où ils s'étaient rencontrés. Au mot de « femmelette », le visage de Niklaus s'était vidé de sang et elle avait cru qu'il allait la gifler. Mais après quelques respirations profondes, il lui avait dit de sa voix douce que, si elle l'insultait une seule fois encore, il la quitterait pour toujours. Il irait dans quelque ville de l'Empire, là où les Conseils de Berne n'auraient ni influence ni autorité pour le ramener dans cette maison. Katharina savait qu'il disait vrai, il tenait toujours ses promesses. Elle avait cessé ses attaques, mais se lamentait désormais du manque d'argent, de son incapacité à la faire vivre, des humiliantes démarches auprès de son père qui ne lui accordait, la mine chagrin, que de petites sommes, vite dépensées.

Pour Katharina, l'argent pouvait tout. Après deux ans de mariage, elle feignait encore d'être heureuse avec son *Walch*. Cependant, elle enrageait de voir Niklaus vendre ses dessins dans la rue du Marché comme un vulgaire marchand de bibelots et ne pas être considéré par les familles bernoises. Alors elle avait pris les devants avec les résultats que l'on sait. Chaque contrat était un nouveau triomphe, ses yeux s'allumaient puisque leurs revenus garantissaient l'avancement d'un échelon vers le haut de l'échelle, jusqu'à l'établissement définitif de la réputation des Deutsch en ville. Ses amies chuchotaient qu'il avait la tête vide, qu'il était d'un tempérament lymphatique, obéissant, et exécutant les commandes de façon impassible. « Il travaille beaucoup, il fait sa part », disait-elle aux Frisching, alors que sa mère hochait la tête avec ce regard entendu : « J'ai toujours su que tu en ferais ce qui te plaît ».

Après la naissance de Margot et tout cet argent dans son coffre, elle l'aimait peut-être un peu plus, tandis que lui demeurait le même, calme, beau, soigné, les manières courtoises, accomplissant régulièrement ses devoirs conjugaux. Comme les autres jeunes Bernois, il conversait peu avec sa femme, sortait une fois par semaine pour aller aux bains, au bord du fleuve, où Lukrezia-Dorothea lui faisait oublier pendant deux heures les tracasseries quotidiennes. Parfois, il se joignait aux amis sous une arcade pour boire un verre de vin ou de bière. Mais là encore, il n'intervenait que rarement, préférant écouter les histoires des autres, des fanfaronnades pour la plupart. Il semblait ne pas avoir d'opinion sur les sujets politiques qui les échauffaient. Il avait enregistré la victoire des Français sur les Vénitiens à Agnadello, en 1509, à laquelle il n'avait pas participé. Cette expédition aurait pu lui rapporter une belle somme, et un butin dont le couple avait besoin. Il n'avait pas émis de commentaires au sujet de l'accord, survenu un an après son mariage, entre les Confédérés et le pape Jules II, et qui avait permis à ce dernier de lever tout de suite cinq mille mercenaires suisses pour ses guerres et d'offrir à chaque ville participante un joli drapeau.

Il passa sous silence les manigances de l'allié papal, le cardinal suisse Matthäus Schiner, farouchement opposé à la France, politique qui avait conduit les Confédérés à une guerre de cinq ans contre Louis XII. Il ne sembla étonné ni de l'accord d'amitié entre les Confédérés et l'empereur Maximilien, un Habsbourg particulièrement rusé, ni du comportement de Jean de Médicis, devenu Léon X, moins intransigeant mais aussi assoiffé de pouvoir que le terrible vieillard qu'avait été Jules II. Diplomate habile, fin connaisseur des lettres, tant anciennes que modernes, adorant la musique, la peinture, l'élégance des nouveaux palais, les beaux tissus, l'orfèvrerie, la bonne cuisine, Léon X dépensait des sommes colossales, dont une partie venait de la fortune familiale que son père, Laurent le Magnifique, avait fortement négligée vers la fin de sa vie. Grand seigneur issu d'une des cours les plus élégantes d'Europe, le nouveau pape avait hérité de son père la passion des chefs-d'œuvre grecs et romains. Il employait des cohortes de peintres et d'architectes ainsi que de nombreux ouvriers pour restaurer les vestiges de la Rome antique. Il regretta beaucoup que la découverte du Laocoon, prêtre troyen d'Apollon, étranglé avec ses deux fils sur la plage de Troie par des serpents surgis de la mer, ne se soit pas déroulée sous son règne, mais sous celui de Jules II, qui avait alors pu en confier le dégagement à Michel-Ange, dont la décoration du plafond de la Sixtine allait faire fureur. Léon X présida le concile de Latran, convoqué par son prédécesseur. Les cardinaux, il en faisait ce qu'il voulait. Partout en Europe, ses émissaires s'évertuaient à vendre des indulgences qui serviraient à construire la plus grande cathédrale de la terre. Niklaus ne s'étonnait plus du revirement complet des Confédérés, redevenus depuis deux ans les alliés « éternels » de la France, après le massacre à Marignan.

Le peintre n'avait réagi qu'au moment où on apprit à Berne, peu avant la fin de décembre de l'année précédente, le geste du professeur Martin Luther qui avait cloué ses thèses dénonçant le commerce des indulgences sur les portes de l'église universitaire à Wittenberg. « La politique, c'est comme le vent, elle mène tantôt ici, tantôt là, selon le bon vouloir des princes. Mais si ce qu'on dit est vrai, vous verrez, cet augustin va nous entraîner tous dans l'abîme », avait dit Niklaus aux autres, étonnés de son intervention. Un ange avait passé, puis on changea de sujet, le scandale entourant la relique de sainte Anne étant trop amusant pour qu'il fût passé sous silence. Seul Tillmann, qui venait de se joindre au groupe, s'était levé pour venir s'asseoir à côté de lui : « Les autres ne comprennent pas jusqu'où ce moine allemand peut aller. Il semble qu'il soit têtu comme une bourrique, mais intelligent et honnête. Paraît que ses thèses ont fait un tintouin terrible dans le nord de l'Empire. Attendons, nous savons lire, nous ». Dès ce soir-là, l'orfèvre l'avait régulièrement tenu au courant de l'affaire et lui avait remis enfin une copie du texte de Luther.

Niklaus se rendait compte qu'il prenait un plaisir particulier à peindre des sujets pour lesquels il n'était pas payé, et qui n'avaient rien à voir avec les travaux pour les églises, comme cette toile, *Pyrame et Thisbé,* dont Sophia lui avait raconté le sujet. Après une série de croquis il avait peint la fin de l'histoire, « à temps perdu », comme il se plaisait à dire. D'après Sophia, la jeune Thisbé a fui le lieu où elle avait donné rendez-vous à son amant. Une lionne l'approche ; Thisbé fuit et perd son voile. À son retour, elle trouve Pyrame qui vient de se donner la mort : il avait découvert le voile et était persuadé que la jeune fille avait été déchirée par le fauve. Le tableau montre la scène où Thisbé s'enfonce le glaive à son tour dans la poitrine. Katharina l'avait morigéné : « Qui va acheter ce *Tüchle* ? Pourquoi perds-tu ton temps et les pigments qui sont si chers avec cette chose incompréhensible alors que d'autres commandes attendent ? ». Elle trouva en même temps un autre petit tableau où Lucrèce, somptueusement vêtue et s'appuyant sur le bord d'une fenêtre, s'enfonce le poignard dans la gorge, la tête tournée à droite, les yeux baissés sur sa main, la bouche poussant un dernier cri de douleur. Katharina dénicha encore deux autres études sur papier, d'abord une Lucrèce mourante et nue, à la poitrine généreuse, la blessure bien en vue, ensuite une gravure sur bois signée d'Urs Graf, où, sur les bords d'un lac, une femme nue, le regard empli de volupté, s'enfonce le glaive dans le ventre pendant qu'un homme, caché sous des branches et à moitié dans l'eau, l'observe. « Niklaus, lui cria-t-elle, les bras m'en tombent ! Qu'est-ce que c'est que ces femmes qui se poignardent au vu et au su de tout le monde ? Comme si elles se donnaient en spectacle à la rue. Et ton ami de Solothurn, il fait la même chose ! Mais qu'avez-vous donc dans la tête, les hommes, à nous regarder mourir ? Veux-tu bien m'expliquer cela ? »

Dans sa colère, elle tomba également sur le panneau avec Bethsabée et examina rapidement *La Mort et la jeune fille*. « Voilà enfin quelque chose qui peut se vendre, la femme dans le bain et le roi adultère, tout le monde la connaît, cette histoire. » Comme toujours, quand elle allait mentionner l'existence de Lucrezia-Dorothea, elle marqua une pause pour mieux choisir la flèche à décocher. « C'est celle du bain, en bas de Saint-Vincent, qui en est le modèle, n'est-ce pas ? Il faut lui laisser cela, elle a encore un beau corps, mais il reste que c'est une catin, comme celle à l'endos de ton dessin, qui s'abandonne à ce *Reyslouffer* mort. Il est obscène et répugnant, avec la chair pourrie qui lui pend des côtes. Et puis, la catin semble avoir du plaisir à sentir sa main entre ses cuisses. » Elle aimait le mot « catin », elle observa le visage de son mari qui s'était fermé. « Laisse-moi te dire que c'est répugnant ce que tu fais. Déjà dans ta danse macabre, tu y es allé un peu fort avec la fille, celle qui est sur le panneau à côté de la veuve, et qui se laisse prendre le sein par la Mort. Il y en a qui trouvent cela de mauvais goût, tu le sais bien, mais là au moins, le squelette est plutôt drôle, tandis qu'ici... »

Le peintre, dont la voix trahissait à peine son impatience, tenta de lui expliquer que la mort n'est jamais loin de la vie et de la beauté, que Lucrèce s'était tuée pour avoir été violée, pour laver le déshonneur qui avait sali sa famille, et combien Thisbé avait aimé Pyrame. « Tu dis cela pour t'excuser, tes dessins de femmes qui se tuent sont comme des rêves malsains. Mais je te jure que ces choses-là ne se vendront pas. Je sais mieux que toi ce que les gens veulent et ce qu'ils achètent. » Elle s'empara du

Pyrame et Thisbé, sortit en claquant la porte de l'atelier ; l'écho de ses pas se perdit dans l'escalier. Niklaus haussa les épaules. Depuis, le *Tüchle* tant récriminé reposait, plié en quatre, au fond d'un coffre fermé à clé dans leur chambre.

À la vérité, il avait dessiné la mort de Lucrèce des douzaines de fois jusqu'à trouver la bonne position de la tête, exprimant la douleur physique, la honte du viol par Sixte Tarquin, l'ouverture de la bouche qui pousse le dernier râle, le poignard dont la lame atteint le cœur. La scène de la jeune fille ainsi que celle qu'il avait faite avec Bethsabée comptaient parmi ses meilleurs travaux, plus qu'honnêtes, aussi bons que les dessins du jeune Holbein, à Bâle. Il n'aurait pas hésité à les montrer aux grands maîtres de l'Empire. Pour Bethsabée, il avait créé un jardin des plaisirs, un monde de femmes, avec bain, fontaine élaborée et ornée de *putti* très amusants, dont l'un tourne le dos au spectateur et lui envoie un jet d'eau jaillissant de son derrière potelé. Un grand mur sépare ce paradis du château-forteresse d'où le roi David observe son messager qui passe déjà par une ouverture sous forme d'arc. Avec lui entre le crime, le meurtre du mari de Bethsabée. Pour l'instant, celle-ci, assistée par une servante, d'ailleurs nue comme elle, se lave le pied droit tandis que deux autres femmes, une en robe élaborée et chapeau orné de plumes, l'autre modeste, regardent la baigneuse. Celle qui nous tourne le dos et montre le beau profil de son visage, tient le drap pour envelopper la belle à sa sortie du bain. Dans la ceinture, elle garde une dague, prête à défendre son amie ou maîtresse. Mais que peut une femme si le roi David désire Bethsabée ?

Contrairement à ce décor idyllique, la jeune fille et la Mort sont placées entre les deux colonnes d'un palais en ruines. Sur celle de droite, un vol de corbeaux annonce le malheur qui émane d'une femme nue, nommée « EISI », – il aurait dû écrire

ISIS, mais Niklaus n'avait jamais été attentif pendant les cours de Lupulus, il préférait que Sophia lui expliquât les mythes des Anciens, il y en avait tant ! Sur la double colonne à gauche, une femme au corps voluptueux vient de se transpercer de part en part avec un « à deux mains », nouvelle Lucrèce qui meurt pour laver son déshonneur. Au centre, la Mort embrasse la jeune fille à pleine bouche : sur le crâne restent collés des cheveux épars, les mâchoires sont couvertes d'une barbe effilochée, alors que les yeux de sa victime s'éteignent déjà et s'enfoncent dans la tête, tandis que le corps, taille fine, poitrine à peine retenue par le corsage, jambes parfaitement galbées, vit encore. Ici, aucune eau ne donne vie, il n'y a que des ronces séchées sur les pierres brisées. Hormis quelques nuages en arrière-plan qui annoncent l'orage, comme au-dessus du château de David, la scène s'ouvre sur le néant.

Niklaus n'avait pas dit à sa femme que les deux côtés du tableau se complétaient et que l'un ne pouvait se comprendre sans l'autre. Il aurait pu justifier pourquoi il devait peindre et dessiner tant de femmes qui se donnent la mort. Mais ces explications en auraient entraîné d'autres pour montrer que la responsabilité de ces suicides incombait souvent à des hommes. Il savait d'avance que Katharina n'écouterait guère. Contrairement à Sophia, elle n'aimait pas les « discussions philosophiques qui ne mènent à rien », comme elle disait. Il fallait vivre dans le moment ; tout ce qui l'intéressait, c'était le pouvoir que donne l'argent, peu importe la façon de le gagner. Niklaus devait admettre qu'elle avait atteint son but : en exploitant le talent de son mari, Katharina l'avait vendu aux riches de la ville, ainsi qu'aux dominicains, aux carmélites, aux augustins. Sachant qu'il lui obéissait, elle pouvait croire qu'il lui appartenait comme un chien dressé qui montre ce qu'il sait faire, pendant que son maître passe le chapeau. Quelques années durant la réussite des Deutsch, l'estime qu'on leur portait, forçaient les oiseaux de malheur à se taire. La voix de Katharina pesait lourd en ville, femmes et hommes la consultaient, elle avait atteint le rang qu'elle visait depuis son mariage. Même les membres les plus importants du Petit Conseil fréquentaient sa maison ; ils lui parlaient, sollicitaient son avis pendant que Niklaus se tenait coi, n'intervenant que si elle s'adressait à lui, pour la forme. Il était toujours de son avis : feindre son accord lui épargnait querelles et justifications, les reproches que lui adressait Katharina étaient oubliés après la paix faite au lit.

En épousant Katharina, il avait cru pouvoir s'intégrer dans la famille des Frisching. Il s'était dit qu'en se frottant au beau-père, au beau-frère Hans qui ne savait pas combien peu Niklaus le tenait en estime, la fortune serait de son côté. Depuis deux ans, cependant, l'inquiétude le rongeait : comme il l'avait prévu, les commandes cessèrent d'affluer. Les bourses des riches s'ouvraient pour d'autres, comme Tillmann et le tailleur Lienhard, mais pas pour un artisan comme lui. Son talent de transposer ce qu'il voyait sur un panneau de bois, une toile, un parchemin ou une feuille de papier lui venait de ses ancêtres italiens, il n'en doutait pas. Il avait une belle main, son écriture plaisait, et il signait avec de charmantes fioritures. C'est pourquoi il faisait le scribe quand les autres tuaient et empochaient le butin. Mais ce don le mettait à part. D'esprit trop hésitant pour intervenir dans les discussions au Grand Conseil ou à la taverne, trop sensible aussi pour se lancer dans le combat, il ne pouvait s'exprimer que dans ses travaux. Mais, là encore, on n'aimait pas toujours ce qu'il faisait. Le marchand de livres vendait des gravures sur bois d'artisans de l'Empire, des Dürer, Baldung, Burgkmair, à côté desquels ses dessins avaient souvent l'air gauche, leur composition paraissait incertaine. Ils se vendaient mal ou alors pour une chanson. Des paysans les clouaient au-dessus de leur lit parce qu'ils ne voulaient pas se payer quelque chose de mieux.

Au début de leur mariage, Katharina lui avait enjoint d'offrir ces dessins de *Reyslouffer* à chaque membre du Conseil. Ils l'avaient remercié poliment, pour ensuite enrouler la feuille et la mettre dans une poche comme si c'était un morceau de papier sans importance. Personne ne se doutait combien d'heures il avait investi pour perfectionner ces lignes à l'encre noire ou sépia afin de capter le caractère arrogant, belliqueux, cruel de ses camarades avec lesquels il ne se sentirait jamais d'affinité. On semblait disposé à lui pardonner cet étrange dégoût du sang, son obsession de la mort, mais seulement parce qu'il n'était pas considéré comme un des leurs. Il demeurait le *Walch* de passage, bien qu'ayant droit de cité puisqu'il était né dans la ville même. Il sentait à tout moment que les *Burger* faisaient semblant de l'accueillir, lui, son père et son grand-père. Mais il ne fallait pas s'y tromper : les *Walch,* c'était à peine mieux que les juifs, on allait les chasser de Berne dès qu'un malheur s'abattrait sur la ville. Il n'avait pu prouver sa valeur à Katharina qu'en se pliant à ses volontés, et grâce à son talent, qui lui procurait argent et pouvoir. En choisissant ce nouveau patronyme, Deutsch, ils avaient tous deux cru impossible de faire plus germanique. Cependant, sous les compliments qu'on lui offrait dans les rues, il flairait la condescendance de ceux qui se rappelaient son nom véritable, ses origines douteuses, sa naissance hors mariage d'une brave Bernoise qui s'était laissé embobiner par les belles manières d'un étranger, l'opportunisme du fils de ce dernier, lui, Niklaus, qui avait réussi à se faufiler dans les rangs d'une vieille famille pour faire oublier ses origines.

C'est après la naissance de Margot qu'il avait repris espoir.

MINERVE

En effet, avant la naissance de sa fille, le peintre ne connaissait les anciennes légendes païennes que par des ouï-dire ou encore parce qu'il avait vu des tableaux créés par d'autres maîtres. Mais Sophia avait étudié les textes en empruntant livres et copies manuscrites à Lupulus qui possédait une belle petite bibliothèque. De plus, elle avait lu et relu l'Ancien Testament. « C'est comme si les gens d'aujourd'hui y étaient, disait-elle. Les mêmes perfidies, des trahisons à tout moment, les luttes de pouvoir entre le père et ses fils, la convoitise, la fornication, rien n'y manque. Pour moi, c'est un livre qui m'apprend le monde et la façon dont je dois me comporter. Il me met en garde contre les pièges que nous tend le diable. J'ai appris que nous, pauvres humains, nous commettons toujours les mêmes erreurs. Nul n'est armé contre le mal, il nous atteint au moment où l'on s'y attend le moins. »

C'était une jeune femme étrange qui parlait peu et posément, avec des inflexions douces dans la voix. Son regard bleu clair ou vert n'exprimait ni colère ni joie ; on aurait dit des billes de verre inaltérables.

À la fête, neuf ans auparavant, elle avait vu Niklaus en même temps que Katharina, mais assise un peu en retrait, pour laisser à sa sœur la première place. Lors de la rixe avec les deux prétendants, elle n'avait pas particulièrement apprécié les coups que distribuait Niklaus. Mais, penchée en avant pour mieux voir, car elle était myope, elle avait observé son visage qu'il défendait habilement en gardant le coude du bras gauche levé tandis que le poing de la droite frappait les adversaires avec une violence dont elle n'aurait pas cru le jeune homme capable. Il était beau, ce visage, aussi régulier que celui d'une madone ou d'un saint à la cathédrale, avec la peau d'un blanc de cire d'abeille, maintenant légèrement rose sur les pommettes. Le front était dégagé, large et lisse, les cils et les sourcils d'un châtain foncé contrastaient avec l'abondante chevelure blonde, les yeux couleur des bleuets, grands, en forme d'amandes. Son nez noblement courbé, aux ailes fines, légèrement évasées à la base, dominait une bouche aux lèvres généreuses, aussi rouges que du carmin. Le menton volontaire terminait la forte mâchoire du jeune homme qui semblait n'avoir pas plus de dix-huit ou dix-neuf ans. Ses cheveux bouclés étaient coupés de façon à dégager les oreilles, rosies elles aussi dans l'échauffourée, nacrées et fines comme les coquillages dans lesquels des joailliers italiens taillent les camées. La tête reposait sur un cou fort, presque aussi potelé que celui d'une femme, émergeant d'une chemise blanche d'apparence simple, sans col, mais sans doute fort chère, avec des centaines de plis, aux manches très larges, serrée aux poignets et ornée de pierres bleues, coupée dans un lin fin que portaient les riches *Burger* de Berne.

Elle avait été fascinée par les traits de Niklaus qui n'affichaient pas la moindre expression de colère, comme s'il pensait à autre chose. Katharina avait suivi la bagarre avec beaucoup de plaisir (en être le sujet, et voir trois jeunes guerriers se battre pour elle était perçu comme un grand honneur qu'on lui faisait), elle avait admiré l'agilité du jeune Alleman et observé avec étonnement le mouvement des jambes et des pieds donnant des coups à la ronde. Sophia, pour sa part, avait laissé les yeux glisser rapidement de la ceinture jusqu'aux pieds, s'assurant des parfaites proportions du corps. C'étaient la tête, le cou et, plus tard, les mains qui l'attirèrent, elle les avait vues en action dès qu'il parlait à Katharina, car elles accompagnaient ses mots tout en les complétant, sachant dire des choses que la bouche se refusait. Elle n'avait jamais vu personne user de ses mains comme lui. Avec leurs longs doigts aux ongles brillants et étroits, leur peau aussi blanche et lisse que celle d'une femme, elles se transformaient en deux oiseaux gracieux et autonomes, tranchant l'air ou le caressant.

Il ne l'avait presque pas remarquée lors des présentations ; toute son attention s'était concentrée sur la beauté de Katharina. Âgée de dix-neuf ans, la jeune fille transpirait la santé. Le décolleté de la lourde robe en velours brun découvrait une poitrine généreuse et ferme, chargée de bijoux, tandis que les bagues qui ornaient ses doigts étonnamment fins et longs, les bracelets d'or aux robustes poignets transpiraient la richesse. Ils avaient parlé et dansé presque toute la nuit, tandis que Sophia les suivait des yeux. On lui dit l'âge de Niklaus, elle s'était trompée : il avait vingt-cinq ans.

Une amie la renseigna : Niklaus Emmanuel Alleman était le fils de l'apothicaire d'origine étrangère avec droit de cité. Il avait hérité de lui le profil altier et l'agilité des membres. On le disait peintre, retourné à Berne depuis deux ans après quelques années de compagnonnage dans l'Empire. Il n'avait pas de références, on ne lui connaissait aucune œuvre, si l'on excluait ses dessins, qu'il vendait dans la rue. Mais, comme on le sait, du dessin au tableau, il y a un long chemin. Aux petites heures du matin, il avait produit un carnet, surgi elle ne savait d'où, et fait le portrait de sa sœur, sans hésitation, avec une rapidité de prestidigitateur, où seule sa main droite bougeait en des mouvements rapides, sans faire appel au bras. C'était un dessin à la sanguine révélant son expérience en la matière.

Elle avait tout de suite reconnu l'immense talent du jeune homme ; jamais elle n'en douterait par la suite.

Comme Katharina, Sophia rêva de lui cette nuit-là, non pas d'amour mais d'une amitié à forger, plus forte que l'attirance de la femme pour le corps d'un homme. Quand elle vit avec quelle énergie sa sœur s'attacha Niklaus, dès ce premier soir, Sophia avait éteint l'étincelle d'espoir pour sa propre inclination, sur-le-champ, sans regret.

Lui n'avait eu d'yeux que pour l'autre, l'impétueuse, l'étincelante, avec ses bagues, sa robe extravagante coupée dans des tissus hors de prix. Il ne voulait pas voir Sophia. Il l'avait aperçue, bien sûr, avec sa tête souvent baissée et ses yeux qui semblaient toujours à l'affût de quelque obstacle sur le sol qui l'aurait fait trébucher. Il constata plus tard combien elle était myope ; elle avait besoin d'une loupe pour lire car elle s'était ruiné la vue en étudiant jusque tard dans la nuit à l'aide d'une faible lampe puisqu'il fallait ménager l'huile. Sa chambre, que Niklaus avait vue une seule fois quand il habitait encore chez son beau-père, était meublée comme la cellule d'une moniale : un lit étroit dans une alcôve fermée par un rideau blanc sans ornement, une table de chevet simple sur laquelle la servante, le soir, déposait une bassine et une cruche d'eau fraîche, trois linges blancs suspendus à côté, sur le mur. Près de la fenêtre, une chaise devant une vieille table carrée, chargée de flacons et de pots en grès comme ceux d'un apothicaire. Venaient ensuite un prie-Dieu en chêne devant un crucifix, deux bâtons tenus par une lanière de cuir, un coffre de dimensions modestes avec ses vêtements, deux robes légères pour l'été, trois jupes pour l'hiver, deux ou trois ceintures, quelques rubans pour retenir les cheveux, un corsage brun clair s'accordant avec les couleurs neutres des jupes. S'ajoutaient une vingtaine de volumes, dont deux missels anciens sur parchemin, avec des enluminures, le *Nouveau Testament* en latin, un in-quarto dans une superbe impression en rouge et noir, tandis que l'*Ancien Testament*, également en latin, était imprimé dans un plus petit format, volumineux, lourd, aux coins fortement usés, avec quantité de bouts de paille insérés aux endroits qu'elle relisait régulièrement : les livres de Moïse, celui de Job, le deuxième de Samuel. Cependant, ses passages préférés se trouvaient dans le *Livre de la Sagesse* ; elle revenait toujours aux chapitres de la dernière partie, où la sagesse divine est décrite dans le déroulement de l'Histoire.

Plusieurs fois, son père l'avait pressée : « Tu étudies les Saintes Écritures, tu lis des textes savants, tu as appris le latin et le grec chez maître Lupulus après l'école, avec les garçons les plus intelligents de Berne, tu connais les plantes et leurs effets. Si tu ne veux pas te marier, n'aimerais-tu pas entrer au couvent et devenir abbesse ? Tu pourrais nous faire honneur ». Peine perdue. Sophia disait ne pas avoir entendu l'appel pour prendre le voile, le mariage ne l'intéressait pas, ni avec Jésus ni avec un Bernois. Plus tard, elle songerait à s'affilier aux franciscaines, les plus modestes de toutes, mais en demeurant active dans le monde. Le père insistait : « Il est important que tu connaisses les joies du mariage, ainsi que celles de la maternité. Regarde ta sœur, ton frère, même si ta belle-sœur est une rien du tout et que j'aurais souhaité pour Katharina un véritable Bernois. Mais ta sœur ne met que des mort-nés au monde, tandis que ton frère court le butin. Peut-être rencontrera-t-il la mort devant Milan. Ta mère et moi, nous attendons des petits-enfants. Les Frisching font partie de Berne depuis ses débuts, il y a trois siècles. N'oublie pas que l'argent pour ta dot est mis de côté, tu auras des terres dans l'Oberland, celles de Zollikofen ou de Muri, tu n'as qu'à choisir. Par ailleurs, je suis peiné de voir ton mobilier ; c'est celui d'une pauvresse, je t'en ferai faire un autre, digne de toi, des bahuts sculptés, des coffres remplis de draps et de linge brodé, de la belle vaisselle souabe ou italienne, des chaudrons en cuivre et en fer, bien mieux que ce qu'ont eu ton frère et ta sœur. Je t'aime, car tu es sage, tu sais tant de choses, tu es instruite, tu ne perds pas ton temps à jacasser comme d'autres dans ta condition qui ne pensent que robes, rubans, parures, fard, et cherchent à séduire un jeune homme. »

Sophia aurait dû être le fils dont il avait toujours rêvé. Ce fils serait devenu prieur d'un monastère, ou évêque, ce qui ne l'aurait pas empêché d'avoir des bâtards qu'il aurait reconnus comme ses propres descendants. Homme, Sophia aurait assuré la pérennité de leur nom.

Elle l'avait écouté et remercié. Elle continua sa vie comme avant, étudiait des ouvrages empruntés à l'apothicaire, le père de Niklaus, livres écrits en latin et en grec, volés par des mercenaires dans des bibliothèques bourguignonnes et italiennes au fil de leurs pillages, avec des dessins minutieux et la description du dosage et des effets d'un remède, jusqu'à l'extraction des humeurs de chaque plante, par cuisson, distillation, fixation des huiles volatiles. Sophia aimait beaucoup cet homme calme qui semblait toujours avoir le temps pour lui enseigner une partie de son savoir, qui était grand. Elle venait à peine d'avoir treize ans qu'il l'avait acceptée comme élève, après l'école, de façon un peu cérémonieuse comme un humble artisan qui reçoit une personne de haut rang, lui apportant un siège, des biscuits secs, une infusion préparée par sa femme qui se disait honorée par la présence de la demoiselle et, sans doute, forgeait des plans pour lui présenter, dès que l'occasion se présenterait, un de ses fils rustres et grossiers.

Au début, Sophia demeurait silencieuse et immobile, ses yeux clairs plissés par l'effort pour suivre les mouvements de l'apothicaire. Après un temps, elle se mit à lui poser des questions prouvant qu'elle avait déjà fait le lien entre les différents stades de la fabrication d'un remède. Deux ans plus tard, elle manipulait comme si elle n'avait jamais rien fait d'autre de sa vie, mortiers, fioles et filtres, dosait le feu, composait des médicaments complexes servant à attaquer les bases d'un mal et les suites de son évolution. Le médecin de la ville était à ce moment encore Valerius Anshelm qui s'intéressait davantage à l'histoire qu'aux maladies auxquelles il ne comprenait pour ainsi dire rien, soignant un mourant souffrant d'une forte fièvre par une saignée abondante pendant laquelle il secouait la tête, la mine sérieuse, en émettant des « hum ! » désapprobateurs.

Les hommes consultaient davantage le *Walch* pour ses philtres, tandis que les femmes cherchaient conseil auprès de Sophia : des cataplasmes de feuilles de chou chaud et de mauve contre les abcès ; de la sauge, du thym et des orties pour guérir les affections pulmonaires ; arnica, aubépine, mauve et absinthe en cas de convulsions des nourrissons ; l'ail et des feuilles de lierre grimpant macérées dans du vinaigre guérissaient la gale ; aubépine, gui et sauge aidaient les femmes au seuil de la vieillesse ; des pansements d'achillée millefeuille fermaient les plaies vives ; un baume de lavande ou de thym frais chassait les poux et les punaises ; des bains de pieds et de mains dans de la chélidoine, avec feuilles de chou, du thym et de la menthe, soulageaient la sciatique. Laissant à l'apothicaire la confection des sirops et des pilules, Sophia préparait ses propres remèdes et, comme elle appliquait ses plantes sur la peau et distribuait les mélanges d'infusions toutes prêtes, les gens apprenaient sur place, copiaient ses gestes. On lui offrait de l'argent ; elle leur disait de le donner aux pauvres.

Sophia aurait pu mener la vie des autres jeunes filles riches qui, dès leur seizième année, commençaient la chasse au mari. Chaque année, quatre ou cinq clans se formaient, composés de filles que la fortune familiale mettait sur un pied d'égalité. Elles étaient presque toutes nées dans les rues habitées par les familles influentes de Berne, soit celles du Marché, de la Cathédrale, des Hobereaux, de la Justice, de la Croix, ou encore dans les ruelles situées aux abords de la tour Christophe avec la statue en bois du saint, haute de trente-trois pieds. Elles menaient un combat sans merci, sournois, alimenté par l'espionnage : qui avait acheté telle ou telle étoffe chez Emmanuel Alleman, tels ou tels accessoires, comment il fallait monter sa chevelure, le nombre de nattes, de mèches roulées, la forme du chignon, aussi élaboré que possible à l'aide de postiches pour lesquels il fallait garder chaque soir les cheveux restés dans les peignes, où appliquer les parfums afin de masquer les odeurs du corps au fil du bal, car sous leurs lourdes robes, elles transpiraient abondamment dans les salles surchauffées, à la mairie comme dans les grandes maisons bourgeoises autour de la cathédrale. Rares étaient celles qui regardaient encore le grand portail récemment terminé, œuvre d'Erhard Küng, où l'archange Gabriel lève son glaive d'or. À sa droite, il garde la balance pour peser les âmes. Les élus, habillés de blanc, chantent déjà la gloire de Dieu, tandis qu'à la gauche, les damnés, nus et misérables, ligotés, la nuque cassée, la bouche tordue dans un hurlement de terreur, tombent entre les mains de démons noirs, prêts à les plonger dans les flammes de l'enfer. Le grouillement des figures devait rappeler aux chrétiens où mènent l'orgueil, la vanité, la luxure, combien le temps de la beauté est bref et jusqu'à quel point la richesse est un leurre qui n'achète pas le paradis, tout au plus du temps au purgatoire.

Quant à Sophia Frisching, elle ignorait bals et fêtes, les demandes en mariage, tant celle du jeune Zeerleder que celle du fils von Steiger. Elle ne jetait même pas un regard sur les belles statues d'hommes en bois peint, en pierre, en bronze que l'on rencontrait partout, dans les églises, sur les fontaines, aux coins des rues et des ruelles. Les hommes ne l'intéressaient pas. Elle préférait admirer les cîmes enneigées des Alpes bernoises, les jardins en fleurs. Après sa visite quotidienne à l'hôpital du Saint-Esprit, elle aimait respirer la fraîcheur du soir, marchant le long du fleuve Aare jusqu'à la porte Nydegg, et jusqu'au pont, lourdement gardé, où maître Tillmann et Niklaus Manuel avaient discuté des thèses du moine allemand hérétique. Si elle avait été là, sans doute l'auraient-ils écoutée attentivement : la lecture de ces thèses lui avait laissé un souvenir brûlant, aussi vif qu'une révélation divine. Elle y avait retrouvé, point par point, ce que l'auteur du Livre de la Sagesse disait sur l'idolâtrie dans son quatorzième chapitre : « *L'idole est condamnée tout comme celui qui l'a fabriquée. Car ce dernier l'a façonnée tandis que l'autre, bien qu'éphémère, porte l'appellation « dieu ». Et à Dieu répugne l'impie aussi bien que son œuvre. Ainsi, Il punira l'idole tout comme son artisan.* » Elle se disait qu'elle voyait chaque jour tant de souffrances, de malades affligés de douleurs tellement insupportables, qu'une fois rentrée dans sa chambre, la vue du Christ se tordant sur sa croix lui aurait été insoutenable. Et puis, c'était la représentation d'un homme. Pour elle, Dieu ne pouvait pas avoir d'effigie, Son fils était mort il y a un millénaire et demi, personne ne savait à quoi Il avait ressemblé. Oui, elle aimait mieux une croix de pauvre.

Au début du printemps, Sophia avait obtenu un exemplaire des thèses grâce à un frère des carmes déchaux qu'elle et l'apothicaire avaient récemment traité pour une étrange maladie. Dans un geste peu habituel, le prieur du monastère avait appelé Alleman et Sophia, car Anshelm avait pris la fuite, croyant qu'il s'agissait d'un cas de peste. L'homme était un ancien valet des Frisching dont Sophia se souvenait vaguement, mais qui semblait bien la connaître. Gaillard vigoureux au museau simiesque, il reposait sur une paillasse derrière des rideaux de lin le séparant d'autres malades. Trop honteux pour dire la vérité, il prétendit d'abord avoir vu apparaître les petites plaies purulentes quelques jours après avoir mangé des mets gâtés. Mais, sur les doutes exprimés doucement par la jeune femme, il avoua enfin qu'elles avaient fait surface un mois après une visite aux bains, sur le bord du fleuve, au pied de la cathédrale. Pourtant, l'eau de sa cuvette lui avait semblé propre, elle était sans doute fraîchement puisée et chauffée. Ne demeurait qu'une source possible de contagion : les linges rugueux avec lesquels il s'était séché n'étaient pas frais, ils avaient été utilisés avant lui par un voyageur qui s'était soulagé dans un bain de démangeaisons semblables aux siennes.

Pour l'apothicaire et Sophia, qui avait scruté les plaies au bout de sa loupe, le cas fut simple : pas de grands furoncles buboniques bleuâtres ou noirs, pas de toux, juste un peu de fièvre. Il s'agissait de la « maladie de l'amour », transmise par les linges que la fille n'avait pas changés. Bien entendu, Sophia ne pouvait examiner que les bras, les mains et le visage du frère ; pour l'examen complet, elle attendit derrière le rideau pendant qu'Alleman enduisait le corps du malade d'une pommade contenant une forte dose de mercure, asséchant les plaies. Le traitement fut répété à quatre reprises. Au début de leur dernière visite, Alleman lui dit qu'il irait mieux pendant un temps, mais que, selon des informations de collègues français et italiens, la maladie allait resurgir et le tuer dans quelques années. « Ce sera la punition du Ciel pour mes péchés », soupira l'homme qui observait Alleman, toujours occupé à appliquer sa pommade. Soudain, d'un mouvement rapide, le frère mit les feuilles dans la main de Sophia. Elle ne fit qu'un signe de la tête en guise de remerciements, les glissa dans son corsage. Une fois dans sa chambre, elle les lut plusieurs fois pour en saisir le sens et la portée, puis les dissimula dans une boîte contenant ses cataplasmes et les pots d'onguent. Le lendemain, quand Alleman et Sophia arrivèrent au monastère, le portier leur annonça que le frère venait d'être envoyé à Saint-Gall où on avait besoin de lui. Pas de doute, se dit Sophia, un informateur de Bernhardin Sanson avait su qu'il faisait circuler un exemplaire des thèses : il avait fallu éloigner le frère en l'envoyant dans un monastère ami, plus isolé et davantage consacré aux exercices spirituels que celui-ci, où les moines et les frères s'espionnaient sans pitié. Sanson avait épargné un membre du Petit Conseil parce que ce dernier était riche et influent, mais la vie d'un pauvre frère ne valait pas cher.

Sophia finit par enfermer les thèses dans son coffre ; pour la première fois, elle le verrouilla et, à partir de ce moment-là, porta continuellement la clé attachée à une longue chaîne en or dont l'extrémité plongeait entre ses seins.

Après les fausses couches, Sophia soigna Katharina qui fit preuve d'une vive gratitude. Les gestes mesurés et sûrs de sa sœur la calmaient, chaque fois, elle se remettait rapidement de sa déception. À la naissance de Margot, deux ans auparavant, Katharina l'avait priée de rester auprès d'elle. Le nourrisson se montrait délicat et capricieux, la montée du lait se faisait irrégulière. La mère développa une inflammation au mamelon droit, il fallut engager une nourrice à laquelle l'enfant ne s'était habituée que difficilement. Alors Katharina, impatiente de reprendre ses courses et retrouver les relations lui procurant commandes et argent, avait confié les soins et la garde de l'enfant à Sophia qui, malgré ses propres occupations la réclamant à l'extérieur de la maison, s'en acquittait comme d'un devoir chrétien.

Elle avait fait porter ses affaires de la maison paternelle à la rue de la Justice où une chambre du deuxième étage lui fut aménagée, pour elle et Margot, en face de celle des époux. Irritée par la pauvreté du mobilier de sa sœur, par cette croix surtout, nue et austère, Katharina y fit transporter deux grands coffres et accrocher au mur un gobelin de belle qualité montrant Vénus et Mars pris dans le filet de Vulcain. L'œuvre en question, cadeau de leur frère, avait été tissée dans les Flandres et rapportée du siège infructueux de Dijon, cinq ans auparavant. Sophia n'en avait pas voulu, non pas à cause de la nudité des personnages, inspirés par le tableau d'un maître italien, mais à cause d'un air de luxe que la chambre avait alors acquis. Cependant, pour ne pas blesser l'amour-propre de Katharina, elle laissa le gobelin en place. Elle ne le regardait jamais.

Contrairement à sa sœur, Sophia montait aussi souvent que possible à l'atelier pour observer le travail de Niklaus, tout comme elle l'avait fait dans le laboratoire de maître Alleman. Dès que sa tournée auprès des malades était terminée, elle s'installait sur un tabouret derrière le peintre qui transposait sur un panneau de bois sec et enduit de plâtre poli – un mélange de poudre de marbre blanc et de sable aussi fin que de la poussière – la version finale de l'étude sur papier du tableau à peindre. Une fois la surface quadrillée, l'agrandissement à l'échelle voulue se faisait aisément. C'est ainsi qu'elle assista à la création de l'autel des apôtres Pierre et Paul pour l'église des dominicains, un grand tableau central avec une crucifixion somme toute conventionnelle. Le volet gauche illustrait l'adoration des rois mages, et le Christ qui remet à saint Pierre les clés du paradis. Celui de droite montrait la conversion de Saül, qui deviendra Paul. Sur la face extérieure des volets, les moines avaient exigé un panneau montrant le départ des apôtres en mission dans le monde et saint Thomas d'Aquin chez le roi saint Louis. Mais la raison véritable de cette commande demeurait le dernier tableau, représentant saint Dominique qui était apparu, il y avait de cela trois siècles, en 1216, à son protecteur et ami, le pape Innocent III. Dans le rêve du pape, le saint soutient l'église de Saint-Jean de Latran qui, ébranlée par les tempêtes politiques dévastant à ce moment l'Europe, est en train de basculer dans le vide.

Le pape, couronné de la tiare, est couché sur son lit, dont le rideau est à moitié fermé. Se tient devant lui Dominique, une étoile et l'auréole flottent au-dessus de la tête. Il regarde le saint père et, les mains appuyées sur le haut du clocher et le mur de l'église, il redresse cette dernière. Un petit chien est assis à sa gauche, un flambeau allumé dans la gueule. Ce détail original, qui avait étonné puis enchanté le prieur, Niklaus le devait à Sophia. Elle avait consulté son exemplaire de la *Légende dorée* et trouvé que la mère du futur saint, Jeanne d'Asa, s'était sentie gravide d'un petit chien qui, en sortant de son ventre, allait embraser le monde. Chez les dominicains, après le scandale soulevé par le frère Hans Jetzer, le calme était à peine revenu. Pour eux, il s'agissait de reconquérir la confiance et le soutien financier des Bernois. Les franciscains avaient fait de l'ordre rival la risée de tout l'Empire. La création de l'autel était un acte politique et économique.

Thomas Murner, un franciscain, avait même publié un ouvrage dont les gravures, signées par Urs Graf, reprenaient les étapes de l'affaire. La vente du livre fut un succès tel qu'il fallut le réimprimer à la hâte.

En 1506, Jetzer, compagnon de la corporation des tailleurs, avait été accepté comme frère laïque chez les moines dominicains de Berne. Peu après, du 6 janvier au 13 septembre

107

1507, des apparitions se produisirent dans sa cellule. D'abord, ce ne fut que le fantôme d'un ancien prieur l'implorant que fussent célébrées des messes pour accélérer son passage du purgatoire au paradis. Une nuit, le prieur céda son tour à sainte Barbe, qui fit place à la sainte Vierge. Comme les autres, cette dernière s'exprimait en pur allemand bernois. À plusieurs reprises, Marie confirma qu'elle avait conçu le fils de Dieu « maculée », autrement dit, affligée du péché originel, et que si Berne suivait l'enseignement des franciscains qui la prétendaient « immaculée », ce serait une hérésie ; la ville irait droit à sa perte. De plus, elle se prononça contre l'acceptation de « pensions » en provenance du royaume de France, payées aux notables pour la levée de *Reyslouffer*. Les supérieurs du frère avaient installé une clochette dans la cellule du frère. Dès que le frère la faisait tinter, les moines accouraient. Par des trous pratiqués dans un mur, ils assistaient aux apparitions. À l'aide d'un grand clou et d'un couteau que Jetzer aurait aimé mieux aiguisé, Marie lui fit l'honneur des stigmates du Christ. Elle n'oublia pas de lui donner des bouts d'un fin tissu orné d'une croix brodée afin qu'il puisse arrêter le sang. Le jour de saint Éloi, on trouva le frère devant la statue de la Vierge qui pleurait des larmes rouge sang.

Cette fois, le prieur, qui avait joué le rôle de Marie, était allé trop loin. Le Grand Conseil fit enquête, interrogea le frère, puis les moines. Après le procès, on chassa Jetzer de la ville, non sans l'avoir mis pendant un jour au pilori où il ne continua pas moins de maintenir, devant la foule le traitant de gobe-mouches et d'imposteur, lui donnant des gifles et des coups de pieds, que ces apparitions avaient été de vrais miracles. Le frère, trop imbécile pour comprendre, eut la vie sauve. Par contre, après avoir subi la question, les quatre moines impliqués montèrent sur le bûcher, le jeudi suivant la Pentecôte, en 1509. Partout, on se moquait de Berne. C'est en Bourgogne, en effet, plus précisément à Dijon, où l'on n'avait pas oublié le siège des *Reyslouffer,* que fut forgé le mot « *berné comme un Bernois* ». L'ordre des dominicains avait subi une écrasante défaite et s'appauvrissait, faute de donations, tandis que les franciscains triomphaient et s'enrichissaient.

Quelques mois après ces événements, la ville avait assisté au mariage de Niklaus Emmanuel Alleman et de Katharina Frisching à l'église des franciscains.

Que le peintre reçût la commande pour l'autel ne tenait pourtant pas du miracle : son grand-père maternel, le *doctor iuris* Thüring Fricker, avait offert un tableau pour un autel à la cathédrale dont la ville discuta pendant longtemps. Il représentait des morts qui célèbrent une messe. L'historien de la ville, Valerius Anshelm, émit l'avis que ce tableau avait facilité la superstition et l'engouement de Berne pour les miracles du frère Jetzer. Rien n'était moins sûr. Katharina avait enjoint à Niklaus de ne pas prendre partie lors des discussions dans les rues. Le peintre, neutre en apparence, put ainsi obtenir le contrat pour le nouvel autel, financé par un donateur anonyme, et contribuer à remplir la caisse de sa femme.

Cependant, la liste des commandes s'était rétrécie comme peau de chagrin. Il ne restait que le retable pour les dominicains, une crucifixion, l'autel voué à saint Antoine, la fresque *L'idolâtrie de Salomon* pour la maison d'Antoni Noll et le *Jugement de Pâris*. De la série de fresques sur le mur du cimetière, il devait compléter l'avant-dernier tableau avec son autoportrait. Le point final, le vingt-quatrième tableau, déjà fixé sur papier, montrerait un prédicateur du haut de la chaire. Dans ses mains, il tient un crâne qui parle à sa place et s'adresse à une foule de cadavres, percés de flèches ou pendus aux branches d'un arbre. Comme dans toutes les autres scènes, la Mort occupe le premier plan. Portant chapeau et manteau, la faux dans la main droite, elle avance à grands pas. C'est l'infatigable voyageuse qui n'arrête jamais son travail. Mais de ces deux panneaux, il ne tirerait rien. Alors, il ne se pressait pas : ce serait pour le temps où il aurait terminé toutes les autres commandes.

Pendant les séances de travail, Sophia lui avait posé des questions sur sa façon de peindre, le pourquoi de telle composition plutôt qu'une autre, les arrière-plans, la symbolique. Jusqu'à ce moment, et sans trop y penser, il avait rempli le fond de ses tableaux avec des paysages à la manière d'autres maîtres, Hans Baldung, Albrecht Altdorfer, Nithardt, Dürer, et choisi des scènes tirées des environs que les fidèles reconnaissaient rapidement, établissant ainsi un rapport immédiat entre eux et le sujet religieux. Quand, sur les conseils de Sophia, il refit la *Décollation,* celle qui avait si fortement déplu à Katharina, il plaça au-dessus de la tête du saint une étoile émettant des rayons bleuâtres et un arc-en-ciel. La lumière froide illumine juste les cîmes d'un groupe d'arbres ainsi que le château d'Hérode, forteresse menaçante qui, pour souligner l'origine de l'exécution, surgit au centre du tableau. À gauche du panneau, les rayons, qui lèchent le mur d'un portail, prennent naissance on ne sait où. À l'avant-plan, les vêtements des personnages sont éclairés par un fanal ou une lampe qui se trouve à l'extérieur de la scène, et dont l'intensité diminue vers la droite, là où les valets emportent le cadavre, dans la nuit.

Le bourreau, vêtu d'un costume de mercenaire, tient la tête par la barbe. C'est un objet d'une répugnante laideur : quelques instants auparavant, cette bouche vociférait encore contre Hérodias et le péché d'Hérode. Maintenant elle est muette, mais elle semble encore hurler dans la mort. Devant le pied droit du bourreau, le glaive gît dans l'herbe ; le sang de Jean la nourrira, lui donnant un éclat irréel. Le mercenaire est un homme d'âge mûr, svelte et musclé, plein d'énergie. Il détourne la tête de l'objet qu'il éloigne de son corps. Malgré son riche habit et la chemise luxueuse, il se présente dans l'attitude d'un fidèle serviteur qui va offrir un trésor rare à sa maîtresse. La jambe gauche allongée, il tient de la main droite le plateau d'argent richement travaillé, alors que sa jambe droite est pliée dans un geste de soumission. Salomé est accompagnée d'une amie, une autre princesse sans doute, car elles sont toutes deux vêtues avec un luxe digne d'une reine, et portent des coiffes en forme d'ailes, à la mode florentine. Selon la croyance, ces ailes devaient établir le rapport avec le Ciel. Personne ne sourit, le beau visage de la danseuse est devenu un masque, sa compagne baisse les yeux, les deux fenêtres sous le toit du château d'Hérode semblent observer les femmes, pendant qu'un démon accueille les acteurs du haut de l'ouverture d'un étroit portail sous lequel disparaît la dépouille du saint. Le tableau une fois terminé, Sophia avait fait remarquer au peintre que les crevés dans l'habit du second valet, sur la hanche, formaient le début d'une auréole.

Faisant glisser sa loupe au-dessus de la surface, elle avait examiné l'œuvre, pouce par pouce. « Il n'y a pas de hasard, me semble-t-il. Et certainement pas dans l'inspiration d'une âme sensible comme la tienne. Je sais que la composition de cette peinture, bien plus réussie que celle de la première *Décollation,* t'est venue d'en haut. Savoir peindre comme tu le fais est un don de Dieu. »

Niklaus avait compris l'enseignement de Sophia : la mort du Précurseur est un moment charnière dans l'histoire de la chrétienté. Pour elle comme pour lui, le Ciel se manifestait lors de l'événement en plongeant le monde dans l'obscurité tout en faisant naître des rayons qui touchent l'exécution. Par ce signe, Dieu reconnaît le sacrifice de Jean ; sa dépouille n'a pas d'importance, puisqu'un autre, plus grand encore, arrivera, répandant autour de Lui Sa lumière, celle de la Vérité.

Après avoir peint ce tableau, Niklaus ne rêva guère plus au bourreau lors de l'assaut devant la forteresse de Gênes. Avec l'assentiment de Sophia, il avait ajouté une guirlande en or chargée de symboles de la vie, grappes de raisins, feuilles d'acanthe. Elle est suspendue dans les coins supérieurs. C'est un arc de triomphe inversé ou une lourde couronne royale déroulée. Au-dessous, en plein centre, il avait fièrement signé NMD, avec la dague suivie d'un bandeau flottant dans le vent.

À partir de cette œuvre, il ne voulut rien peindre sans en discuter auparavant avec sa belle-sœur. Elle citait par cœur des passages de l'Ancien et du Nouveau Testament, de la *Légende dorée,* des *Métamorphoses* d'Ovide. Elle lui racontait les histoires des dieux grecs, toujours par petites doses, dans un langage simple et coloré. Elle avait également en sa possession une édition de *L'Énéide,* parue une quinzaine d'années plus tôt à Strasbourg, où Virgile raconte le jugement de Pâris, la guerre de Troie, la fondation de Carthage et de Rome. Niklaus lui disait souvent : « Là, je reconnais des choses que le *magister* nous a enseignées. Mais si tu savais combien cela m'a ennuyé dans le temps ! Après le long chemin de la maison à l'école, surtout en hiver, j'étais fatigué et je m'endormais sur mon banc. Lui, débitait sa matière à laquelle je ne comprenais rien, je ne savais pas qui étaient tous ces gens, ni ce qu'un tel avait fait pour être puni si cruellement ». Avec Sophia, il établissait des liens entre les personnages des scènes à peindre, il entrait dans leur peau. Leurs pensées, peines, douleurs devenaient les siennes. Ses tableaux, ses dessins se faisaient différents et nouveaux. Les panneaux de la danse macabre prirent un sens plus ironique et cinglant. Ce n'étaient plus d'aimables représentations de *Burger* bernois ; souvent, il s'éloignait carrément des modèles qui payaient pour la commande. Certains se disaient irrités de ne pas se reconnaître, à quoi il répondait : « Ce n'est plus vous, mon ami, mais ce sont des chrétiens comme vous et moi qui disent adieu au monde des vivants ». Ce qui lui valut des mines mécontentes et des haussements d'épaules. Il savait qu'on ne lui commanderait pas de nouveaux tableaux. « Advienne que pourra », se disait-il, cela n'avait plus d'importance, puisque Sophia lui montrait le chemin de la Vérité, celui qu'il avait toujours cherché. Petit à petit, il se rendait compte que, jusqu'à l'arrivée de Sophia, rue de la Justice, il avait été aveuglé par l'ambition de Katharina.

Un autre scandale venait d'ébranler la ville où l'on priait avec ferveur sainte Anne, mère de la Vierge. Après de longues tractations entre le gouvernement de Berne et un marchand de reliques dont les magasins se trouvaient à Rome, Milan et Gênes, le Grand Conseil avait acquis le crâne hautement convoité de la sainte. Berne l'avait emporté contre bon nombre d'autres villes de l'Empire, Vienne, Munich, Francfort, avides d'ajouter un objet de vénération à leur collection, ou encore Cologne, qui faisait étalage de ses trésors, tout particulièrement des corps momifiés des rois mages, rapportés de Terre Sainte deux siècles auparavant, et dont l'authenticité ne faisait aucun doute puisqu'ils produisaient un miracle après l'autre, guérisons, fécondité, victoires militaires, trésors retrouvés, protection contre les crues du Rhin, etc. Naturellement, la possession du crâne de sainte Anne, que le gouvernement avait acquis à un prix étonnamment raisonnable, fit sensation. Il arriva en grande pompe, gardé par une vingtaine de chevaliers armés, avec papiers d'authenticité de l'ancienne cour impériale de Constantinople, tombée depuis en mains ottomanes, avec sceaux de la curie romaine. Le marchand avait enveloppé la boîte contenant la relique dans un magnifique tapis de Smyrne. L'écrin, sculpté et doré, laissait voir le crâne grâce à une lunette de cristal taillé. La présence de cette relique signifiait des revenus importants pour la cathédrale et les commerces : oboles des pèlerins, donations, ventes de souvenirs, gravures, sculptures et figurines, sans compter les affaires des tavernes, gargotes et auberges. Lors d'une grand-messe, la relique fut montrée triomphalement au peuple. Un élégant monseigneur, envoyé par l'évêque et éminent diplomate Matthäus Schiner, lui fit faire trois fois le tour de la nef de la cathédrale où elle causa un émoi frisant l'émeute.

L'ivresse dura un mois à peine. Malgré son grand âge, le crâne disposait encore d'une quantité étonnante de dents. Puis, voulant enlever ce qui ressemblait à une mouche collée, un moine endommagea la patine qui se révéla être une teinture de vulgaire brou de noix qu'on avait ensuite polie avec de la cire d'abeille mêlée de suie. On gratta la chose, l'os blanc refit surface. Le marchand romain fut inculpé mais s'en tira indemne. Selon lui, le chef de son bureau milanais avait égaré l'original – retracer la vraie relique parmi des milliers d'autres s'avéra impossible – et l'avait remplacé par un crâne volé dans un quelconque ossuaire. Schiner, qui se savait bientôt cardinal à Rome et un sérieux prétendant au trône de saint Pierre, dut intervenir pour accélérer le remboursement.

Cela s'était passé durant le mois de mars précédent. Là encore, Katharina avait imposé le silence à son mari. Il le garda devant elle, mais une fois monté avec Sophia dans l'atelier, il avait arpenté la pièce en respirant bruyamment. Pour ne pas être entendu en bas, il parla d'une voix étouffée, pendant que la jeune femme l'écoutait, la tête penchée, avec ce sourire par lequel elle s'excusait de sa myopie, sourire qui pouvait passer pour moqueur ou coquet. Sur le chevalet était fixée une feuille avec des esquisses pour la fresque *L'idolâtrie de Salomon.*

« D'abord Jetzer et la sainte Vierge, maintenant sainte Anne. À cause de la cupidité de l'Église, on se moque de nous jusqu'aux Indes ! Tout pour gagner de l'argent ! Léon X vendrait bien sa mère s'il le pouvait. Non, il la louerait, cela lui rapporterait davantage ! Les Médicis sont les banquiers les plus riches d'Italie, tout le monde le sait. Les émissaires de Rome font croire qu'on peut racheter ses péchés, ils détiennent le commerce des reliques. On m'a dit qu'en Provence seulement, il existe sept Saints Prépuces, des bouts de peau gris et raccornis enchâssés dans des présentoirs en or, ivoire et argent, et parés de pierres précieuses et de perles. Il paraît qu'il y en a un autre au royaume de Naples. Au lieu de ces choses ridicules et répugnantes, les marchands de reliques auraient dû vendre quelques-uns des pains et des poissons que les gens n'ont pu manger parce que Jésus leur en avait trop donné lors du miracle sur la montagne. Au moins, cela se trouve dans la Bible.

Ils nous prennent pour des imbéciles et nous racontent n'importe quoi ! Tout ce commerce me dégoûte. À cause de leurs mensonges et du soutien de Rome, les monastères possèdent des terres qui équivalent à un cinquième de l'Empire. Aucun prince allemand n'en a autant. L'empereur et le pape s'entendent comme larrons en foire. Les moines sont si riches et si dépravés, sans oublier les nonnes, qu'ils en oublient leurs vœux. Ils boivent et mangent comme des rois, entretiennent des maîtresses, et leurs bâtards deviennent évêques ou abbesses.

À Rome, le pape emploie à lui seul près de sept cents serviteurs, comme s'il était encore à la cour de son père, Laurent le Magnifique. Un train de vie d'un tel faste est révoltant ! Il se paie les meilleurs peintres, son palais est de marbre, d'or et d'argent. Certains cardinaux ont une suite de cinq cents hommes, sans compter leurs putains, tu te rends compte ? D'où vient l'argent pour payer tout ce monde ? De nos poches, mais surtout des pauvres imbéciles qui ne savent pas lire ! Dans mes tableaux, il faut que je raconte l'Histoire sainte pour qu'ils la comprennent, parce que l'Église choisit avec beaucoup de soin ceux qui auront accès au savoir. Elle veut nous garder dans l'ignorance pour mieux nous passer ses savons. Est-ce encore l'enseignement de Jésus ? A-t-Il seulement existé ? Si oui, qu'ont-ils fait de Sa pensée ? Il faut arrêter, il faut vraiment tout arrêter et recommencer à neuf. »

Furieux, il passait continuellement ses doigts dans ses cheveux, dans un geste machinal. Les mots se précipitaient ; dans l'air froid de la pièce, la buée sortait de sa bouche comme s'il crachait de la fumée. Sophia se râcla la gorge, puis commença à tousser, discrètement d'abord en portant la main devant ses lèvres. Puis, ce ne fut plus un de ses signes disant que Niklaus devait se taire, mais une forte toux la secoua, la forçant à chercher son souffle. Le peintre était trop emporté, les mots se bousculaient, tandis que Melchior demeurait tranquillement assis dans son coin et choisissait des morceaux de terre dans les sacs alignés sur sa table de travail, avec les numéros des pigments. Peut-être pour chasser le froid humide venant du fleuve, il avait allumé le four en pierre dans le but de calciner certains pigments afin d'en changer la couleur. Sophia envoya l'apprenti se réchauffer à la cuisine pour être seule avec Niklaus, puis s'approcha elle-même du feu.

« Je me méfie de lui, dit-elle, la toux une fois calmée. Qui sait s'il ne rapporte pas tout ce que tu dis. Il est trop calme, il ne parle jamais. Le pouvoir des délateurs est leur mutisme ; ils recueillent les informations, puis les donnent à ceux qui les payent. Ce sont des Judas qui mordent la main qui les nourrit. Mais je te comprends, je suis aussi indignée que toi. As-tu pensé que tu pourrais rendre un grand service à l'Église et à ses fidèles avec la fresque *L'idolâtrie de Salomon* pour Antoni Noll ? Sa maison fait le coin derrière la fontaine de Moïse, place de la cathédrale, juste en face de la chapelle Armbruster. Tout le monde la verra en passant par là. Antoni pense comme nous. Autrement, il ne t'aurait pas demandé ce sujet en particulier. Moi, je crois que tu peux tourner le tableau de façon à ce qu'il soit perçu comme un jugement, mais différent de celui de Pâris, par la façon dont tu représenteras Salomon. Tu y diras clairement qu'il faut mettre un terme à ces folies qui causent tant de mal aux chrétiens. »

Après un temps, elle ajouta : « Sais-tu ce que le prieur des franciscains m'a raconté ? Écoute : À l'occasion de l'intronisation de Léon X, Agostino Chigi, architecte et peintre, enfin, ce qu'ils appellent en Italie un "artiste", a construit un arc de triomphe. En haut, il a fait inscrire : *Jadis Vénus eut son heure de gloire ; autrefois Mars eut son temps ; maintenant vient le temps de Pallas.* Oui, une Vénus l'a visité très tôt en lui donnant un fils, Alexandre, un bâtard, venu au monde peu après la nomination de son père au rang de cardinal, à vingt-cinq ans. C'est le *papa terribile,* Jules II, qui a mené les guerres faisant de Rome une si grande puissance. Si le Médicis cherche la protection de Minerve, ou Pallas, comme disent les Grecs, c'est pour une autre raison : il n'a pas oublié qu'un autre Rovere, Sixte IV, sans doute le pape le plus méchant, le plus retors que Rome ait jamais vu, avait fomenté la conspiration des Pazzi, à Florence, pour tuer les chefs de la maison Médicis, Laurent le Magnifique et son frère, Julien. Le cardinal Riario devait diriger le double assassinat, en pleine messe, à la cathédrale de Florence. Ses hommes ont fendu le crâne de Julien, mais Laurent leur a échappé. Tu comprends qu'avec un passé pareil, Léon X est continuellement sur ses gardes, rusé, richissime, extraordinairement intelligent. Il a ses espions partout en Europe. S'il venait à mourir, on connaît déjà le nom de son successeur, quelqu'un de sa famille bien entendu, un autre Médicis, son cousin, Jules. Mais le pape est jeune encore, il n'a que quarante-trois ans... ».

La voyant à contre-jour, le peintre remarqua pour la première fois qu'elle avait fortement maigri. Sous les pommettes saillantes, les joues se creusaient, les yeux étaient profondément cernés, ses avant-bras lui semblaient plus minces qu'autrefois. Il lui dit s'inquiéter pour sa santé, sans doute travaillait-elle trop, et cet hiver était beaucoup plus humide qu'à l'habitude. Elle répondit par un geste signifiant qu'il se faisait du souci pour rien.

Elle subit une nouvelle quinte de toux qui la pliait en deux, une toux sèche et violente qu'elle ne réussit pas à étouffer. « Tu es malade, mon amie. Va t'étendre. Je dirai à la Bärbli qu'elle aille mettre une brique chauffée dans ton lit, et qu'elle t'apporte aussi un bol de soupe chaude. » À nouveau elle fit signe que non de la main tout en cherchant son souffle. « Ce n'est rien du tout. Je me ferai des cataplasmes de moutarde. Je sais bien comment soigner cela. Montre-moi plutôt ton dessin. »

Il lui fit signe d'approcher, car les fines lignes tracées au charbon se voyaient à peine. « Je le trouve quelconque, dit-il, nous aurions dû en parler avant, comme pour les autres tableaux. Tu connais si bien l'histoire des saints, et ces choses qui se sont passées chez les Anciens, les dieux et tout cela. Je n'ai même pas cherché l'épisode de Salomon dans la Bible, je suis trop paresseux. Je préfère que tu me racontes l'épisode, alors je vois cc qui se passe, les personnages, les habits, les mouvements, les couleurs, tout, et je les dessine mieux que si je le lisais dans un livre. Dès que tu m'as raconté pourquoi les trois déesses se montrent devant Pâris, j'avais une bonne idée de la composition du tableau. Mais je te le dis encore, faire le *Tüchle* pour cet imbécile de Brunner qui me traite comme son valet, cela me pèse, je perds mon temps.

— Au contraire. Dans son ensemble, la composition est très réussie. Il faudrait peut-être changer encore quelques petites choses, et tu atteindras ton but. Après, tu passeras à autre chose.

— Qu'est-ce qu'il faut que je change ? Je n'ai pas envie de retoucher Junon, elle est comme je la voulais.

— Je ne parle pas de Junon, qui est tout à fait bien. Mais la tête de Minerve ne me semble pas encore correspondre à ce qui se passe dans cette scène, et l'attitude de Pâris devant Vénus est à refaire. Nous en parlerons plus tard, veux-tu ? Le *Tüchle,* comme tu dis, peut attendre. Maintenant, il faut voir au plus pressé. »

Alors, ils avaient examiné le dessin pour la fresque. Salomon, une couronne doublée d'hermine sur la tête et couvert d'un grand manteau disposé en plis élégants, est agenouillé devant une enfilade d'idoles, enveloppées d'une épaisse fumée qui monte des encensoirs disposés devant elles. Derrière le roi se tiennent trois femmes, une noire, une brune, une blanche. Du doigt, elles pointent vers les idoles.

« C'est très bien, et cela fera son effet sur le mur. Si tu ajoutais encore un lien avec notre monde, tiens, un *Reyslouffer,* ta spécialité après tout, cela donnerait au passant le sentiment que l'histoire du roi est éternelle et qu'elle peut se passer aujourd'hui même.

— Oui, mais comment organiser tout cela ? Je crains que cela ne devienne confus. »

Ils s'accordèrent pour dire que la fresque devait être comprise de tous, même de ceux qui ne connaissaient pas la vie de Salomon. Avant d'aller plus loin, Sophia lui traduisit une partie du premier Livre des Rois. Salomon est au sommet de sa gloire, de sa richesse. Il règne sur un immense empire parce qu'il sert et aime Dieu. Il reçoit la visite de la reine de Saba qui, avant de retourner chez elle, le couvre de fabuleux trésors. C'est à ce moment que le texte décrit le déclin de Salomon. Malgré l'interdiction de Dieu, Salomon aime de nombreuses femmes venues d'ailleurs, des Moabites, des Ammonites, des Édomites, des Sidonites, en tout sept cents épouses et trois cents concubines. Au seuil de la vieillesse, il oublie l'enseignement de son père, le roi David, et, pour faire plaisir à son harem, il vénère non seulement le Dieu de ses ancêtres, mais aussi l'Astarté des Sidonites, le Milkom des Ammonites, le Kamosch des Moabites et d'autres encore. Alors Dieu lui retire Sa faveur et lui dit qu'Il lui enverra des ennemis, des afflictions. Après sa mort, pour le punir, Il va démanteler son empire.

Niklaus écoutait. Jusqu'à la tombée de la nuit, ils discutèrent dans l'atelier, ignorant le feu éteint et le froid. Sophia voulait préciser la façon dont il pouvait traduire le texte en image. Finalement, ils avaient conclu que deux parties étaient nécessaires, la première pour montrer le comportement du roi tandis que l'autre devait illustrer la critique du peuple. Sophia avait persuadé le peintre qu'une représentation de Dieu serait hors de question : « N'oublie pas que c'est Yahwe, et non pas le Père du Nouveau Testament. Il ne faudra pas mêler les juifs à ta fresque. Il y aurait tout de suite des plaintes, et l'évêque de Constance te tomberait dessus. »

Après plusieurs croquis jetés à la hâte sur la feuille, et dont il expliqua au fur et à mesure les détails à Sophia, il arriva à une composition très proche de la version à peindre sur la maison de

Noll, espérant que le propriétaire serait d'accord. Sur la scène d'en bas, il avait repris une bonne partie de son ancien plan : le roi est agenouillé devant une grande colonne surmontée d'une idole. Derrière lui, trois femmes étrangères, dont une s'appuie sur son épaule tout en lui montrant l'idole. Cependant, il ajouta un détail important. À côté de la colonne, en face du roi, se tient un couple bernois qui tend à ce dernier un écriteau sur lequel il est accusé d'avoir été séduit, lui, l'homme le plus sage de la terre, par des femmes qui ne croient pas en Dieu et vénèrent des abominations. Le texte dit : « Ô Salomon, que fais-tu ici, toi, l'homme le plus sage que l'amour d'une femme ait jamais donné à la terre ; et voilà qu'une femme te change en sot ».

Puis il passa à la partie supérieure de la fresque, entièrement réinventée. En haut, au milieu de la balustrade et sous l'arche de la salle du palais royal, il plaça un élégant jeune *Reyslouffer* vêtu d'un costume à la mode, avec quantité de crevés, coiffé d'un chapeau orné de plumes, et portant une longue épée au lieu du glaive lourd qu'il avait d'abord voulu placer dans la main d'un archange. Un groupe de notables entoure le jeune homme. Parmi eux, et s'appuyant contre la jambe gauche du mercenaire, une femme portant une couronne tient dans sa main un coucou, symbole de l'homme qui se laisse induire en erreur par la duplicité féminine. Un prêtre, portant le bonnet d'un bouffon, montre le roi Salomon au jeune guerrier qui, pour sa part, a les yeux fixés sur l'écriteau.

Niklaus sentit une fierté nouvelle quand Sophia lui dit, les joues rosies par le plaisir ou une légère fièvre : « Voilà, ne crois-tu pas que cela fera réfléchir chaque passant ? Comme Salomon, le pape est censé être sage, rien ne lui échappe, on lui pose des questions et il donne la juste réponse. Mais la papauté s'est égarée, elle écoute des mauvais prophètes, elle vénère le faux dieu de l'or. Et le pape Léon X est pire que ses prédécesseurs, comme si cela était possible ! J'aime beaucoup ce couple bernois avec l'écriteau. De cette façon, les liens avec le monde d'aujourd'hui sont clairement établis. Ton *Reyslouffer,* c'est la jeunesse, il a le peuple avec lui. Surtout, on ne peut pas le tromper ni l'escroquer, car il connaît l'accusation qui pèse contre Salomon. En même temps, il est vaniteux, avec son accoutrement extravagant. Au passant de conclure ce qu'il veut ».

Dès l'aube, Niklaus alla voir Antoni Noll, dans son commerce qui formait le coin de la rue, juste en face de la petite chapelle, endroit très achalandé par les clients des commerces avoisinants. Dès qu'il lui eut expliqué la scène, Noll lui asséna une forte tape dans le dos : « Bien sûr que cela me plaît, et comment ! Il faut prendre tous les moyens pour arrêter les abus de Rome. Tu vas choquer certains bons *Burger* de Berne, d'autres, par contre, verront combien tu es courageux. Et moi, j'aurai rapidement la visite d'un monseigneur, j'en suis certain. Je m'en moque. Tout ce qu'il y aura sur le tableau sera la pure vérité, tu n'as rien inventé. J'aime surtout la partie supérieure, avec le beau guerrier au centre, et le moine avec les clochettes au bout de son bonnet. Les gueules vont aller bon train ! Et pas seulement ici ». Après une pause, il ajouta : « C'est bon pour mon commerce. Katharina, est-elle au courant ? Cela pourrait te coûter tes commandes des monastères, tu sais ». Le peintre haussa les épaules.

« Je n'attends plus grand-chose, ni des moines, ni de Saint-Vincent. Je ferai d'autres œuvres. Dieu me viendra en aide. Je verrai.

— Bien dit. Au diable les femmes qui veulent nous mettre le pied sur la nuque ! »

Quand Niklaus rapporta à Sophia l'assentiment d'Antoni, elle répondit par un large sourire en plissant les yeux, ce qui lui donna, l'espace d'un moment, l'air d'un chat qui vient d'attraper une souris.

Depuis la fin de l'hiver, ils n'étaient pas revenus sur la fresque, mais n'avaient pas moins débattu un sujet que Niklaus avait abordé avec Bernhard Tillmann, dès juillet. Sophia allait mieux, la toux avait disparu. Cependant, elle restait pâle et maigre. « J'attends le printemps, comme dame Nature. Tu verras que je me remplumerai, je serai dispose comme l'an dernier. »

Avec Sophia, il avait discuté chaque thèse de Luther et s'était senti sur une nouvelle lancée : montrer publiquement, à l'aide de son métier, qu'il partageait les pensées du moine allemand. Ces pages lui semblaient contenir le fond des doléances des chrétiens et des maux dont l'Église était atteinte. Il en admirait la langue claire, la logique, le but visé, les conclusions nécessaires. C'était uniquement de cette façon que l'on pourrait revenir à l'enseignement du Christ, pas autrement. « Pourvu qu'il ne se fasse pas brûler », avaient dit Tillmann et Sophia. Mais jusqu'à présent, l'homme de Wittenberg avait tenu bon. On racontait qu'il allait devoir se justifier bientôt devant le légat du pape, le cardinal Cajetan, un homme intelligent et dangereux. Personne ne pouvait prévoir l'issue de cette rencontre. Luther dirait sans doute que Latran V s'était terminé le 16 mars 1517, sans résultat ; que lors des dernières séances, la curie romaine s'était prononcée du bout des lèvres pour une réforme de l'Église, un plâtrage sans importance quand on tenait compte des abus commis par le clergé, sur tous les plans. Il dirait également qu'au moment même où il avait affiché ses thèses, son supérieur, le cardinal Albrecht de Brandebourg, fortement endetté, écoulait ses reliques sur le marché à un rythme accéléré : au 31 octobre

1517, il restait dans la réserve personnelle du cardinal quarante-deux corps complets de saints et huit mille cent trente-trois fémurs, hanches, clavicules, bouts de doigts, dents, mâchoires, côtes, etc., une énorme « fortune osseuse », sans compter sa caisse avec l'argent des indulgences. Luther ne pouvait plus garder le silence. Il avait remarqué l'absence des fidèles aux heures de confesse ; ils préféraient s'adresser à un marchand et racheter leurs péchés par des lettres d'indulgences plutôt que subir l'interrogatoire du prêtre. Ses brebis lui échappaient. Alors il avait invité ses collègues à une *disputatio* à Wittenberg afin de clarifier la question des indulgences.

Pour la première fois, Niklaus étudiait par lui-même un texte dont la complexité l'aurait rebuté dans d'autres circonstances. Jamais encore il n'avait lu avec autant de passion. Il se disait que, si le *magister* avait employé une méthode différente pour enseigner la philosophie, l'histoire, les mathématiques, le latin et le grec, il aurait sans doute retenu quelque chose de toutes ces heures passées à somnoler sur son banc. Au lieu de cela, il avait dû subir les taloches, les coups, les punitions, les railleries. Avec Sophia, tout devenait différent : les hommes et les femmes des temps anciens vivaient, leurs faiblesses étaient celles de Niklaus, qui comprenait leurs erreurs et leurs luttes contre les dieux qui les condamnent à l'avance ou en font leurs favoris. Lors de la première lecture des thèses de Luther, il n'en avait pas compris grand-chose. Sophia le rassura : le moine avait rédigé le texte pour être débattu entre théologiens ; elle ne croyait pas qu'il avait eu l'intention de les divulguer. Elle était même persuadée qu'il ne les avait pas affichées lui-même aux portes de l'église. Les responsables devaient être ses étudiants, auxquels il donnait des cours depuis cinq ans. Ils aimaient beaucoup leur professeur, grand orateur, au verbe coloré, le visage rubicond comme tout homme qui aime la bonne chère et la vie. De plus, l'église faisait partie de l'université de Wittenberg, fondée il y avait tout juste seize ans par Frédéric le Sage qui avait engagé des professeurs jeunes et dynamiques, auxquels il pouvait verser des salaires moins élevés que ceux qu'il fallait payer à leurs collègues dans d'autres institutions, plus prestigieuses.

Sophia lui avait résumé le fondement même de la pensée luthérienne : il est impossible d'obtenir, par nos œuvres seulement, le pardon pour nos péchés. Il faut avoir la foi en la grâce de Dieu qui, seul, peut nous absoudre. Il avait établi ses thèses sur cette base, et sur rien d'autre. Certaines avaient frappé Niklaus si fortement qu'il les avait apprises par cœur : « Le pape ne veut ni ne peut annuler des peines, sauf celles qu'il a prononcées lui-même ou qui résultent de la loi de l'Église ». Une autre, qu'il trouvait drôle : « La croyance qu'une peine imposée par l'Église puisse être transformée en une peine devant être expiée au purgatoire est une ivraie semée pendant que les évêques dormaient ». Dans la suivante, la vingt et unième, le moine se faisait tranchant : « Les prédicateurs des indulgences errent s'ils disent que par les indulgences du pape l'homme est totalement libre de peines ». Ailleurs, il écrivait : « C'est une invention de l'homme de dire : aussitôt que l'argent sonne dans la caisse, l'âme s'envole du purgatoire au paradis ». Par la suite, il durcissait le ton : « Ceux qui croient être certains de leur salut par une lettre d'indulgence seront damnés pour l'éternité, avec leurs maîtres ». Puis, il enlevait aux prédicateurs leur meilleur argument : « Tout chrétien qui se repent vraiment a droit à une pleine rémission de la peine et de la faute, sans lettre d'indulgence ». Plus loin, il y en avait une où le moine s'en prenait directement au pape : « Il faut apprendre ceci aux chrétiens : si le pape connaissait les méthodes de chantage des prédicateurs d'indulgences, il préférerait que la basilique de Saint-Pierre tombe en cendres plutôt que de la voir construite avec la peau, la chair et les os de ses brebis ».

Après avoir lu celle-là, Niklaus murmura à Sophia :

« Diable, il n'y va pas de main morte. Saint-Pierre coûte des millions, le pape ne permettra jamais à un petit professeur de théologie de lui enlever son commerce !

— Attends ! Il y a mieux encore. Continue. »

Alors il lut, avec un plaisir toujours grandissant : « Qu'il soit béni celui qui s'élève contre le verbe licencieux et effronté des prédicateurs d'indulgences ». Plus loin : « Pourquoi le pape, qui aujourd'hui est plus riche que le plus riche des Crésus, ne construit-il pas l'église Saint-Pierre avec son propre argent, mais avec celui des pauvres fidèles ? ». Cependant, sa thèse préférée demeurait la soixante-deuxième : « Le vrai trésor de l'Église, c'est le très saint Évangile de la gloire et de la grâce de Dieu ».

La portée de certaines thèses était évidente, le sens d'autres demeurait obscur. Sophia lui apprit que les marchands d'indulgences recevaient une formation particulière avant d'entreprendre leurs tournées ; ils suivaient des instructions précises, données par la curie romaine. Ce n'était qu'après en avoir lu un exemplaire que Luther avait écrit ses thèses, en latin, pour être immédiatement traduites en allemand par ses disciples. Selon lui, il fallait se baser uniquement sur la Bible, où il n'existe aucune allusion aux indulgences. Le prince Frédéric s'était rapidement rallié au professeur. Son intérêt, toutefois, devait davantage à Mammon qu'à Dieu. Il lui coûtait de voir sortir de son pays, en direction de Rome, des sommes importantes.

« Martin Luther n'est pas contre toutes les indulgences, il est même d'accord qu'on rachète des peines imposées par l'Église, dit Sophia. Il ouvre la voie au dialogue avec Rome pour changer le comportement du clergé. Mais je crains que le pape ne lui envoie une bulle, et que l'empereur Maximilien ne le mette au ban, l'un pour qu'il se taise, l'autre, pour l'éliminer. Cependant, le ban viendrait trop tard, sa pensée est là, elle est imprimée et circule partout. » Après une pause, elle avait ajouté : « Tu sais, les mots ont un pouvoir aussi grand que les images. Les deux nous atteignent directement, les uns par l'oreille, les autres par les yeux. Il est difficile de rendre la chrétienté sourde et aveugle ».

Au début de l'été, Sophia lui avait proposé un autre sujet. Comme la maison d'Antoni se trouvait tout près de la cathédrale dont le portail s'ornait de statues représentant les vierges folles et les vierges sages, Niklaus pourrait produire une série modernisée des jeunes femmes, destinée à être gravée sur bois, mais subversive et fustigeant les mœurs dissolues du temps. Cette fois, il n'y aurait plus de vierges sages qui gardent l'huile en attendant le Christ. Elles s'en moqueraient toutes, arboreraient une attitude insouciante, et le contenant d'huile, symbole de leur pureté, n'aurait plus d'importance.

« Il est temps que tu passes à autre chose, lui avait-elle dit. J'aime beaucoup ta *Bethsabée* et *La jeune fille et la Mort*. Très réussies, toutes les deux. Ta *Jeune fille* est un peu osée, surtout avec la main de la Mort sous sa jupe. Quant à Bethsabée, c'est celle que tu vas rencontrer aux bains, en bas de la cathédrale, et qui posera aussi pour ta Vénus ? Bah !, c'est du passé, il ne s'agit plus de l'Ancien, mais du Nouveau Testament. Tu as des sujets vraiment importants désormais. Le temps de fabriquer de braves tableaux sans reproches est révolu, il faut faire réfléchir ceux qui regardent les nouveaux. C'est de cette manière que tu établiras ta renommée. Mon rêve : que tu sois honoré et qu'on te reçoive en maître véritable, comme Léonard de Vinci en Italie, ou comme Dürer, qui mange à la table de l'empereur. Quand l'heure sonnera pour eux, ils continueront à vivre par leurs tableaux, et leurs chefs-d'œuvre seront aimés et admirés de toutes les générations à venir. »

Niklaus s'était jeté dans le travail avec une ferveur qu'il n'avait jamais connue lors de la confection d'un retable. Le résultat fut éblouissant. Il pouvait se mesurer avec les meilleurs peintres de l'heure, « même Dürer n'y trouvera rien à redire », s'exclama Sophia. Au-dessus de l'une des vierges folles, jolie, coquette, il avait écrit : « Elle s'est répandue ; personne ne peut tout savoir ». Ici, l'insouciance frôle l'effronterie qu'il souligne par le geste. La main gauche tient la jarre d'huile renversée, la jeune fille la regarde avec la même indifférence que si elle avait échappé un verre d'eau ; la droite est levée, la paume tournée en haut, comme pour banaliser l'incident.

Les dessins étaient partis chez une vieille connaissance, Niclas Meldemann à Augsbourg, excellent graveur, que le peintre avait rencontré lors de son passage comme compagnon à Nuremberg. Meldemann utilisait du vieux bois de chêne pour ses blocs. Son travail, exécuté avec un soin infini, coûtait plus cher que chez d'autres graveurs, mais il valait son pesant d'or. Même après la millième impression, le dessin demeurait d'une précision exceptionnelle, de loin supérieure à ce qu'on faisait sur le cuivre, trop vite usé. Dès que Niklaus mit ses dessins sous presse, on s'arracha les feuilles. Elles se vendaient partout, à Bâle, Lucerne, Fribourg, dans le sud de l'Empire, et jusqu'en Bourgogne. Le message subtilement déguisé fut accueilli avec enthousiasme ; personne n'était dupe, mais nul ne pouvait le critiquer. Même Katharina, d'abord anxieuse et choquée, avait dû se ranger du côté des acheteurs. Et puis, avec le nombre croissant des ventes, elle renflouait sa caisse. Quand Niklaus lui annonça qu'il en avait imprimé mille cinq cents exemplaires à partir d'un seul bloc, sa protestation ne se fit pas attendre : « Quel malheur, tant d'argent dépensé pour le papier et l'encre ! Tu nous ruines avec ta folie des grandeurs. Tu n'en vendras jamais autant ! ». Il l'avait rassurée. Depuis l'an dernier, à la foire de Francfort, le prix du papier avait baissé de moitié à cause d'un nouveau procédé de fabrication ; il était de meilleure qualité, moins rugueux, ne s'effilochait pas. Quant à l'encre, il la produisait lui-même. La mine de sa femme s'était éclaircie, puis, apercevant d'autres esquisses avec des sujets nouveaux qui n'avaient rien à voir avec les commandes ou la danse macabre, elle s'était rembrunie à nouveau.

Katharina devenait acariâtre. Pas la moindre dépense ne lui échappait, elle surveillait et comptait tout, retournait dans sa main chaque piécette d'argent trois fois avant de la céder. Auprès des paysannes devant ou sous les arcades de la rue du Marché, elle avait la réputation d'une redoutable maquignonne. Quand elle retournait à la maison, avec Bärbli dans son sillage, elle avait l'air d'une frégate victorieuse sous le vent. Les marchandes la craignaient comme la peste. Après quelques instants, les plus intelligentes abandonnaient la lutte, car Katharina, dont la voix prenait en ces occasions une tonalité rauque, ne se gênait pas pour parler haut et fort, attirant l'attention des autres clientes et leurs servantes en train de faire des emplettes et leur faisant comprendre qu'ici on les roulait.

Depuis deux ans, Katharina voyait d'un mauvais œil que sa sœur avait toujours « le nez fourré là-haut », ce qui avait rapidement provoqué une querelle entre elles.

« Pourquoi vas-tu presque chaque jour à l'atelier quand mon mari y travaille ?

— J'aime voir ce qu'il fait, c'est étonnant ce qu'il réussit de ses mains.

— Il peint, il dessine. Qu'est-ce que tu voudrais qu'il fasse d'autre ? C'est son métier après tout. Je croyais que les hommes te laissaient indifférente.

— Tu n'y es pas. Ce qui me surprend toujours, c'est la façon par laquelle il transpose une histoire en images.

— Ne me raconte pas que tu te contentes de l'observer, je te connais, tu as toujours été hypocrite, tu fais la sainte nitouche, mais si tu me voles mon mari...

— Je ne te vole rien du tout, au contraire. Je tente de lui expliquer ses sujets et de les rendre clairs. Ses tableaux deviennent meilleurs s'il comprend parfaitement l'histoire qu'il doit raconter dans ses images. Niklaus est déjà un bon peintre, si tu veux avoir mon opinion. Mais il a l'étoffe d'un grand maître. Et si je peux l'aider à mieux exprimer ses pensées et à le faire connaître au-delà de Berne, je n'y vois aucun mal.

— Sans moi, il ne serait rien. Ne te fatigue pas, il a une solide réputation ici, grâce aux commandes que je lui apporte, il n'a pas besoin de ton aide. »

Elle fit une pause, passa à l'attaque :

« Il te prend comme modèle maintenant ? Je te mets en garde, on m'a dit que toi et sainte Barbe à Grandson, vous vous ressemblez comme deux gouttes d'eau. Je m'en veux de ne pas avoir examiné davantage les panneaux avant leur départ. Mais ceux de l'extérieur m'ont tellement dégoûtée parce qu'il s'y est peint par deux fois, deux, et en martyr ! Comment as-tu pu tromper ma confiance ? ».

Sophia avait répondu par un profond soupir. Elle demanda à Katharina si elle voulait la voir retourner chez leur père. « Mais non, cela ferait parler les gens, puisque Margot est encore si fragile. Je veux te prévenir seulement, sois prudente. Tout se sait à Berne, et "les mensonges ont les jambes courtes", comme dit le proverbe. Le soir, surtout en hiver, les gens n'ont que cela à faire, regarder dans la cuisine et le lit du voisin. On sait que Niklaus va aux bains et avec qui il s'y tient. Et on soupçonne que tu passes tes moments libres en haut, sous les combles. Il ne faut pas que vous soyez si souvent ensemble, sans l'apprenti. »

Comme avant, Sophia n'en continua pas moins ses visites à l'atelier dès que les malades lui en laissaient le loisir.

Aucune n'avait prononcé le nom du modèle pour Vénus.

Ce n'était pas seulement la présence de Sophia auprès de Niklaus qui agaçait Katharina. Plusieurs fois, elle avait fait entendre à sa sœur qu'on lui parlait trop souvent d'elle. Ses amies considéraient Sophia comme une sainte sur terre qui se sacrifiait pour les autres. Elles disaient cela sur un ton mielleux, plein de perfidie et de sous-entendus. Elles s'avouaient perplexes de voir que la jeune femme n'avait pas choisi de mari, s'habillait pauvrement et avec le goût d'une servante, ne venait pas aux fêtes, n'aimait ni danses ni bijoux. Pire, elle se comportait comme un homme, avec ses lectures savantes, ce qui faisait fuir les aspirants. Voilà où cela menait, lire trop de livres ! Si elle n'avait pas l'intention d'entrer au couvent, toutes ces lectures ne lui serviraient à rien. Ne vaudrait-il pas mieux qu'elle s'intéresse un peu aux hommes, ou du moins à un homme, au lieu de cueillir des plantes et de préparer ses tisanes et cataplasmes pour soigner les plaies repoussantes des malades ? Naturellement, quelqu'un devait s'occuper de ces pauvres épaves, mais qu'elle laisse donc cela aux autres. Elle allait dans les hospices en compagnie du père Alleman dont la femme n'aimait plus la jeune Frisching comme avant, ce qui était tout à fait normal, puisqu'aucune épouse dévouée ne tolère qu'une célibataire rôde autour de son mari. Et maintenant son « intérêt » pour la peinture et le fils de l'apothicaire, et tout cela sous le toit de Katharina... Le temps passait ; il dessinait déjà des rides sur le visage de la belle blonde. De plus, Sophia maigrissait, peut-être à cause d'un chagrin secret trop lourd à porter. Katharina la défendait mollement. À l'entendre, sa sœur était une religieuse manquée au comportement bizarre. Elle pouvait sembler un peu fêlée, mais avait un cœur en or. « Ce qui ne compte pas pour peu, par les temps qui courent. Et puis, elle s'occupe si bien de Margot, elle a des mains de fée, c'en est une merveille. »

Depuis que les commandes avaient à nouveau rempli sa caisse, pas une seule de ses amies n'avait fait la moindre allusion aux origines douteuses de Niklaus ; devant Katharina, elles n'osaient pas prononcer le mot *Walch.* À les entendre, il s'était toujours appelé Manuel, dit Deutsch, et il était né d'une Fricker.

Après ses discussions avec Sophia, chaque nouveau tableau devait *parler* au spectateur et contenir un message important. Niklaus avait besoin d'elle. Personne mieux que sa belle-sœur ne lui montrait le chemin que devait prendre sa peinture. Après le *Salomon,* il avait un but. Les *Vierges* en étaient la preuve. Il poursuivrait avec *Le Jugement de Pâris.*

Ils étaient montés à l'atelier. À cause de la chaleur, Sophia avait enfilé une robe ample et très légère, au corsage pigeonnant, le tissu bordé d'un ruban en dentelle des Flandres. De ses bras amaigris, elle fit un geste retraçant la silhouette de Minerve.

« C'est la tête qui ne va pas. Minerve nous regarde avec fierté, comme si les autres personnages n'existaient pas. Vénus tourne le dos aux deux autres déesses. N'oublie pas ce que dit la légende : Éris, le nom que lui donnent les Grecs anciens, est la fille de la nuit, sœur de Mars. C'est avec lui que Vénus a trompé Vulcain, son mari, tu te rappelles cette histoire ? Éris, c'est la déesse de la discorde. Les dieux oublient de l'inviter au mariage de Pélée et de Thétis, oubli volontaire, parce qu'elle n'est pas commode. Furieuse, elle jette sur la table une pomme d'or qu'elle est allée chercher au jardin des Hespérides et sur laquelle est gravé : *À la plus belle.* Alors Junon, Minerve et Vénus se disputent cette pomme, exactement comme Éris l'avait prévu. Les déesses se demandent qui pourrait bien trancher la question. Jupiter est trop intelligent pour se mêler à cette affaire. Du haut de l'Olympe, il regarde sur Terre. Il aperçoit Pâris, fils de Priam, roi de Troie. Le jeune homme est occupé à garder les troupeaux de son père au mont Ida. Comme on le sait, le prince n'a pas réfléchi longtemps avant de rendre le verdict. C'est Vénus qui a gagné le concours, parce qu'elle a promis à Pâris une femme, la plus belle des mortelles, Hélène.

Mais que font celles qui ont été rejetées ? Il faut que ta Minerve ait l'air déçue, et surtout rancunière. Ta Junon semble dire : "Regarde, tu as beau être la fille de Jupiter, mon frère et époux, le dieu le plus puissant et le père de tes frères et sœurs. Ce mortel n'a rien d'autre dans la tête que le beau corps d'une femme. Quel affront, pour toi et pour moi ! Il est très jeune, mais cela n'excuse pas sa bourde. Il en a préféré une autre que nous. C'est notre sœur, en fait, ta tante, avec sa beauté qui fait perdre la tête aux hommes, qui n'ont qu'un mot à la bouche, l'amour. Ils prétendent que pour eux, l'amour est le plus grand bonheur. Pâris a accordé le prix à Vénus, au lieu d'accepter ce que je lui offrais, moi, le pouvoir. Il te rejette, toi, parce qu'un homme amoureux a la cervelle pleine de trous, il ne retient que l'idée de la beauté. Il se moque de la gloire que tu lui offres, et de ta sagesse. Toi et moi, nous sommes les piliers les plus importants sur lesquels s'appuie Jupiter. Pâris se dit que la plus belle femme du monde suffit pour être heureux. Alors, ma fille, qu'attends-tu pour te venger ?" Minerve, quant à elle, doit prêter l'oreille. Déjà, elle et Junon préparent la guerre de Troie et complotent pour tuer le prince. Si tu peux, donne-lui un air sournois et plein de dépit, comme si elle pensait à sa vengeance. Quant à Vénus, on y reviendra plus tard. »

Niklaus l'écoutait. Elle lui avait déjà raconté l'essentiel de cette histoire lors de la commande du vieux Brunner. Le peintre connaissait les gravures de Cranach qu'il avait trouvées mièvres, avec des femmes trop minces, aux bras comme des serpents. Niklaus n'avait jamais tout à fait compris la portée de la légende. Au marchand de livres, il avait demandé s'il connaissait d'autres gravures sur le sujet. Celui-ci lui avait répondu qu'il en existait, signés d'Altdorfer, mais qu'elles s'étaient vite vendues ; il n'en aurait pas d'autres.

À ce moment précis, seul avec Sophia, Niklaus se rappela sa propre erreur, sa hâte de choisir Katharina, neuf ans auparavant. Il ne savait plus s'il aimait encore sa femme, ou si l'intelligence de Sophia, alliée à la fermeté d'esprit et la douceur, ne l'attirait pas davantage.

Ces derniers temps, quand il faisait l'amour avec Katharina, il pensait à Sophia, à sa voix, à ses gestes. Plus d'une fois il avait été tenté de posséder sa belle-sœur, dans une impulsion subite qui l'apeurait. Elle lui aurait lancé, il en était certain, un regard étonné, rempli de reproches. Il se disait qu'elle ne le conseillait certainement pas pour le conquérir, car, vivant sous le même toit que lui, elle ne pouvait devenir sa maîtresse. La raison officielle pour qu'elle demeure encore rue de la Justice restait les soins donnés à Margot dont l'enfance s'avérait compliquée et trop difficile pour que sa mère s'en occupât. Venaient ensuite ses malades, les visites dans les hospices, les heures consacrées à la préparation des remèdes. S'il lui avait révélé par des gestes qu'il la désirait, elle aurait secoué la tête, se serait libérée en lissant sa jupe et en tirant sur son corsage : « Mon ami, quand un homme a fait son choix, il en assume les conséquences. Regarde ton tableau. Le fils de Priam n'a pu revenir en arrière, une fois le prix accordé ». Elle aurait continué en lui répétant ce qu'elle lui avait dit après avoir vu ses dessins, gravures, tableaux : « Tu n'as qu'une chose à faire : puisque tes œuvres seront encore là après que tu seras réduit en poussière, laisse un message à ceux qui te suivront, à tes enfants, aux *Burger* de Berne et d'ailleurs. Mets-les en garde contre le pouvoir des femmes et la faiblesse des hommes. Pense à ta renommée. Après ta mort, il ne reste que cela, le souvenir, la trace que tu laisses. D'autres érigent des palais, le pape a la basilique de Saint-Pierre, Dürer ses gravures et tableaux, Urs ses dessins. Toi, tu laisseras une grande œuvre ».

Il l'observa. Sophia travaillait sans doute trop. Ses joues restaient creuses, les ombres sous ses yeux n'avaient pas disparu. Niklaus aurait aimé la mettre en garde contre l'épuisement. Ses yeux surtout l'inquiétaient, brillants et secs, très grands, le blanc souvent rougi par ses lectures qu'elle faisait en pleine nuit, trop affairée qu'elle était pendant le jour. Mais il n'osa rien dire ; elle manifestait de l'agacement quand quelqu'un s'inquiétait d'elle et, d'un geste de la main, mettait fin à tout autre commentaire. Dans la chaleur de l'atelier, elle s'essuyait le front et la nuque avec un mouchoir pendant qu'elle examinait des esquisses, les mêmes qui avaient provoqué la colère de Katharina.

« C'est bien cela. Je vois que tu es à la croisée des chemins, comme Pâris et Salomon. Ils doivent se décider et choisir ceci ou cela. Ils sont devant de belles créatures qui veulent les séduire. Tes *Reyslouffer,* eux aussi, finissent par embrasser les trois déesses que tu appelles Espagne, France, Italie. Elles promettent la même chose que Junon, Minerve et Vénus : le pouvoir, la gloire, la beauté. Pour le tableau, tu ne peux plus changer le sujet, le berger doit choisir la séduction. Il faut voir comment tu vas présenter celle qui a engendré Cupidon et sa sœur, Harmonie. Ah !, c'est plutôt comique de constater que Vénus l'a conçue la nuit où son mari l'a surprise dans les bras de Mars, le plus sanguinaire des dieux. Et sans doute le plus stupide. Mais nous n'en sommes pas encore là. Elle n'est qu'une silhouette. Déjà, je ne suis pas certaine que le geste avec lequel elle reçoit son prix convienne au sujet. La pomme passe d'une main à l'autre, sans plus. Alors que Pâris vient d'humilier ses rivales, elle doit exprimer le sentiment que ce prix est important. Elle est reconnaissante et se promet de protéger le juge imprudent dans la guerre que les autres sont en train de concocter. D'abord, il faut s'occuper de Minerve. »

D'un moment à l'autre, Melchior pouvait monter. Sophia ajouta : « Pourquoi ne pas établir des liens entre les temps anciens et nous, comme tu le fais avec Salomon ? Ta Junon est habillée selon la dernière mode française ».

Elle sourit de la même façon moqueuse que sainte Barbe et ne remarqua pas ou ne voulut pas voir le regard de Niklaus, celui des mourants à l'avant-scène du *Martyre des dix mille chevaliers*. Pour cacher son embarras, il dit :

« Brunner veut que je place ses armoiries et celles de Margareta, sa femme, bien en vue.

— A-t-il parlé d'un texte dans l'image ?

— Non. Il m'a simplement dit le sujet de sa commande.

— Alors nous allons pouvoir inscrire quelque chose qui le fera réfléchir, lui et les siens. Tu le fais bien dans tes dessins, avec ton "On ne peut pas tout savoir" que tu reprends souvent pour indiquer que le personnage sur ta feuille est humain et désemparé devant le sort.

— Oui, mais quoi, alors ?

— Je ne sais pas encore. Dans ton *Jugement,* tu auras l'occasion de prendre position toi-même au sujet de cette question. N'oublie pas que le peintre est le juge ultime qui s'exprime dans son tableau. Une fois ce *Tüchle* terminé, nous verrons. Allons ! D'abord cette Minerve. »

Il en modifia l'expression faciale. Maintenant, la déesse prête l'oreille au discours de Junon. Le port de la tête indique qu'elle accepte les arguments devant lesquels elle ne peut pas se fermer. Les cheveux, qui seraient d'un blond doré, sont enroulés, de la même manière mille fois répétée sur les dessins de Niklaus, avec des mèches en forme de tire-bouchon. Ils tombent des tempes et, derrière les oreilles, sur les épaules, se terminent par une couronne de tresses pour indiquer son haut rang parmi les dieux puisqu'elle est née de Jupiter. Sophia lui avait dit que Minerve était également une déesse guerrière. Il lui fallait donc un bouclier au bras et un glaive à la lame nue dans la main droite. Victorieuse, elle tient entre le pouce et l'index de la main gauche la tête coupée d'un petit dragon.

Ils avaient longuement parlé de ce détail. « En réalité, dit Sophia, le bouclier de Minerve doit porter l'effigie de Méduse qui a osé comparer sa beauté à celle de la déesse. Son audace lui vaudra d'être changée en monstre à la chevelure de serpents. Son regard pétrifiera ceux qui la rencontreront. Ce sera son demi-frère Persée, le fils de Danaé et de Jupiter, qui débarrassera la Terre de Méduse. Il lui tranchera la tête et offrira ce trophée à Minerve. Cependant, il aura recours à une ruse. N'oublie pas que Minerve, qui représente chez les Anciens l'intelligence et la sagesse, aime les guerriers qui se servent de leur cervelle, pas seulement de leur force, contrairement à Mars, qui préfère muscles et brutalité. Quand Persée trouva Méduse endormie, il capta le reflet de sa tête dans son bouclier poli et, sans devoir la regarder directement, accomplit son œuvre. »

Mais après les deux décollations de Jean, Niklaus ne voulait plus peindre de tête coupée. Alors il opta pour le dragon qui menaçait de dévorer la belle Andromède, ce qui lui valut d'être lui aussi tué par Persée. Sophia rechigna devant cette solution, mais finit par l'accepter : « D'accord. L'image de Méduse aurait peut-être effrayé les Brunner, et le dragon fait partie de la légende. On ne pourra rien te reprocher. Soit dit en passant : j'aime bien que tu aies choisi un hêtre comme arbre sous lequel se déroule le jugement, et non pas un olivier qui n'existe pas par ici. Surtout à cause de l'écorce, qui est grise et luisante. Je crois que ce sera d'un bel effet ».

Le haut du corps de Minerve sera musclé, les seins petits, mais elle restera femme par les larges hanches et le ventre saillant, tout comme Junon, et semblable à la Vénus que le peintre avait déjà dessinée au début de sa carrière bernoise, ailée et en plein vol. Sophia avait insisté : Minerve, pudique, ne peut se présenter aussi librement que Vénus. Il fallait cacher son sexe. Alors il esquissa la guerrière les cuisses serrées ; un ruban, passant entre ses seins, forme un grand nœud dont l'extrémité glisse le long de l'aine, et se déploie au-dessus du pubis qu'il couvre entièrement. La jambe droite est légèrement pliée vers l'extérieur, dans une pose introduite par des sculpteurs grecs il y a deux millénaires. Sur la tête, elle porte – lien avec la tenue moderne – un minuscule chapeau orné de cinq plumes d'autruche aux extrémités enroulées, gonflées par des artifices dont les Vénitiens avaient le secret. Un lacet noir, noué très simplement sous le menton, retient cette création extravagante.

« Qu'en penses-tu ? » Avant de répondre, Sophia examina le dessin. « Oui, c'est exactement ce qu'il te faut. Avec ce regard et le port de tête, il est évident que les deux complotent quelque chose. Comme Junon indique Vénus de la main – Sophia émit un rire bref, sans joie – une main parée de quantité de bagues pour prouver sa richesse, c'est évidemment Vénus qui est en cause, et non Pâris. Quelles couleurs utiliseras-tu pour la peau ? » Il lui montra les sachets contenant les pigments réduits en poudre. La palette demeurait dans les ocres, sauf un rouge pozzuoli d'Italie pour le centre du bouclier qu'il allégerait d'abricot vers le bord, fait en bleu de guède, venu de Normandie. Cela rappellerait le bleu de la coiffe de Junon, moins beau que le lapis, mais qu'il préférait à l'indigo. Il aimait le citron de Sardaigne, le jaune de Gargas, l'abricot de Puisaye, la terre brûlée de Chypre. Enfin, il pensait employer du vert de Vérone et du noir de Rome pour les accessoires.

« C'est bien, très bien même. De cette manière, tu la distingues de Junon et de la déesse à la peau de nacre, Vénus, née de l'écume de la mer. Enfin... C'est une des versions de sa naissance. Minerve est plus souvent touchée par le soleil, elle veille également aux récoltes et à la construction des villes. Peux-tu changer la couleur si sa peau se fait trop sombre ?

— Non, il faudra alors peindre par-dessus, et l'effet ne sera plus le même. On peut corriger, mais cela prend de la patience. Avec cette technique, qu'on appelle *a tempera grassa*, à cause du jaune d'œuf, le pigment ne change presque plus de ton en séchant, il faut qu'il soit de la bonne nuance dès que je le mélange aux terres. On doit peindre très vite, les couleurs sèchent en peu de temps. Même chose pour la *tempera magra*, avec le blanc de l'œuf. Pour faire adhérer les couleurs, tu peux ajouter les médiums que tu veux, colles, lait de figue, petit-lait, cire et même de l'huile, mais cette dernière demande un temps de séchage très long. Moi, j'aime l'émulsion par le jaune ; j'ajoute du blanc d'œuf à la dernière couche pour protéger la surface qui devient brillante et garde toute la luminosité des pigments. »

Il lui parlait maintenant comme si elle était Melchior : d'autorité et d'un savoir acquis au fil de nombreuses années.

« Si j'utilise cette technique aussi à l'extérieur, comme pour la *Danse des morts,* sans ajout d'huile, c'est parce que sur le mortier encore humide les particules des pigments se marient aux fins grains de sable, ce que je ne peux pas faire avec une matière grasse, de l'huile, par exemple, qui ne se lie pas à l'eau. L'inconvénient reste la protection ; avec les changements de température, surtout par temps froid, des bulles d'humidité se forment sous les pigments et font éclater la surface. De plus, il faut régulièrement appliquer une couche de vernis pour protéger la peinture. »

Tout en lui expliquant sa technique de travail, il avait commencé à mélanger les ocres, ajoutant aux jaunes clairs du blanc de plomb pour indiquer les os sous la peau et les reflets de la lumière sur les épaules, les seins, les bras et les mains, la musculature du ventre, les jambes. Le vert de Prun fut allégé de jaune puis assombri de nouveau avec un résinate de cuivre pour donner un vert translucide au ruban longeant le buste et les hanches. Le doré des cheveux se fit avec du masticot, un jaune d'étain et de plomb, beaucoup moins brillant que l'orpiment, et qu'il utilisait sur les conseils de son père, l'apothicaire, parce qu'il est neutre et moins dangereux en présence des autres pigments que Niklaus se proposait d'employer également comme couche de fond pour la chevelure de Vénus. La couleur pour cette partie du portrait comporterait aussi du réalgar, un sulfure d'arsenic rouge, pigment en provenance de Pouzzoles, déjà utilisé par les Anciens. La couche supérieure serait faite de litharge réduite en poussière à partir de minces feuilles de plomb oxydé roulées autour d'un bâton de fer. Les particules du pigment avaient besoin d'une assez forte dose de colle de peau et de blanc d'œuf pour adhérer à la toile. Niklaus avait hésité avant d'utiliser ces matériaux.

Bien que leur prix fût tout à fait raisonnable, il rechignait devant la dépense : dès que les circonstances de la commande lui revenaient en mémoire, il se souvenait des accents de mépris pour sa profession dans la bouche de Brunner, comme si son métier de peintre ne valait pas celui du marchand de vin. Au fond, se disait-il, l'autre avait tout juste développé sa faculté d'acheter à vil prix et de vendre cher, de rouler les clients tout en leur faisant croire qu'ils faisaient une bonne affaire. Lui, il lui fallait des connaissances dans tout, chimie, physique, observation minutieuse d'un objet ou d'un personnage, anatomie et médecine, même s'il n'avait jamais disséqué un cadavre, crime passible d'emprisonnement. Il devait aussi prouver son talent pour capter la lumière, l'expression fugace sur un visage. Par moments, il avait pensé utiliser les matériaux les moins onéreux, des laques faites de poudres blanches, argile, calcite, qu'on pouvait teinter. Mais il s'en était toujours méfié, constatant qu'elles avaient besoin de liants particuliers qui en changeaient souvent le ton, les faisaient même virer au noir si les supports n'étaient pas broyés à la finesse voulue et si leurs grains étaient trop gros ou trop fins.

Quand le maître travaillait, Melchior ne voyait que le mouvement de l'épaule droite, les pieds et les mollets ; la toile cédait légèrement sous les coups rythmés des pinceaux. La peinture *a tempera* ne lui laissait pas le loisir de suivre les étapes de la coloration, contrairement aux pigments mélangés à l'huile qui permettaient au peintre des pauses pendant lesquelles il lui montrait la différence entre les deux techniques. Lors du travail sur *Le Jugement de Pâris,* Melchior devait rester devant sa table de travail, le grand bol de marbre et le pilon en laiton poussés de côté, la rangée de pots et coupes en céramique devant les petits tas de pigments, à côté du poêle sur lequel frémissait l'eau. Il transpirait beaucoup, s'essuyait fréquemment les mains et soufflait dessus, moyen le plus simple de rendre la peau de ses doigts assez rugueuse pour retenir les jaunes d'œuf. À tout moment, le maître lui demandait de nouvelles préparations. Les yeux rivés sur le tableau dont il parcourait la surface pour évaluer ce qu'il appelait le *poids* et *l'équilibre* des couleurs, il plongeait le pinceau dans le pot, déposait la quantité voulue sur la palette, maintenant barbouillée et surchargée, examinait ce qu'il pouvait utiliser encore des restes dont certains avaient déjà séché.

Malgré la chaleur ambiante, l'apprenti avait réussi à garder les liants fluides, ne préparant que de petites quantités de peinture à la fois. Après deux ans d'apprentissage, il connaissait par cœur les qualités et les dangers des mélanges, le dosage des poudres appartenant à la même famille de terres, l'effet de superposition en couches minces qui jouent sur les ombres et les lumières dans le tableau. Il avait scrupuleusement respecté les consignes du maître qu'il n'appelait d'ailleurs jamais nommément, par respect. Quand Niklaus avait déterminé le fond presque noir du tableau, à l'aide d'un pigment contenant une forte concentration d'oxyde de fer, Melchior avait osé une objection, car le tissu en serait attaqué après quelque temps, la fibre du lin s'effriterait. « Je sais, avait répondu le maître, mais ce n'est qu'un *Tüchle* fait à la va-vite, une toile sans valeur. Cela doit servir juste quelques années, puis il sera jeté. Tu peux déjà faire les feuilles de l'arbre. Plus tard, tu ajouteras les brins d'herbe de la même couleur que les feuilles, en les nuançant légèrement vers le jaune. Prends des martres pour l'herbe, et nettoie-les bien, elles coûtent cher. Pour les feuilles de l'arbre, prends des soies d'un huitième de pouce, et toujours au moins deux verts pour indiquer la lumière. N'oublie pas la règle : du clair au premier plan, le foncé pour le fond. Pour ce qui est du tronc et des branches, tu pourras m'aider. Et regarde bien la palette que j'utilise pour reproduire l'écorce d'un hêtre. »

Sophia s'éventait d'un rapide mouvement des mains. Sous les tuiles qui couvraient les planches de pin formant le plafond du grenier, la chaleur demeurait accablante. Sans s'en apercevoir, Niklaus suait à grosses gouttes, sa chemise lui collait au corps. Il s'était débarrassé de ses sandales et avait remonté ses chausses au-dessus des genoux. Sophia remarqua avec étonnement combien la peau des jambes du peintre était blanche, ses genoux cagneux. Elle nota également qu'il avait les mollets musclés et durs, les chevilles épaisses, les pieds longs et larges, les orteils déformés par des chaussures pointues, passées de mode depuis longtemps. Ce qu'elle voyait était très différent du Niklaus de tous les jours, avec ses mains et son cou potelés, son visage lisse et jeune, sa chevelure blonde bouclée. Elle l'avait cru tout en rondeurs presque féminines, exception faite de son nez aquilin, l'accent qu'il fallait pour que son profil demeure viril. Elle découvrait un homme aux membres inférieurs identiques à ceux d'un paysan vigoureux.

Troublée, elle revint aux mouvements des pinceaux qui touchaient la préparation dans le petit pot en terre cuite émaillée. Une grosse brosse ronde d'abord pour couvrir du même pigment, une ocre claire, toute la surface du corps. Puis d'autres pinceaux de taille moyenne pour le bouclier en rouge pozzuoli, mélangé à de l'ocre jaune de Gargas, pour les lumières sur la peau chargées de faire saillir les muscles, ainsi que pour les ombres qui accentuent leurs contours et le volume. Il usa d'un mélange de pigments plus foncés encore afin de faire naître l'illusion du genou droit plié et, en retrait, le ruban vert. Enfin, les lignes et les détails se firent à l'aide de fines soies de porc : application du masticot, un jaune d'étain, à l'intérieur et sur la bordure du bouclier imitant l'acier, une grisaille habituellement faite d'argent colloïdal mais obtenue ici, pour faire vite, à l'aide d'une laque teintée de noir de suie, utilisée également pour donner du relief aux cheveux enroulés en une large tresse simulant la couronne de la déesse. Il employa la même laque pour rehausser les plis du ruban, le contour des seins et de la hanche gauche, la séparation des orteils, les détails de la tête coupée du dragon, peinte dans un vert de Vérone tirant sur le noir, ainsi que la coiffe et le ruban qui la retient, et la poignée du glaive. Pour la parure, Niklaus se servit d'une martre fine, avec un trait si délicat que les extrémités des plumes semblaient bouger dans une brise. En dernier, il fit l'essai d'une autre martre sur une feuille de papier avant de la poser sur la toile. Pour cette étape, il s'appuyait sur le long bâton afin d'éviter tout tremblement ou mouvement involontaire du bras : il fallait donner l'expression exacte au visage de Minerve, telle qu'elle avait été décidée avec Sophia. Les yeux se tournent vers Junon, comme si les propos que lui murmure celle-ci lui étaient soufflés par un mauvais esprit, l'invitant au complot et à la vengeance. Il peignit ensuite les sourcils, la courbe du nez volontaire, fit à l'hématite les lèvres boudeuses, maintenues dans un sourire de femme blessée dans son orgueil, et enfin le menton, petit, rond, légèrement fuyant, trahissant la faiblesse de la déesse qui écoutera et suivra le plan de Junon.

Quand le peintre eut terminé, les derniers rayons du soleil couchant atteignaient la toile. Sous le feuillage vert foncé du hêtre et se découpant sur le fond, se tenaient deux femmes, grandeur nature, surprises dans un entretien, l'une presque nue, l'autre habillée comme l'épouse d'un riche *Burger* bernois, toutes deux dans des couleurs vibrantes.

« C'est comme si nous allions entendre leur voix, d'un moment à l'autre, dit Sophia. La plus vivante est Minerve. Un pas, et elle sort du tableau. On a peur de la voir lever son glaive et tuer Pâris. Elle le fera, mais dix ou onze ans plus tard. Par contre, Junon est vraiment une colonne, figée dans son geste, accusant Vénus d'avoir ébloui le pauvre jeune homme. » Elle soupira comme après un long effort : « Tu n'es pas fatigué ? Pendant six heures, tu ne t'es pas arrêté un seul instant, et tu es trempé comme si tu étais tombé dans l'Aare.

— En bien moins frais ! ». Il rit, levant les bras au-dessus de sa tête, s'étira, les laissa retomber, haussa les épaules et contracta les muscles du cou, fit faire quelques tours à ses poignets pour les dégourdir. « C'est étrange. Personne ne se rend compte combien ce métier est fatigant. Les gens croient toujours que le peintre a une vie comme celui sur mon tableau de saint Éloi, un beau manteau sur les épaules, au frais, avec un apprenti qui lui prépare tout – il adressa un sourire à Melchior en guise de remerciements – et aucun effort physique. Mais je me sens comme roué de coups, je suis épuisé, à bout de forces, et le pire reste à faire. »

Par la cage d'escalier, Bärbli appela : « Maître Niklaus, la soupe est prête ! La petite a déjà avalé son bol. Je vous sers à l'instant ».

Avant de descendre, il ferma soigneusement les volets des lucarnes. « Il y aura un orage, mieux vaut tout fermer. » Se tournant vers Melchior, qui attendait ses ordres, il dit : « Nettoie tous les pots, range les pigments, vide le contenant de colle, lave les pinceaux, mets-les à sécher. Enfin, comme d'habitude ». Le lendemain, ou dans deux jours, il compléterait le côté droit du *Tüchle*.

Niklaus se retourna pour évaluer à nouveau le travail des dernières heures. Sophia avait raison : dans la pénombre de l'atelier, les deux femmes semblaient vivantes. Il était content. Si le reste du tableau allait aussi bien, il pourrait le livrer plus tôt que prévu, soit avant l'automne.

Trois silhouettes, blanches encore, restaient et demandaient à vivre : Vénus, Pâris et le petit Cupidon. Par ailleurs, peindre le tronc du hêtre serait une simple question de technique qu'il pourrait peut-être confier à Melchior. Pour ce qui était de la déesse, il savait depuis trois ans, longtemps avant la commande, de quelle façon il allait la peindre, même sa manière de remercier Pâris. Il connaissait l'expression de son visage pour l'avoir dessiné des centaines de fois, et le geste avec lequel le berger lui offrait le prix.

Bien entendu, le modèle pour la dernière déesse était Dorothea. Il l'avait dessinée sans la connaître, et avant de la rencontrer aux bains. D'abord, il avait copié une gravure sur bois de Dürer. Au fil des mois, il modifiait ses esquisses jusqu'à en faire une sorcière. Dans sa première variation du thème, Vénus se présente encore comme si elle représentait à la fois Beauté et Fortune : à la manière d'une funambule, elle pose les pieds sur un ballon en mouvement constant. Elle est nue ; le sexe se perd dans l'ombre que jette le bas-ventre proéminent, promesse de fertilité, si caractéristique des travaux de Dürer et de son atelier, de Holbein et de tant d'autres peintres au nord des Alpes.

Sur cet ancien dessin de Niklaus, elle tient de la main gauche six cordes qui se terminent par un nœud coulant. De la droite, elle s'apprête à en lancer une, destinée au cou de sa prochaine victime. Au cas où celle-ci se révélerait récalcitrante, elle s'est déjà enroulé l'autre bout de la corde autour de la taille pour mieux assurer sa victoire. Mais elle n'a pas à s'inquiéter. Debout sur les épaules de sa mère, et, comme elle, pourvu d'ailes, Cupidon décoche une flèche qui va à coup sûr atteindre son but. Au bout de la flèche est attaché le bonnet à clochettes du fou, frappant d'imbécillité l'homme amoureux. Les yeux de Vénus sont tournés vers le bas, vers la terre ; elle fait son devoir, les hommes tomberont, mais l'expression de son visage demeure douloureuse, la bouche est entrouverte dans un soupir, comme si elle regrettait sa mission.

Niklaus se rappelait parfaitement les circonstances de ce dessin, rehaussé à la craie blanche. Cela s'était passé après la première fausse couche de Katharina. Elle rendait le monde entier responsable de cette perte, son mari le premier qui ne lui prodiguait pas les soins nécessaires, un homme avec la tête dans les nuages qu'elle n'aurait jamais dû rencontrer ; son père avait eu raison de la mettre en garde. Avec un mépris qu'il ne lui avait pas connu auparavant, elle avait lancé : « Qu'est-ce qu'un *Walch,* dont la nature et les bourses n'ont pas la puissance de me faire un enfant capable de vivre ? ». L'historien Valerius Anselm, l'apothicaire, la sage-femme, Sophia, sa mère, tout le monde lui avait répété combien elle déraisonnait, qu'il n'y avait pas de faute, ni d'elle ni de son mari. Niklaus s'était frappé le front en découvrant l'âme de sa femme : elle était gâtée par la richesse de son père, elle lui avouait ne plus l'aimer ni le tenir en estime. Le mal était fait. Liés pour la vie, elle lui avait passé un nœud coulant au cou, il était pris à tout jamais, jusqu'à sa mort, impossible de s'en défaire. Alors il se mit à la détester pour ses ruses et manigances, sa volonté impérieuse à laquelle il lui fallait se soumettre s'il voulait garder un semblant de paix à la maison qu'il ne considérait même pas comme la sienne. Il sentait continuellement sur sa gorge, prête à l'étrangler, la main de fer de sa femme.

En même temps qu'il dessinait Vénus jouant à son jeu cruel, Niklaus avait fait le croquis d'un homme appuyé à une croix, le visage marqué par la souffrance, déchu de toute dignité, la barbe et les cheveux négligés, les mains liées derrière le montant. À première vue, ce pourrait être le Christ, mais Niklaus l'avait habillé de la culotte de bouffon couvrant à peine sa nature. De la traverse pendent les mêmes cordes que celles que tient Vénus, dominant l'homme sans défense contre les flèches décochées par un Cupidon aux yeux bandés. C'est le monde à l'envers, la force se mue en faiblesse, la femme triomphe de l'homme. Sur cette même feuille, il avait dessiné une falaise grugée par l'eau, la forteresse qui la surplombe semble prête à s'effondrer pour aller s'écraser en bas, dans le lac. À l'horizon, les Alpes suisses sont à peine indiquées. Les montagnes ne sont plus un lieu d'évasion, mais deviennent une chimère pour l'homme prisonnier de la souffrance causée par ses instincts.

Ces dessins, raffinés et subtils, dépassaient le sujet favori du temps, illustré dans des gravures souvent grossières, des vers cinglants comme ceux de Sébastien Brant qui avait publié sa *Nef des fous* vingt-cinq ans auparavant à Strasbourg. Ces œuvres montrent les femmes attelant l'homme, à quatre pattes devant la charette ou la charrue qu'il doit tirer sous la menace du fouet. D'autres sont assises sur lui et lui tiennent la bride ; ailleurs, c'est la « bataille des pantalons », où le pauvre idiot est couché par terre, tandis que sa femme le frappe avec un gros bâton et tire sur ses chausses qu'elle portera à sa place. Ailleurs, il est installé sur un âne, mais tourné vers la croupe, le bonnet des fous sur la tête, exhibé à la populace qui rit de lui et ne se gêne pas pour le huer. Chez le marchand du rez-de-chaussée, Niklaus avait trouvé une feuille prisée par le peuple, très drôle, où une vieille s'en prend à une horde de diables battant en retraite devant cette mégère qui tient par les cornes un démon tout en brandissant la longue cuiller qu'elle vient de sortir de la marmite afin d'achever le malheureux.

À Berne comme ailleurs, les hommes craignaient les femmes dont le pouvoir ne semblait pas vouloir s'amenuiser, même à l'approche de la vieillesse. Au lieu de cela, elles se faisaient encore plus insupportables, acariâtres, revêches, rebelles, autoritaires, en plus d'être ridées et laides, d'avoir le corps défait, les cheveux épars, et de ressembler à des furies.

Cette peur de la femme, le combat des sexes, la défaite inévitable de l'homme, Niklaus les avaient traduits maintes fois dans ses dessins. Dans son exaspération, il était allé jusqu'à peindre ou dessiner leur suicide, la plaie laissée par le poignard, le glaive prêt à transpercer le ventre. Il avait voulu, mais pas osé, expliquer à Katharina l'existence des autres dessins quand elle avait découvert Lucrèce à la fenêtre, qui s'enfonce le poignard dans le cœur, ou cette femme voluptueuse qui expire, poussant un dernier cri de douleur. Il fallait les punir pour leurs méfaits, elles méritaient la mort. Déjà, en peignant *Pyrame et Thisbé,* il avait ressenti un plaisir intense qui avait violemment réveillé sa nature en plaçant dans la droite de la jeune fille le « deux mains », arme qu'une femme ne pouvait pas soulever, et encore moins manier, et avec laquelle, néanmoins, elle se transpercera. Mais à l'époque, cinq ans auparavant, aucune arme ne lui avait semblé suffisamment longue pour faire mourir une femme. Il rageait en silence sous le fouet de Katharina, et pourtant il continuait à lui donner du plaisir, à en recevoir, au creux de l'alcôve, quand le désir prenait le dessus et effaçait sa haine pour quelques heures.

Pendant un temps, elle lui avait semblé munie des forces d'une sorcière, l'humiliant, l'avilissant, l'assujettissant selon son plaisir et ses ambitions. Quatre ans après leur mariage, il était désespéré, car il ne voyait plus comment échapper à cette vie emmaillotée, réglée et prévisible qu'il n'aurait jamais crue possible pendant ses années de liberté. C'est à ce moment que Niklaus avait jeté sur papier deux dessins. Le premier montre un homme nu, semblable à celui qui est enchaîné au pied d'une croix, mais coiffé d'un coq, et la bouche tordue dans la même douleur causée par le traitement indigne que lui inflige sa femme. Il tente d'exécuter des sauts à la corde, comme s'il avait perdu la raison. Il s'empêtre dans les longs fils au bout desquels ne pendent plus des nœuds coulants, mais deux boulets. Au-dessus de la tête, il porte une inscription, chère à Niklaus, exprimant son regret devant les erreurs dont la vie est remplie : « Personne ne peut tout savoir ». Quant à l'identité de l'homme, Niklaus n'avait laissé aucun doute. Il y avait apposé ses initiales, ainsi que le « von Bern ».

Le deuxième dessin était plus accablant encore. Une sorcière nue, semblable à Vénus, mais sans ailes, est assise sur un siège à la mode dont les pieds croisés s'appuient sur un ballon. Les cuisses écartées, sa longue chevelure bouclée abandonnée au vent, elle porte sur son genou gauche un chaudron où bouillonne un mélange de poisons. Elle regarde sa main droite qui tient un sablier dont la partie supérieure est vide ; le temps de vie de sa victime est écoulé. Parée de chaînes, grosses ou fines, qui enlacent ses bras, ses jambes, lui serrent le cou, les seins et le ventre, la sorcière survole un paisible paysage alpestre. Tandis qu'elle regarde en arrière comme si elle surveillait encore le sablier, elle étend le bras gauche de toute sa longueur ; les doigts agrippent un crâne coiffé d'une longue plume qui flotte au vent. Cette tête est celle du peintre.

Jamais il n'avait été aussi malheureux. C'était juste un an avant que Katharina ne décide d'acheter la maison, rue de la Justice. Sous le toit du vieux Frisching, il ne pouvait plus tenir dans cette chambre qui n'était pas la sienne, sans revenu véritable, sans argent pour envoyer ses dessins au graveur à Augsbourg. S'il n'avait pu fixer sur papier son chagrin, mué en désespoir, il se serait senti obligé de quitter Katharina, Berne, son père qu'il aimait beaucoup, sa mère. Ou il serait allé mourir au cours d'une campagne insensée en Italie, se serait jeté une seule fois dans la bataille pour ne plus revenir.

C'est avec Sophia qu'il avait appris à faire taire ses démons. Ils avaient eu de longues discussions dans l'atelier et examiné ses travaux, comme celui qui montre Bethsabée, la fille d'Éliam, dont la beauté avait éveillé le désir de David qui, pour posséder la jeune femme, fit périr le mari de celle-ci, Urie le Hittite ; ou encore Lucrèce, qui meurt parce qu'elle a été déshonorée, c'est-à-dire tous ceux de ses travaux où il avait représenté la méchanceté d'un sexe envers l'autre. Sophia lui montrait l'autre côté de la question et expliquait que c'était la faute des hommes si ces femmes, et des milliers d'autres dont l'Histoire oubliera à jamais le nom, avaient péri ou semé la mort autour d'elles. Avec le temps, sa belle-sœur avait réussi à éteindre le feu de la colère que sa femme nourrissait sans s'en rendre compte. Katharina, quant à elle, croyait que son mari, devenu taciturne et morose, agissait comme tous les hommes mariés : après les premiers mois d'adoration mutuelle, de la découverte du corps et des plaisirs, il fallait revenir au quotidien – les hommes d'un côté, les femmes de l'autre, comme à l'église.

Un an et demi après la naissance de Margot, les sujets de ses dessins avaient profondément changé. Il avait abandonné décapitations, scènes violentes, comme celle des chevaliers empalés, Vénus cruelles ou sorcières, hommes cocufiés et abandonnés à la risée du monde, jeunes femmes belles et voluptueuses se transperçant le ventre ou le sein, filles orgueilleuses jouant avec une corde comme si elles étaient Vénus devenue chair. En élaborant avec Sophia la série des vierges sages et des vierges folles, il accusait au grand jour la décadence des mœurs, l'indifférence de la jeune génération devant la Foi, les agissements ignobles des prêtres, des moines, des religieuses, du clergé tout entier, jusqu'aux évêques et au pape, leur corruption sans bornes. Niklaus annonçait qu'il fallait un nouveau commencement pour tous, où tout le monde devait mettre l'épaule à la roue pour retrouver ce qui avait été perdu dans la folie du temps, à cause des guerres menées sans relâche, de la faiblesse des princes, de la perte du sens de la parole du Christ et de Sa Vérité.

Sophia avait planté une graine qui poussait rapidement, se faisait arbre, aussi fort qu'un hêtre dont les bourgeons s'ouvraient déjà. Bientôt ils porteraient des fruits ; Niklaus et Sophia en étaient persuadés.

Ce soir, il irait se faire masser les épaules endolories. Le peintre avait le sentiment d'avoir accompli une importante besogne.

VÉNUS et PÂRIS

Avant d'entrer aux bains, Niklaus jeta un rapide regard alentour. Berne n'était qu'un gros bourg, « avec des yeux et des oreilles partout », comme le lui avait rappelé maître Tillmann. Chacun surveillait son voisin. Dans son cas, sortir par la porte arrière aurait été imprudent, car il lui fallait longer l'étroit ruisseau charriant les déchets, et il suffisait qu'un *Burger,* obéissant à l'appel de la nature, sortît de sa maison pour se soulager, ce qui les aurait forcés à échanger un bonsoir : peu après, sa famille saurait que maître Manuel, dit Deutsch, aimait se promener le soir dans la ruelle au lieu de se rendre à la taverne. Le lendemain, on en parlerait au marché, des regards pèseraient sur lui dans lesquels se lirait la question : « Où alliez-vous hier soir ? ».

Il avait troqué sa tenue de travail contre une simple chemise de lin, sans plis, ouverte au cou, teintée à l'indigo, des chausses grises assez amples se terminant aux jarrets, et des chaussures en cuir mou, lacées sur le dessus et, à cause de leur confort, très appréciées des *Reyslouffer,* qui les appelaient *Kuhmäuler,* car elles ressemblaient au mufle de la vache. Après quelques mois, elles épousaient parfaitement la forme du pied, contribuant ainsi à la rapidité du mercenaire pendant le combat. Il quitta donc la maison par la porte donnant sur la rue de la Justice, en direction opposée du pont Nydegg, passa d'abord en ligne droite par la rue des Épiciers, la *Kramgasse,* continua par les rues, encore animées, du Marché et de l'Hospice, après avoir échangé quelques mots avec deux ou trois artisans au pied de la Tour de l'horloge. Comme toujours quand il allait aux bains, il se sentait fiévreux. D'un pas vif, il se rendit jusqu'à l'hospice du Saint-Esprit, situé dans la partie savoyarde de la ville, laissant sur sa droite la tour Christophe pour s'engager dans le sentier longeant les fortifications. Il avait espéré y trouver peu de monde et s'irrita de rencontrer des jeunes gens avec leurs fiancées, surveillées par des matrones qui s'éventaient dans l'air du soir. Dès qu'il fut proche de l'Aare dont le lit, à cet endroit, présentait un dénivellement, la fraîcheur montant de l'eau le calma. Après une centaine de pas, il aperçut, sur la gauche, la plateforme de la cathédrale Saint-Vincent ; à droite, une rangée de maisons modestes et, au bout, les bains dont le jardin touchait au fleuve, à l'extrémité des quais où accostaient les bateaux.

Il avait dit à Katharina qu'il mangerait un morceau à la taverne.

« Tu rentres tard ?

— Je n'en sais rien encore. Cela dépendra de qui je vais rencontrer. »

C'était comme un rituel entre eux, maintes fois exécuté : il ne disait jamais où il se rendait, le soir du bain. Il quitterait Dorothea vers onze heures moins le quart, juste avant qu'elle ne commence son service, et serait de retour avant que la porte ne soit verrouillée pour la nuit. Inutile, donc, d'apporter le double de la grosse clé qu'il lui aurait fallu glisser dans une pochette pratiquée dans la manche de sa chemise. En bonne maîtresse de maison, Katharina posait la question, car on fermait la porte au coup des onze heures venant de l'énorme horloge au centre de la ville, et qu'elle entendait distinctement.

Vers dix heures, elle faisait le tour de la maison, du local loué au marchand de livres jusqu'à l'atelier et la petite chambre de Melchior, et vérifiait si la porte arrière était verrouillée. Puis, elle montait à la grande pièce du premier étage, passait ensuite à la cuisine où Bärbli fermait l'ouverture de l'âtre avec une plaque de fer pour la nuit, obéissant au strict règlement de la ville destiné à prévenir les incendies. La servante avait sa chambre à côté, en réalité un réduit sans fenêtre, un bout de tissu tenant lieu de porte. Katharina inspectait ensuite la chambre à provisions, bien aérée par deux ouvertures près du plafond. Son regard glissait rapidement sur les étagères en comptant les pots de conserves, de confitures, les fruits séchés, les viandes salées et fumées. Au deuxième étage, elle jetait un coup d'œil sur les cruches que Bärbli avait remplies d'eau fraîche, puis se retirait dans la grande chambre, se déshabillait, accrochait ses vêtements au mur si elle allait les porter le lendemain, ou les pliait pour les placer dans un coffre qu'elle fermait à clé. Enfin, elle enfilait une chemise de nuit, écartait les rideaux de l'alcôve, s'agenouillait dans le lit pour réciter sa prière, la tête baissée devant le christ aux yeux vides, s'installait pour la nuit, les mains jointes, le haut du corps soutenu par deux immenses oreillers, presque assise. Puis, c'était le silence jusqu'à l'arrivée de Niklaus qui montait sans faire de bruit. À onze heures, Bärbli allait fermer la porte donnant sur la rue.

La seule pièce dont Katharina ne franchissait que rarement le seuil était celle où dormaient sa sœur et Margot.

Une fois par semaine, elle pensait, sans animosité d'ailleurs : « Il passera la soirée avec sa catin. Grand bien lui fasse ».

Après quoi, elle s'endormait.

Niklaus avait rencontré Dorothea Chind aux bains, trois ans auparavant. Le service de la jeune femme chez les Diesbach n'avait pas duré longtemps. D'abord, ils n'en avaient pas voulu, mais le prieur de Saint-Vincent avait fortement insisté : il s'agissait d'une jeune pécheresse qui ne connaissait pas encore la méchanceté du monde. Née à Muri, elle était arrivée en ville à l'âge de quatorze ans. Sa mère avait demandé au charretier de s'arrêter devant la Tour de l'horloge dans le but d'interroger des marchands. Elle avait déposé sa fille avec son petit coffre usé à la porte d'une taverne. Le tavernier, après l'avoir examinée comme on jauge le bétail, se dit d'accord pour l'engager comme aide-cuisinière. La mère l'avait recommandée à Dieu et à saint Béat, patron de Berne. Les adieux s'étaient déroulés rapidement, quelques larmes de part et d'autre, des promesses de se revoir bientôt. Une fois seul avec Dorothea, le petit homme, qui lui inspirait confiance, avait demandé : « Tu ne veux pas servir aux tables ? C'est moins sale que la cuisine, et tu aurais de beaux pourboires de nos *Reyslouffer*. Ils sont généreux quand ils reviennent de leurs campagnes à l'étranger ».

Il disait vrai. Bientôt, elle avait dans son coffre assez d'argent pour s'habiller selon la dernière mode. Quelques mois plus tard, elle se trouva enceinte, du tavernier ou d'un des mercenaires de passage, elle n'en savait rien. Il fallut la cacher, elle et son ventre, à la cuisine. « Tu as de la chance. Je t'aime bien. Autrement, je t'aurais mise à la rue », lui répétait le propriétaire en la caressant. « Dès l'accouchement, on donnera ton marmot à une nourrice, et tu vas continuer ton service. Tu es trop belle pour rester en arrière. »

En effet, Dorothea ne savait rien du monde. Jusqu'à preuve du contraire, elle croyait ce qu'on lui disait. La nourrice, une femme aux formes généreuses, d'apparence douce et gentille, établie sur une ferme à Köniz, était une faiseuse d'anges.

Quelques jours après lui avoir confié son enfant, Dorothea reçut un message : la petite était morte après un refroidissement. Personne n'aurait cru que cette fille fût capable d'un si profond chagrin. Pendant deux semaines, elle refusa de parler aux autres serveuses et cuisinières qui voulaient la consoler, elle ne sortit pas de sa chambre, puis quitta la taverne, se confessa, voulut entrer dans un couvent pour sauver son âme et mener une vie de pénitence. En vain. Les cloîtres ne voulaient pas d'elle. À la fin, sa douleur toucha le prieur des dominicains, qui la confia aux Diesbach. Là, dans cette grande et respectable maison d'un des plus éminents *Burger* de la ville, les hommes, tour à tour, succombèrent devant la tentation, le chef du clan et ses fils d'abord, les valets ensuite. Quand la pauvre fille se retrouva de nouveau enceinte, la maîtresse de la maison, une Stürer, dévote et dure, la mit tout de suite à la porte car, dit-elle, « cette créature a le diable dans le ventre ».

Dorothea se réfugia chez sa mère, travailla à la ferme comme si elle ne l'avait jamais quittée, mit l'enfant au monde, un garçon qu'elle fit baptiser et inscrire dans le registre de la paroisse sous le nom de Konrad Chind, de père inconnu, l'allaita pendant un an, puis partit de nouveau pour la ville, laissant son fils aux soins de sa mère, avec un joli pécule. Chargée d'un passé honteux, le seul endroit où elle pouvait gagner assez d'argent pour vivre était au *Badhaus,* aux bains à la réputation douteuse. Elle avait à peine dix-huit ans quand elle y entra comme servante.

Niklaus fréquentait l'endroit depuis son retour à Berne, après ses années de compagnonnage. Contrairement aux jeunes gens de son âge, il s'y rendait une fois par semaine, arrivant tôt le soir, ce qui lui permettait d'éviter la cohue des baigneurs fortunés qui, une fois éméchés, faisaient bruyamment la fête. Il voulait être seul, se reposer, tremper son corps dans l'eau chaude. Il louait toujours la cabine la plus éloignée du grand bassin central, à ciel ouvert, où des baigneurs glapissaient dans l'eau froide. C'était une cellule sans fenêtre mais dotée d'une petite ouverture sous le plafond par où s'échappait la vapeur du bain. Les cabines dites « ouvertes » donnaient sur le bassin, de manière qu'un baigneur qui venait de s'entendre avec une femme, puisse s'y rendre et s'installer avec elle en quelques secondes, bien enveloppés l'un et l'autre dans de grandes serviettes blanches sans risquer de prendre froid. Les cabines fermées, destinées aux solitaires, aux vieillards, aux veuves, coûtaient juste quelques kreutzers, un cinquième des autres. À part le remplissage de la cuve d'eau chaude, versée immédiatement après la location de la cabine, le nettoyage après l'utilisation et le dépôt de deux grandes serviettes propres, il n'y avait aucun service. Des hommes transportaient l'eau dans de grands seaux accrochés aux bouts d'un joug ; c'étaient eux aussi qui vidaient, récuraient les cuves et déposaient les pièces de linge.

Niklaus verrouillait la porte, plaçait sa mallette à côté d'un tabouret sur lequel il alignait une lame de rasoir, du savon, de la crème parfumée au musc. Ensuite, il se déshabillait, accrochait ses vêtements au mur, entrait dans l'eau après avoir minutieusement examiné sa peau, cherchant la moindre rougeur, le plus petit bouton. Une fois rassuré, il laissait tomber d'un flacon trois ou quatre gouttes d'huiles de romarin et de lavande, distillées en Provence et qui, d'après son expérience et sur recommandation de son père, le calmaient. Humant la senteur agréable de l'eau, il retardait pendant quelques instants encore le plaisir de monter dans la cuve, oblongue, faite de douves de chêne serrées par deux larges cerceaux, œuvre de maître

Kaspar Villiger, le tonnelier. Cette cuve ressemblait vaguement à un cercueil, avec son enduit de bitume noir et un couvercle bombé dont l'extrémité laissait émerger juste la tête de ceux qui cherchaient la sudation.

Le peintre s'asseyait sur le banc à l'intérieur de la cuve, fermait le couvercle qui s'arrêtait à la hauteur du cou, appuyait le dos et étendait les jambes en soupirant d'aise. La chaleur le pénétrait doucement, détendait ses muscles. Il remuait les pieds, les mains et les bras, écartait les cuisses afin que l'eau touchât les moindres plis de sa peau. Il restait longtemps immobile, soit jusqu'à ce que la sueur lui perlât au front. Alors il s'activait. Pour commencer, il faisait basculer le couvercle de côté, s'immergeait sous l'eau aussi longtemps que son souffle le lui permettait, puis lavait ses cheveux au savon, les rinçait, après quoi il les enduisait d'un liquide dont son père gardait le secret, une forte concentration de camomille et de résines rehaussant l'éclat du blond, rinçait de nouveau plusieurs fois. De la mallette, il sortait un petit miroir en argent poli, se rasait. Pour terminer, il se mettait debout et brossait vigoureusement son corps jusqu'à ce que la peau rougît, se savonnait, plongeait encore deux ou trois fois, sortait de la cuve, laissant une eau grisâtre, couverte d'une fine pellicule de savon. Avec des ciseaux minuscules, aussi tranchants que son rasoir, il se taillait les ongles que l'eau avait ramollis, s'essuyait, nettoyait les conques de ses oreilles. Assis sur le tabouret, il attendait d'avoir complètement cessé de transpirer, se rhabillait, se coiffait, remettait ses articles de toilette dans la mallette, sortait de la cabine, longeait rapidement le bassin où se débattaient les baigneurs, et quittait le bâtiment.

Il n'avait jamais utilisé le bassin central ni une cabine munie d'une ou de plusieurs fenêtres. La nudité, la sienne comme celle des autres, à peine voilée par la mince serviette blanche qui, une fois mouillée, collait au corps et en soulignait les formes, ne l'aurait pas dérangé. Au contraire, il était fier de son corps aux bras et aux épaules puissants, aux jambes nerveuses, au ventre plat. Lors de ses pérégrinations, il s'était fait demander, par certains peintres de l'Empire, de poser pour eux, en saint Sébastien, saint Jean, en archange, Apollon ou en jeune Hercule. Sa nature, bien formée, aurait sans doute fait l'envie d'autres hommes et éveillé le désir chez les femmes. Cependant, comme son père, qu'il rencontrait régulièrement aux bains, Niklaus craignait la contamination, le contact avec une eau souillée par les nombreux visiteurs qui ne se lavaient que sommairement avant d'entrer dans le bassin fait de briques émaillées, peu profond, et dont l'eau, amenée directement de l'Aare, était renouvelée une fois par mois. De plus, comme elle était trop froide, il fallait la laisser se réchauffer pendant plusieurs jours.

En Bourgogne, en France, dans toutes les grandes villes de l'Empire, les gouvernements avaient fermé les bains, non seulement à cause de la licence des utilisateurs, mais surtout après l'apparition d'une nouvelle maladie qui se propageait depuis vingt ans comme une traînée de poudre. C'était la même qui avait frappé le frère des carmes déchaux, traité par l'apothicaire et Sophia. Elle se manifestait par l'apparition d'un furoncle peu incommodant sur le bout du sexe de l'homme, envahissant ensuite l'aine puis, après quelques semaines, couvrait la peau de nœuds suintant un liquide malodorant. Après le traitement, avec une pommade au mercure, les plaies s'asséchaient, puis disparaissaient. Mais la maladie ne faisait que s'endormir, pour refaire surface dix ou même quinze ans plus tard, paralysant les malades avant de les plonger dans la folie puis la mort. À Berne, on l'appelait la peste italienne, mais les mercenaires soutenaient qu'elle leur avait été donnée par des putains françaises.

Comme bon nombre de médecins qui avaient étudié la maladie, le père de Niklaus était d'avis qu'il fallait bien chauffer l'eau avant de l'utiliser. De plus, le linge devait être fraîchement lavé et, si possible, avoir été exposé au soleil. Cette maladie, un autre cadeau du diable, semblait s'infiltrer par les pores pour ronger le corps de l'intérieur. Avant de prendre un bain, mieux valait se soumettre à un examen attentif. Au moindre signe d'infection, il fallait cesser de fréquenter les bains publics et se faire examiner dans un hôpital. Presque partout dans l'Empire, en France, en Italie, les médecins disaient que la meilleure façon de se prémunir contre la maladie consistait à fuir l'eau, qu'ils considéraient comme dangereuse, voire mortifère. Il fallait tout faire pour la tenir loin du corps. Ainsi, les sages-femmes enduisaient la peau de chaque nouveau-né, immédiatement après l'avoir nettoyé, d'un mélange d'huile et de cendre de moules « afin de fermer les portes du corps, comme celles d'une maison ».

L'apothicaire qualifiait de sornette l'aversion à l'eau. Pas une seule des villes confédérées ne souffrait de puits à l'eau saumâtre. À Berne, le fleuve était propre, les fontaines cristallines. « Ailleurs, l'eau peut signifier la mort, dans les plaines surtout, et là où elle est stagnante. Tu as vu cela lors de tes voyages, ces étangs morts, ces rivières en aval des villes, chargées de saletés, de charognes, de matières fécales, de détritus de cuisine, de toutes sortes de déjections humaines, ces rivières sont ce qu'il y a de pire pour s'infecter », disait-il à son fils. En effet, à Augsbourg, alors que la peste sévissait à Nuremberg et menaçait de se répandre, tout le monde se préparait le matin : on se passait rapidement de l'eau froide mêlée à du vinaigre ou à de l'esprit de vin sur les mains et une partie du visage, on évitait la bouche, les yeux. Pour terminer, il fallait s'essuyer avec un linge blanc. Si on ne suivait pas leurs recommandations, les médecins affirmaient qu'on pouvait devenir aveugle, attraper un mal de dent, ou encore des catarrhes. Selon eux, il fallait des vêtements ajustés et des tissus lisses afin de donner le moins de prise possible à la maladie et protéger ainsi la peau. Les habits des riches se taillaient dans du satin et du taffetas ; les pauvres se contentaient de toiles de lin cirées.

Ce soir-là, Annamarie, la vieille portière, avait claironné son habituel « Bonsoir, maître Niklaus ! ». Ses rides formaient un sourire qu'elle croyait agréable. « Désolée, mais il n'y a plus de cabines fermées. Allez-vous prendre une de nos grandes ? » Il maugréa à cause du batzen qu'il fallait payer pour en louer une « ouverte », construite sur le modèle de celles de Bade où il s'était rendu parfois pour y laisser des dessins qui s'y vendaient mieux qu'à Berne, puisque les clients, dans l'air de fête continuelle qui régnait dans cette ville d'eau, avaient la main moins lourde pour ouvrir leurs goussets. Bade était célèbre pour ses cures et ses médecins, mais surtout pour ses établissements dont la renommée s'étendait jusqu'en Italie. En comparaison avec ces maisons, les bains de Berne donnaient l'impression d'une déprimante sobriété avec leurs aires ouvertes, de rugueuses briques rouges sur le sol, les murs chaulés, sans décorations, aucune scène de libations, de festins ou d'amour sur les murs, l'enfilade stricte des cabines. Il y avait quelques servantes, ni trop belles ni trop laides, qu'on appelait « pensionnaires ». Elles sortaient rarement de l'enceinte des bains, dormaient le jour et, le soir et la nuit, donnaient aux clients ce qu'ils voulaient, les accompagnaient dans le grand bassin ou la cuve, offraient leur corps à des prix élevés. Elles évitaient les hommes qu'elles soupçonnaient d'avoir le mal italien ou toute infection de peau, se tenaient propres, se faisaient régulièrement examiner par un médecin.

À Bade, situé non loin de Zurich, on marchait dès l'entrée sur des tapis d'Orient déroulés sur des briques multicolores ; de la musique venait on ne savait d'où ; des tableaux suggérant les plaisirs de la chair ornaient les murs. Il y avait des fontaines à l'eau parfumée ; sur des tables, les fruits de la saison, des coupes avec du vin blanc et du vin rouge. Contrairement à Berne, il était interdit qu'un homme et une femme prissent leur bain dans la même cuve. Cependant, les cloisons étaient percées : on pouvait faire connaissance, bavarder, se raconter des anecdotes, boire à la santé de l'autre, manger et, si on le voulait, se retirer plus tard dans une chambre privée. Les servantes semblaient sorties de quelque légende, nues sous leurs robes légères, les jupes retroussées au-dessus des genoux, les cheveux tressés et relevés en couronne, ce qui leur donnait une tête superbe. Elles s'occupaient de tout, dressaient la table pour le repas qu'on prenait dans la cabine, elles massaient, frottaient, enduisaient les femmes de baumes apaisants ou stimulants. Elles coupaient et parfumaient les cheveux des hommes, épilaient, huilaient leur corps, donnaient des manucures, ponçaient la corne des pieds. Certaines savaient chanter ou réciter des poèmes. Vulgaires ou raffinées, effacées ou hardies, brunes, blondes ou rousses, il y en avait pour tous les goûts. Et chacune était belle et grasse. Leurs services coûtaient très cher, jusqu'à trois thalers l'heure, une fortune dont elles versaient les deux tiers au propriétaire. En contrepartie, il les logeait, les nourrissait, achetait les robes de bain dont le tissu résistait peu sous les gestes impatients des hommes. Si elles tombaient enceintes, attrapaient une maladie malgré les précautions ou devenaient moins affriolantes, il les jetait à la rue. Elles étaient aussitôt remplacées.

Quand Niklaus vit Dorothea pour la première fois, sa carrière venait d'entamer son envol. Katharina s'était aperçue qu'elle était de nouveau enceinte – en l'occurrence de Margot –, elle s'affairait auprès des notables et des autorités religieuses, ses absences lui donnaient du répit, le projet de la *Danse macabre* prenait forme, l'argent commençait à rentrer, ils venaient d'emménager rue de la Justice. Sophia n'habitait pas encore sous son toit.

Dorothea était venue à sa rencontre pour le conduire à la cabine. Bien que d'une tête plus petite que lui, elle paraissait grande, tant elle se tenait droite. Sa longue robe blanche transparente, faite d'une mousseline aux plis fins, laissait deviner sa chair ferme, les seins, petits, dressés, aux bouts roses, le galbe des cuisses, le ventre bombé, les bras lisses, le cou rond, les mains longues et fines, aux doigts effilés, les robustes pieds nus. Mais c'était son visage et ses yeux qui l'avaient plongé dans un état de stupeur duquel il tardait à émerger. Niklaus fixait cet ovale parfait, aux contours à la fois doux et énergiques, aux pommettes à peine saillantes, au nez long, étroit et aux ailes transparentes, attachées si près l'une de l'autre qu'elles vibraient à chaque inspiration et les blanchissaient comme dans un effort continu. La lèvre inférieure était un peu lourde, charnue, tandis que la supérieure, comme deux vagues roses convergentes, semblait en mouvement constant dû à un léger tremblement causé par son souffle. Elle souriait à peine. Ses yeux, étonnamment grands et sertis de cils châtain clair, remontaient légèrement vers les tempes ; ils regardaient Niklaus de leur eau, un brun limpide qu'il n'avait jamais encore rencontré. Les arcades et les sourcils, assombris par le khôl, formaient de longues demi-lunes. Les oreilles, petites et dégagées, étaient bien modelées. Une grande opale, pierre des sorcières, laiteuse et parcourue de feux verts, taillée en cabochon, était retenue au milieu du front, bombé et épilé, par une fine chaîne en or qui se perdait dans ses cheveux d'un blond légèrement roux appelé *vénitien,* aplatis sur le dessus de la tête et ramassés en une seule large tresse qu'elle avait fixée sur la nuque avec deux longues aiguilles se terminant par des pierres de lune.

Elle l'avait salué en baissant rapidement les paupières et esquissé un léger mouvement de la main l'invitant à la suivre. Il avait noté qu'au-dessous du chignon, à la base du cuir chevelu, s'échappaient de courtes mèches frisottées, assez foncées. Machinalement, il se fit la réflexion qu'elle se procurait sans doute des artifices pour éclaircir sa chevelure, peut-être à la boutique de son père ou encore auprès d'un marchand italien installé à Zurich. Il se demanda pourquoi il ne l'avait jamais vue, ni aux bains, ni en ville, car, même déguisée en paysanne, cette beauté ne lui aurait pas échappé. Son regard suivit les lignes du corps sous le tissu léger, il devina les épaules rondes, s'attarda à la croupe, ferme et large, aux fesses bien dessinées, aux forts mollets.

En ouvrant la porte, elle lui indiqua la cuve, déjà remplie d'eau sur laquelle flottaient des boutons de roses. Ce bain était assez grand pour deux personnes, et sans couvercle. Sur une table basse, les serviettes pour se sécher après le bain, ainsi qu'un vase en terre cuite d'où un bouquet d'œillets rouges dégageait son parfum insistant. Contre la cloison, au bout de la baignoire, un étroit lit bas, couvert d'une toile de lin blanc. Du doigt, elle lui indiqua, dans le mur faisant face à la porte, une petite ouverture dont le rideau était tiré. « Si tu as besoin de moi, tu n'as qu'à m'appeler. Je suis Lukrezia. » Elle hésita, la main sur la clenche, comme si elle attendait un mot de lui. Puis elle sortit.

Sa voix n'avait trahi aucune émotion ; cette première phrase, elle l'avait prononcée sur un ton neutre, non pas comme une servante, mais en maîtresse des lieux. Dans d'autres circonstances, le tutoiement l'aurait gêné ou irrité. Ici, il en éprouva un soulagement, c'était comme s'il la connaissait depuis longtemps. Plus tard, il apprit qu'après quelques années de service, elle avait accumulé assez d'argent pour s'associer au propriétaire de l'établissement, un Zurichois qui s'occupait surtout des bains qu'il possédait à Bade. Ne venant presque jamais à Berne, il avait grandement apprécié Dorothea quand elle travaillait encore comme « pensionnaire ». Dès ses débuts, elle s'occupait des cabines ouvertes, celles qui rapportaient le plus d'argent au propriétaire et de généreux pourboires à la fille qui en avait la responsabilité. Son travail commençait vers onze heures du soir, assez tard pour s'occuper des plus riches notables qui arrivaient quand la ville dormait. Bien entendu, ils appréciaient sa beauté, son corps respirant la santé, la propreté des cabines, mais ils aimaient par-dessus tout sa discrétion absolue, son amabilité, sa politesse et sa fermeté quand un client ivre faisait du grabuge ou que des femmes se battaient. Bientôt, elle put choisir ses clients, ce qu'elle faisait avec le discernement que lui conférait une longue expérience des amours éphémères. Pour signer son association avec le propriétaire de Zurich, elle apposa une croix, ne sachant ni lire ni écrire. Cependant, la vie lui avait appris le calcul dès son arrivée aux bains. Aussitôt que ses épargnes le lui avaient permis, un étudiant à qui elle offrait une cabine gratuite lui apprit les lettres de l'alphabet.

Maintenant, elle contresignait les factures et les commandes de son nom.

Niklaus se rappelait qu'il avait tiré le rideau devant la fenêtre. Mais il ne savait plus comment il était entré dans la cuve. La voix de celle qui s'était présentée sous le pseudonyme de Lukrezia – ici, les filles ne donnaient jamais leur vrai nom – vibrait dans sa tête, une voix douce, calme, d'un timbre bas qu'il associait à de l'orpiment. Il avait procédé à ses ablutions sans penser à ce qu'il faisait. Ce soir d'été avait été un éblouissement, un de ces instants uniques dans la vie d'un homme qui lui semblent orienter et déterminer son destin à jamais.

Il n'avait pas osé l'appeler, ne sachant pas quoi lui demander. Il se serait senti aussi gauche qu'un adolescent et aurait rougi de sa maladresse, alors qu'il passait en ville pour un modèle d'urbanité, de propos élégants et de savoir-vivre. Comme les attitudes, la simplicité de la coiffure et des bijoux traduisait chez Lukrezia une grâce innée, l'idée qu'il pût acheter ses faveurs l'effleura pendant un instant seulement. Plusieurs fois, le rideau avait été tiré puis refermé par des clients ou Lukrezia, ce qui l'avait agacé, car il n'avait pas eu le temps de voir un visage dans la fenêtre. Quand il sortit de la cabine, elle se leva lentement d'un tabouret, le torse droit, ce qui mettait en valeur ses beaux seins, et quitta des clients avec qui elle conversait. « Tu ne m'as pas appelée. Dommage. Il m'aurait fait plaisir de te rendre service. » À nouveau, la voix troubla le peintre. Du corps de la femme, à deux pieds de lui, émanait une odeur très légère, pure, de violettes ou de lilas, il n'aurait su dire quelle fleur, jusqu'à ce qu'il se rendît compte que son haleine la lui portait. Il réussit à murmurer quelque chose comme « la prochaine fois, sans doute », ce à quoi elle répondit par un signe de la tête et un sourire mesuré. Ses lèvres humides découvrirent des dents blanches, régulières, non gâtées par les sucreries.

Tout au long de la semaine, elle occupa ses pensées. Devant son chevalet, il peignait si lentement que les pigments séchaient dans les pots. La Vénus de Dürer, c'était elle, la déesse aux proportions parfaites, sortie de l'imagination d'un peintre qui l'invente à partir de formes glanées auprès d'une multitude de modèles où chacune donne ce qu'elle a de mieux. Quand Niklaus rencontra Lukrezia, il travaillait beaucoup : à peine un an auparavant, il avait terminé la première *Décollation* ; maintenant, il menait de front son *Saint Éloi*, préparait les esquisses pour le retable de Grandson qu'il devait livrer l'année après la naissance de Margot. Et il mettait les dernières touches à *La rencontre de Joachim et Anne à la Porte d'or*. Il aurait voulu y intégrer quelque part la silhouette de la fille des bains, remplacer une des figures d'ange sur le haut d'un pilastre, mais le travail était trop avancé déjà. Le tableau achevé, il le trouvait quelconque, sans imagination : Joachim porte les traits d'un vénérable vieillard, tandis que le temps semble avoir épargné Anne. Ils s'embrassent tendrement sous une arche appuyée sur des piliers richement décorés. À demi cachée derrière une colonne, une servante sourit malicieusement au spectateur. Longtemps, Niklaus chercha où placer le portrait de Lukrezia. Impossible, car les pigments étaient appliqués ; les saints, les anges, les démons en haut et en bas des trois colonnes, tout était terminé, jusqu'à l'éternel paysage alpestre peint dans ses détails, avec un lac, des falaises et une forteresse. Soudain il se rappela un dessin italien représentant les façades d'arcs de triomphe récemment érigés, avec des camées dans les coins supérieurs. C'était le seul endroit où il pouvait la dissimuler, la déguisant en déesse des Anciens. Alors il peignit rapidement en grisaille la tête d'un homme qui pouvait passer pour un dieu, et à gauche, dans des tons aussi blancs que ceux d'un marbre précieux, le profil de Lukrezia, avec une lourde couronne. « Au moins, pensa-t-il, je pourrai la contempler à l'église. »

Il dut attendre deux semaines avant de la revoir.

Les esquisses qu'il avait faites d'elle, jetées rapidement sur papier ou exécutées avec soin, rehaussées ou non à la craie, à la sanguine, s'accumulaient dans son carnet, le même qu'il avait sorti de sa manche lors de sa première rencontre avec Katharina. Il n'avait jamais voulu le remplacer, même si le cuir en était fatigué, les fermetures si usées qu'elles se défaisaient. Assis devant son chevalet, il interrompait souvent son travail, sortait le carnet, se remémorait les mouvements de Lukrezia, les lignes de son corps, sa tête, et surtout ses yeux et sa bouche. Les saints devant lui ne l'intéressaient plus. Il lui semblait impossible de passer à la prochaine commande. Cette femme ne le lâchait plus, il commença à la maudire.

« Mais qu'est-ce qui m'arrive ? Je suis un homme fait, j'ai plus de trente ans, je suis marié, j'ai une maison et mon métier commence à rapporter. Elle sera mon malheur, j'en suis certain. Il faut en finir avec elle, ce n'est qu'une catin, elle ne vaut pas la peine de mettre en péril mon existence. Me voilà donc comme ces *Reyslouffer* qui sacrifient tout pour les faveurs d'une garce ! Chaque fois qu'il part, mon beau-frère Hans, cet imbécile, risque sa vie, alors que Franziska ne verserait que quelques larmes de crocodile s'il tombait sur un champ de bataille qui n'est plus celui de l'honneur mais du carnage, un simple mercenaire payé par quelque prince, un roi ou le pape. Elle se trouverait un autre mari, aussi stupide que le premier. Cela se voit tous les jours. Il y en a qui sont cinq fois veuves avant de devenir riches et laides. Hans s'en sort parce qu'il est fort et rapide, mais pour combien de temps encore ? Franziska, jeune et belle, ne fait pas le poids à côté de Lukrezia. Ah, pourquoi les femmes nous prennent-elles par notre nature qui veut les posséder ? Dès qu'elles s'approchent, nous faiblissons, nous leur pardonnons les ruses, les mensonges ; nous voilà perdus. »

Alors il déchira ses dessins et les brûla dans le poêle. Il recommençait sans cesse son martyre, la dessinait pour ensuite détruire les feuilles. Il termina le tableau de Joachim et Anne en automate, l'esprit aux bains.

Quand Niklaus ne la vit pas la semaine suivante, il n'osa rien demander à la portière et prit une cabine fermée, comme d'habitude. Il ressentit une grande tristesse et ne réussit pas à se détendre. En sortant, il s'arrêta : « Ma bonne Annamarie, j'ai un croquis que je voudrais remettre à Lukrezia ». Son cœur battait, il sentit le sang lui rougir le cou et les joues. La vieille lui jeta un regard étonné :

« Maître Niklaus, Lukrezia ne travaille que tard le soir.

— Mais l'autre jour...

— Elle remplaçait une pensionnaire souffrante. C'était pour rendre service aux clients habituels de la fille.

— Ah. Et quand travaille-t-elle ?

— Venez vers onze heures, elle devrait être là. Mais elle est très prise, vous savez. Voulez-vous me laisser votre papier ? Je le lui remettrai.

— Non, mais non. Ce n'est pas urgent. Je verrai ».

Il s'était enfui, confus, honteux d'avoir lâché son secret. Annamarie n'était pas stupide. Sans doute avait-elle deviné son secret dès les premiers mots, et rien ne lui garantissait qu'elle n'allait pas tout raconter aux clients. Le résultat serait le même que s'il était allé claironner sa folie du haut de la Tour de l'horloge. Il maudissait son imprudence, se traitait d'imbécile. Et Katharina qui lui faisait confiance pour les bains ! Elle avait toujours refusé d'y mettre les pieds ; une *Burgerin* comme il faut ne se montrait pas dans un endroit de péché. C'était pour les célibataires, les filles effrontées, les veuves possédées par le démon de la luxure, les jeunes gens, les marchands en quête de sensations endormies. Jamais elle n'entrerait dans le bassin central, même habillée, ce serait plus impudent encore que d'être nue. Personne ne lui verrait les seins sous ces robes légères que portent les baigneuses. Se laver à la maison était parfait, pas besoin de se dévergonder comme d'autres qui en ressortaient enceintes parce que la nature d'un homme s'était déversée dans l'eau. Tout le monde savait que cela entrait par la peau, cette chose, semblable au nuage que lâchaient les poissons. Elle ne comprenait pas ce besoin de se tremper dans l'eau chaude, acte dangereux parce qu'il débilitait le baigneur, abattait forces et vertus, affaiblissait l'esprit. C'était encore une des lubies apprises de son beau-père, l'apothicaire, qui allait aussi dans cet endroit mal famé, sans doute afin d'échapper à sa vieille chipie et parce qu'il voulait croquer de la chair fraîche. Elle suivait les conseils de maître Anshelm qui recommandait de se boucher les pores avec de l'huile, de la cire. Selon lui, même le sel faisait l'affaire ; les ouvrir, surtout dans un lieu de perdition comme celui-là, signifiait s'exposer aux maladies qui pénétraient par ces milliers de petites portes ouvertes dans la peau sans protection. Et ainsi de suite... Niklaus avait pu constater qu'elle était au courant de ce qui se passait aux bains grâce à un réseau secret dont disposaient ses amies.

Sur le chemin du retour, il n'arrêtait pas de se reprocher son comportement. La semaine qui suivit fut terrible. Il se réfugiait dans l'atelier, son sexe durcissait dès qu'il pensait à cette femme, il croyait devenir fou, ne voyait pas d'issue, une fausse fièvre le faisait frissonner. Katharina voulut que sa sœur lui administrât un remède. Il dit connaître trop peu son art et préférer se fier à son père, mais ne lui rendit pas visite. Le soir du bain, il travailla tard, feignit d'avoir oublié l'heure, prit le double de la clé, sortit. Lukrezia était là, assise parmi des hommes, devisant avec eux. Il crut que son cœur allait cesser de battre. C'était un cauchemar : la même scène, les mêmes hommes.

Quand il fut installé dans la cuve, il l'appela. Aussitôt, elle se montra à la fenêtre. Il l'invita à le rejoindre. Une fois entrée – pendant un instant, il entrevit le bassin central vide, et les clients qu'il connaissait tous, assis sur des chaises confortables, habillés de tuniques, comme des juges – il la pria de fermer le rideau et d'en fixer l'extrémité à un clou pour empêcher les regards indiscrets. Elle s'exécuta, avec des gestes lents, se tourna, attendit. Il lui indiqua sa mallette, la pria de l'ouvrir et d'en sortir la grande feuille de papier, son cadeau pour elle.

Elle défit le ruban, déroula le papier et jeta un regard sur le dessin, le remit dans la mallette, fit quelques pas pour sortir sans dire un mot. Il lui demanda de rester, de s'asseoir auprès de lui. « C'est mon meilleur dessin de toi, le seul que j'ai été incapable de détruire. » Alors elle s'assit, le dos droit, le visage impassible, avec ce même sourire à peine esquissé qu'elle avait eu la première fois. Il lui dit qu'il ne pensait qu'à elle, ne travaillait plus, dormait à peine ; qu'il la désirait comme il n'avait jamais désiré une autre ; qu'il la voulait pour lui tout seul, qu'il se ruinerait pour lui donner la vie d'une princesse. À peu de chose près, ces phrases étaient les mêmes qu'il avait utilisées pour Katharina, pendant ses mois de cour. Il s'en rappelait et se sentit coupable de trahison. Mais il ne put s'arrêter, il fallait continuer, malgré ce goût amer dans sa bouche sèche. L'eau chaude le faisait transpirer, de grandes gouttes coulaient le long de ses joues. Il aurait voulu s'immerger pour apaiser les démangeaisons du cuir chevelu, mais se retint de peur qu'elle ne s'en aille. Il l'imaginait nue, étendue sur le lit en face. En même temps, il sentait que ses facultés l'abandonneraient avec elle, alors qu'auprès de Katharina et de toutes les femmes, y compris les putains les plus immondes dont il avait profité lors de ses voyages en Italie, jamais il n'avait failli.

Elle l'interrompit en levant la main. « Mon ami, ton dessin est très beau, et tu me flattes. Mais je n'accepte jamais de cadeaux de ce genre. Je reçois chez moi des – elle hésita – des visiteurs qui pourraient s'en offenser. » Après une longue pause : « Ce que tu dis, je l'ai entendu trop souvent. Cela m'a causé beaucoup de chagrin, je ne veux plus rien entendre. Je crois que tu es sincère. Tu souffres à cause de moi ? Soit. Mais je ne peux ni ne veux t'appartenir. Tu es ici dans un *ostel de la folle largesse,* comme on dit en France où on ne parle pas d'amour, mais de plaisir et de désir. Tu restes un temps ici, puis tu retournes chez toi. Je ne permettrais à aucune de mes pensionnaires d'accepter ce que tu me proposes. Et puis, tu es marié. Je sais qui est ta femme. Ce serait une folie de ta part, tu perdrais tout, tu devrais quitter la ville. Et tu n'es pas assez riche pour me donner ce dont j'ai envie ».

Niklaus écouta à peine ce qu'elle lui dit de sa voix calme. À l'entendre, c'était le simple égarement d'un homme, et le temps le guérirait. Rien de grave. Pour l'éviter, il ne devrait plus venir aux bains quand il la savait en service. Sa maladie, une fièvre passagère, serait déjà moins violente dans un mois. Quant à elle, dans quelques années ce serait fini, les hommes ne la désireraient plus. Pour une fille comme elle, la pire chose serait de croire ce que l'on lui chuchotait à l'oreille. Ils l'avaient tous désertée. Les amoureux l'avaient abandonnée dès leur plaisir. Elle ne leur en faisait aucun reproche, c'était leur condition d'homme qui les faisait agir ainsi. Il lui fallait penser à l'avenir, ajouter thaler après thaler, afin que, ses attraits perdus, elle ne meure pas de faim, à dormir sur la paille ou à côté du fumier d'une ferme, comme ces putains malades et laides, qui erraient par les campagnes à la recherche d'une paillasse où crever.

Il voulut l'interrompre, elle disait des choses terribles. Chaque fois elle levait la main pour continuer, sans perdre son sourire, les yeux secs, fixés sur la porte. Elle lui confia qu'elle vivait là-haut, à l'étage au-dessus des bains, dans une grande chambre dont la fenêtre donnait sur le fleuve. Tout le monde la prenait pour une fille perdue, mais c'était la vie qui l'avait faite ainsi. Les hommes n'étaient pas responsables de sa condition, elle n'aurait pas dû les écouter. Au fond, cette vie de recluse – elle ne sortait jamais en ville – lui convenait. Moins on la voyait, mieux c'était. Les gens la croyaient sorcière ? Cela ne lui faisait pas un pli, tant qu'on ne lui ferait pas le procès. Et comment s'y prendrait-on ? Le pire qui pouvait lui arriver serait que les notables, les mêmes qu'elle servait, la missent au pilori et lui crachassent à la figure pour la renier, pour prouver aux yeux du monde qu'ils méprisaient la catin. Ce n'était pas leur faute, les temps demandaient cela. Alors elle s'enfermait, vivait de nuit, dormait le jour. Mais il y avait une joie que personne ne pouvait lui enlever. Une fois par mois, elle partait voir son enfant, un amour de petit garçon que sa mère gardait. Un charretier l'attendait à l'aube quand la ville dormait. Les bains se trouvaient trop près du pont Nydegg pour qu'elle risquât de croiser un client, puis, une fois l'enceinte de Berne derrière elle, il n'y avait qu'à filer. Elle apportait des cadeaux, des jouets, des friandises, le tout commandé chez les marchands, et de l'argent à sa mère pour que le petit ne manquât de rien.

Les oreilles du peintre bourdonnaient, l'idée lui vint qu'il devenait sourd dans la cuve. Il se sentit mal et lui demanda de l'aider à sortir de l'eau. « Je suis à ton service », dit-elle. Elle ne baissa pas les yeux pour le regarder. Des hommes nus, elle en avait vu bien d'autres. Il chancela, chercha le tabouret. « Respire profondément, c'est la chaleur qui t'étourdit. » Elle prit une coupe sur la table et lui versa du vin blanc glacé. Niklaus se sentit plongé dans une tristesse sans nom.

« Il me faut te revoir, je ne peux pas rentrer chez moi sans savoir quand.

— Alors tu dois payer, un thaler pour chaque demi-heure en ma compagnie.

— Ma femme tient la clé de la caisse. Elle contrôle mes dépenses.

— Je t'ai dit mon prix. À toi de voir comment tu trouveras l'argent. »

Une semaine plus tard, il revint avec le thaler, emprunté au marchand de livres. Il déposa la pièce sur la table. Elle sourit. Puis elle détacha le lacet qui fermait la robe au cou, la fit glisser sur le sol. Lukrezia s'étendit sur le lit. Il frissonna devant ses formes pleines, sa peau blanche, mais n'approcha pas. « Qu'attends-tu ? Profite du temps qui reste. » Il lui dit qu'il cherchait autre chose, et les mots de la trahison revinrent. Alors elle coupa : « Tu es tenace, mais tu perds ton argent. Je t'ai dit que c'est impossible. Je ne céderai jamais ».

Il savait qu'elle ne mentait pas. Sans doute la vie l'avait rendue dure et méfiante. Dans son métier, Niklaus avait appris que l'âme se reflétait sur un visage. C'était vrai pour beaucoup de gens qu'il connaissait, comme chez Katharina, dont les lèvres s'amincissaient à mesure qu'elle révélait son caractère véritable, le pli au milieu du front, plus profond depuis qu'ils habitaient rue de la Justice, l'arête du nez, dont les contours étaient un peu flous autrefois. Mais Lukrezia avait gardé le charme de la jeunesse innocente, la fraîcheur, cette peau blanche – « oui, se disait-il, c'est le mot, Sophia a raison, Vénus est née de l'écume, il y a un reflet nacré qui l'enveloppe, cela vient de l'intérieur et non pas d'une pommade. Sur son visage, le temps a passé sans y graver sa trace ». Il approcha du lit, resta immobile, pendant qu'elle glissait une main entre ses cuisses dans une lente caresse qui, au lieu d'épanouir sa nature, la fit se contracter. « Je ne peux pas. » Il balbutia. « J'ai peur. » Elle se redressa, enfila sa robe, fit comme si rien ne s'était passé. « Tu es étrange. Je crois qu'on t'a jeté un sort. »

Il s'habilla sans dire un mot, s'assit sur le tabouret, baissa la tête pour cacher ses larmes. Il s'abandonna à son chagrin et, les coudes sur les genoux, se mit à pleurer, non pas comme un enfant qui a de la peine, mais en homme qui regrette d'avoir gâché sa vie. Il entendit un bruit, leva vers elle son visage, n'en vit qu'une forme d'une blancheur éclatante, comme une apparition. Elle avança lentement, se tint immobile entre les jambes écartées de Niklaus et le regarda droit dans les yeux, tandis qu'il essuyait les siens sur sa manche.

Il n'oublierait jamais cet instant. La sentant si proche de sa nature, il avait cru perdre la raison. Il ne savait pas qu'un jour il allait peindre cette scène, Dorothea Chind devant Niklaus Manuel, dit Deutsch, l'une debout, l'autre assis, dans les rôles de Vénus et de Pâris.

Elle dit : « La semaine prochaine, tu pourras monter chez moi, après ton bain. Pour une heure environ. Cela ne te coûtera rien ».

Depuis ce soir-là, Niklaus lui rendit régulièrement visite dans sa chambre jusque vers onze heures, après quoi Dorothea devait descendre pour s'occuper de ses clients. « Si tu me touches, je ne te verrai plus », avait-elle dit, sans expliquer pourquoi elle le laissait entrer chez elle.

Il avait tenu parole. Jamais il n'aurait cru possible de se contenter de la regarder, sans aller plus loin. Elle était d'une beauté telle qu'en sa présence sa nature se taisait ; il voulait profiter de ces moments, les prolonger, faire durer le bonheur de l'entendre et de lui raconter ce qui le préoccupait. Elle ne lui posait aucune question sur sa vie privée, elle attendait. Le temps mûrissait la pensée de Niklaus, il finissait par se confier. Il lui raconta l'école et sa manie de dessiner sans arrêt, l'exaspération du *magister* parce que son élève se perdait dans ses rêves. Il lui décrivit l'apprentissage dans un atelier où l'on assemblait le verre pour des vitraux peints. Il y avait perfectionné son talent ; quand, après des milliers d'esquisses, son maître avait voulu le garder à son emploi, il avait préféré les leçons de son père afin de mieux connaître les pigments, car il ne se contentait plus de barbouiller des plaques de verre. Ce médium ne lui avait jamais paru noble, il voulait autre chose que les effets de la lumière à travers un matériau trop éphémère, qui se cassait facilement, se trouvait trop rapidement remplacé par autre chose dès que le sujet ne plaisait plus, sauf pour les vitraux d'église, bien sûr. Non, dès le début, il avait voulu devenir peintre, un maître reconnu.

De sa voix posée, elle lui parlait de sa jeunesse à la ferme, de son arrivée en ville, du tavernier, des mercenaires, de sa fillette perdue. La voyant pleurer, Niklaus tenta de la consoler en racontant ses propres malheurs pour lui montrer qu'il savait ce qu'était la douleur infligée par la vie. Elle fut la seule femme à connaître les détails de ses années de compagnonnage qui lui avaient appris à taire ce qu'il pensait des horreurs rencontrées sur sa route tout en affichant une mine enjouée. Il lui parla des chocs ressentis devant les tableaux de grands maîtres, Nithardt surtout et son terrible Christ, puis Burgkmair, Holbein, Fries, Schongauer, Altdorfer ; l'envie devant le talent d'Urs Graf ; son impuissance à atteindre le génie de Dürer, même s'il n'en connaissait bien que des gravures sur bois. À Nuremberg, il avait tout de même vu quatre ou cinq tableaux du maître, il s'en rappelait chaque détail.

Elle lui résuma son service chez les Diesbach, sous le fouet de sa maîtresse rude, qui avait fini par la jeter à la rue, la duplicité des maîtres qui lui avaient tourné le dos comme si elle avait été une chienne galeuse qu'il fallait noyer dans le fleuve. Il lui décrivit sa pauvreté qu'il avait endurée lorsqu'il était rentré à Berne. Dans le temps, il n'avait eu qu'un trou sous l'escalier pour dormir, chez maître Funk, son ancien employeur qui ne lui en voulait pas trop d'avoir abandonné l'atelier. Il avait gardé l'habitude de se tenir propre, lui et ses vêtements, même si ses poches étaient vides et qu'il ne pouvait acheter un morceau de pain, trop orgueilleux qu'il était pour demander de l'argent à sa mère ou à son père. L'amour de la propreté lui venait de l'apothicaire Alleman qui avait eu la bonté de le reconnaître comme son fils et de lui donner son nom. Il raconta à Dorothea ses premières excursions en Italie, son aversion du sang, de la brutalité des *Reyslouffer* et des lansquenets souabes. Le soir de la fête à la mairie, il avait eu tellement faim qu'il aurait mangé un bœuf.

Elle lui raconta la naissance de Konrad, un ange blond, qui battait des mains dès qu'il la voyait arriver, il parlait bien, il était drôle et éveillé, sa grand-mère le chérissait. Pour Konrad, Dorothea mettait de l'argent dans un coffre séparé de sa propre caisse. Elle avait déjà choisi une bonne école à Bâle chez les capucins dont elle lui dit apprécier la simplicité, le dévouement pour les enfants, la vie austère, le rattachement aux principes de saint François d'Assise. Elle aimait leur barbe, la bure rugueuse en laine brune, le port des sandales, les pieds nus, même en hiver.

Après quelques mois, Dorothea riait avec lui. Il lui décrivit les détails de la rixe le soir de la fête à la mairie, la technique pour se battre qu'un lansquenet lui avait enseignée dans le temps, la cour trop facile pour conquérir Katharina, le mariage, les fausses couches, la naissance de Margot et sa déception devant une fille. Il eut la délicatesse de ne pas dénigrer

Katharina, il ne se plaignit pas de son caractère difficile, de sa volonté de tout contrôler, de ses rêves ambitieux, de ses plans de carrière. Puis, il parla de Sophia, cette amie étrange, indéfinissable, savante, raffinée, qui se montrait sous les dehors d'une pauvresse : comment ses connaissances l'avaient séduit, qu'elle ne voulait ni d'un mari ni d'un couvent pour se faire nonne, peut-être parce qu'elle s'indignait devant l'esprit actuel de l'Église. Niklaus rapporta leurs discussions, le dégoût qu'ils éprouvaient pour les temps modernes, les thèses de Luther qu'il tenta d'expliquer à Dorothea sans y arriver tout à fait.

« Ces choses n'ont pas d'importance pour moi, disait-elle. Quand on travaille ici on ne peut plus aller à l'église. Ou encore, si les portes sont ouvertes, nous devons rester sur le parvis. Le péché de la luxure nous empêche de nous mêler à la foule. Je t'ai dit que tu ne m'as jamais vue en ville faire mes achats, seules les plus hardies de mes pensionnaires s'y aventurent. Les gamins leur jettent des pierres, bien qu'ils ne sachent pas pourquoi. Les parents leur enseignent comment nous traiter, et les pères, qui viennent nous voir, disent qu'ils ne peuvent faire autrement. Une servante dans une taverne a la vie plus facile, même si elle se maquille comme mes filles, porte des vêtements voyants qui ne diffèrent que peu de ceux des femmes honnêtes. Tant qu'elle ne tombe pas enceinte, son travail lui permet de maintenir un semblant de vertu. Mais après, je sais ce qui arrive. »

Niklaus tenta en vain de la faire changer d'avis. Sophia aurait sans doute eu de meilleurs arguments que lui. À la suite des thèses, dit-il, le monde ne serait plus le même, l'Église se repentirait, on reviendrait à une vie basée sur les anciennes valeurs et le véritable Évangile. Il était persuadé que, dans les villes confédérées au moins, les bains seraient autorisés et non plus tolérés, comme maintenant.

Elle secoua la tête. D'un ton désabusé, elle dit : « Ce sera pire. Si ce que tu dis arrive – et rien n'est plus sûr, on brûlera ce moine comme tous les autres, car l'Église a le bras long et elle a toujours couché dans le même lit que les princes –, ce seront les bien-pensants qui l'emporteront. Les Confédérés détestent les Habsbourg, l'aristocratie. Nous n'avons jamais toléré qu'on étale le luxe au grand jour, sauf dans nos églises, parce que nous nous sentons pauvres. À Rome, le pape vit au milieu de la cour la plus brillante d'Europe. On m'a dit qu'il a lancé une nouvelle mode, celle de collectionner toutes ces choses païennes, enfouies dans la terre depuis longtemps. Il semble qu'il emploie beaucoup d'ouvriers pour les retrouver. Dans sa colère, ton moine allemand ne comprend pas que le peuple a besoin de faste, que les pauvres veulent voir de l'or parce qu'ils n'en ont pas. Nos églises sont les seuls endroits où ils lèvent les yeux pour apercevoir un petit reflet du paradis. Là, chacun sera riche et pourra manger à sa faim. Les rois savent qu'il leur faut se donner en spectacle, le pape aussi. Ton moine veut nous enlever le plaisir tout court. Tu dis qu'il commencera par nettoyer les églises parce qu'elles sont remplies d'idoles, mais moi, si je priais, j'aurais besoin d'une image qui me réconforte. Ce moine allemand va les rendre nues et tristes. En faisant cela, il changera notre vie. Tu rêves si tu crois qu'on nous épargnerait en retournant aux Évangiles. Tu verras que les braves *Burger* nous condamneront, moi et mes pensionnaires, par peur qu'on les punisse pour le péché de la chair alors qu'un homme ne peut pas s'empêcher de le commettre. Ils engrosseront leurs servantes, comme avant. Ils resteront toujours les plus forts ».

Katharina fit une pause, puis ajouta : « Tu verras, si la religion change de façon aussi radicale, elle va fortement privilégier le commerce et le succès dans les affaires : aujourd'hui, nous dépensons trop, vous, pour vos plaisirs, nous, pour nos robes, nos bijoux. Quand tout ce luxe aura disparu, les thalers, les écus, les livres, les kreutzers jusqu'aux pfennigs sauteront dans les caisses. Les marchands accumuleront leur argent, comme toujours. Ils seront riches, enfin riches ! Tu verras alors que cette nouvelle façon de croire en Dieu aura la victoire facile dans la Confédération ».

Avec le temps, le désir violent du peintre s'était transformé en une profonde affection, mêlée d'admiration. Quand il était avec Dorothea, il respirait plus librement. Cette heure de conversation hebdomadaire, pendant laquelle il lui disait tout ce qui lui était arrivé depuis leur dernière rencontre, demeurait sacrée. Quand il la quittait, il rentrait comme sur un nuage. Ce qui se passait à la maison, la lourde main de sa femme, les soucis d'argent, ses discussions avec Sophia qui l'étourdissaient mais dont il n'aurait pas voulu manquer une seule, tout lui paraissait plus léger à supporter.

La chambre de Dorothea ne comportait qu'une alcôve modeste, avec des rideaux en coton imprimé, bleu et jaune, un tissu égyptien teint en France, avec de la guède cultivée près d'Albi, en Languedoc, et d'ocre de Sienne, des pigments stabilisés à l'aide de deux mordançages, le premier d'alun et de crème de tartre, le second avec de la garance chauffée. Niklaus connaissait bien les procédés des teinturiers, il les avait vus à l'œuvre à Aschaffenbourg, grand centre de teintureries, quand il voulut travailler avec maître Nithardt, dont le retable d'Issenheim demeurait, dans son souvenir, l'une des plus grandes œuvres qu'il eût jamais vues. Sur le sol de la chambre, des carreaux multicolores venus de Fayence, en Italie, partiellement cachés par un tapis aussi mince qu'une couverture de lit, tissé en Espagne, avec des dessins géométriques mauresques se répétant à l'infini. Sur les murs chaulés, ni gravure ni tableau, et pas de christ. Près de la fenêtre dont elle gardait les volets fermés pendant le jour, elle avait placé un fauteuil. Il y avait trois coffres, dont un de petite taille, vissé dans le plancher et mûni d'une serrure compliquée, sur lequel elle avait disposé des coussins et qui servait de siège à Niklaus. Elle s'installait sur un autre, en face.

Peu après l'arrivée de Niklaus, elle tirait d'un réduit une petite table chargée de mets qu'elle faisait monter de la cuisine. Elle prétendait ne plus prier. Pourtant, avant de manger, ses lèvres remuaient. Il l'aidait à placer le cabaret entre eux, chacun se servait pour se « sustenter » comme elle disait, car les nuits étaient longues, surtout en hiver quand les clients s'attardaient auprès d'elle. Quant à lui, il devait se refaire des forces après le bain. En été et à l'automne, ils commençaient par des fruits frais de la saison, en hiver, par des compotes sucrées au miel – il avait une préférence pour la compote de cerises noires, mélangées à du vin cuit, d'un arôme exquis –, puis elle lui découpait des tranches de pâté aux amandes importées de Turquie. Au fil des mois, il goûta à des poissons en croûte, aux quenelles de brochet, à la carpe en sauce blanche, aux boulettes de cervelle de sanglier cuites dans du vin blanc, aux chapons mijotés au four, farcis aux châtaignes d'eau. Il aimait manger des brochettes d'oisillons dont les minces os craquaient sous les dents, la venaison, les cuisses de perdrix rôties sur broche, accompagnées d'une sauce de mûres noires, ou encore le filet d'un jeune cerf dans son jus, rehaussé d'épices achetées chez le marchand italien de Zurich. Les Bernois les boudaient, trop coûteuses selon les *Burger* qui se contentaient d'une variété jugée pauvre à Bâle ou à Genève : poivre rouge et noir, clou de girofle, muscade, gingembre et, pour les gâteaux, du safran italien ou provençal, cher mais indispensable. Niklaus goûtait souvent à peine aux plats plus relevés, trempait la langue dans des vins blancs, rosés ou rouges.

Chaque fois, c'était une fête pour lui. Dans les cuisines régnait une Italienne qui avait appris son métier à la cour des ducs milanais. Une fois l'an, elle faisait un « pâté des papes » duquel elle prétendait qu'il prévenait des maux de gorge. Idéalement, il était fait avec des centaines de langues de rossignol mais, comme il n'y avait que peu d'oiseaux de cette espèce dans les parages, elle commandait à l'avance chez son fournisseur des langues de toutes sortes de volatiles, pigeons, poules, oies et tout ce que les gamins prenaient dans leurs filets. Elle les hachait finement, les mélangeait avec du fenouil bouilli et cuisait lentement ce mets rarissime, à Berne du moins, au bain-marie.

Dorothea voyait avec plaisir Niklaus manger et boire avec modération, très différent en cela des *Burger* qui enfournaient en quelques minutes ce qu'il y avait dans leur assiette remplie à ras bord pour en lécher ensuite les sauces dont certaines devaient frémir une nuit entière au bord du feu. Leur appréciation, ils l'exprimaient par des rots et des pets sonores, des rires gras, ils soufflaient, suaient, ouvraient le col de leur chemise et s'essuyaient la poitrine avec un linge frais. Pour Dorothea, c'étaient des paysans à peine dégrossis, incapables d'apprécier la finesse d'un plat, la présentation raffinée et compliquée de pièces montées. On aurait pu leur servir le souper dans une vaisselle en étain, en terre cuite, sur des plats en or ou en argent, ils se contentaient de tout, pourvu qu'il y eût beaucoup à manger et à boire.

« Sais-tu que tu es assis sur toute ma fortune ? » avait-elle dit un jour, indiquant le coffre sur lequel il était assis. Elle riait. « Je ne veux pas la confier à un banquier, et surtout pas à un Souabe qui finance les entreprises de l'empereur. Si Maximilien a été élu, c'est avec les millions de couronnes d'or que Jakob Fugger d'Augsbourg lui a prêtés. Tu verras, cet usurier fera la même chose avec son successeur, peu importe qui ce sera, juste pour garder le cuivre de ses mines avec lequel il frelate les monnaies d'or. Si je ne sais pas bien lire, je sais compter. Comment veux-tu que je fasse confiance à un banquier d'une telle vénalité ? Tu me diras que mes thalers ne rapportent pas en dormant chez moi. Je te réponds que les pièces sont devaluées sans arrêt. Regarde-les ! Le poids de la monnaie est le même qu'avant, mais il y a un tiers de moins du métal noble, il est remplacé par du plomb, et l'or est rouge à cause de tout ce cuivre des Fugger qui ont été annoblis pour leurs bienfaits et sont maintenant comtes de l'Empire. Mes pièces sont anciennes. Quand j'en aurai besoin, mon épargne vaudra cinq ou six fois plus que la monnaie d'aujourd'hui. »

Il se taisait. Comment se faisait-il que les femmes semblaient toujours disposer des meilleurs arguments ? Après les trois années passées à fréquenter Dorothea, et deux avec Sophia sous son toit, il avait de la peine à se revoir au temps où, dans ses dessins, il leur avait souhaité la mort : seins transpercés, séduites par un *Reyslouffer* qui, au moment d'embrasser la fille et de lui prendre le sexe, se transforme en squelette, ou d'autres qui se jettent dans un glaive. Niklaus se rappelait un travail qu'il avait fait à l'encre, au tout début de sa carrière bernoise, il y avait de cela cinq ou six ans. Au-dessus d'un arc de triomphe, des mercenaires se livrent une bataille aussi brutale que celles auxquelles il avait assisté. Sous l'arc se tient une jeune fille au visage impassible, aux vêtements ornés de crevés en forme de croix suisses. À côté d'elle se trouvent des armoiries allégoriques avec un bouc au-dessus duquel s'en dresse un autre, coiffé d'immenses plumes. Cette feuille avait été le fruit de relations difficiles avec Katharina. Exaspérée par le manque d'argent, elle lui avait crié des choses abominables. Au lieu de se jeter dans la bataille comme les autres et de rapporter du butin, il restait là, à ne faire que des dessins. « Un homme, un vrai, se comporte-t-il ainsi ? Vous êtes faits pour vous battre, vous êtes des boucs, oui, des boucs ! Toujours prêts à engrosser les filles, n'importe laquelle, et à vous entretuer dans les batailles. Sans nous, les femmes, vous ne seriez rien. C'est nous qui vous gardons en laisse, sinon, ce serait le tohu-bohu, le monde tomberait en ruines, car les femmes vous disent comment refaire ce que vous détruisez ! » La fille tient en laisse le bélier, attifé comme un mercenaire. L'arc est composé de feuilles d'acanthe, de grappes de raisins, signifiant la vie et la fertilité de l'animal, alors que dans la partie supérieure de la feuille, des lansquenets et des *Reyslouffer* se livrent un combat à mort. Niklaus avait égaré le dessin. Il haussa les épaules : de toute façon, cela était trop loin maintenant pour gâcher son temps à y penser.

Pendant trois ans, ils s'étaient confiés l'un à l'autre, sans jamais faire autre chose que parler, manger et boire sereinement. S'il avait dit la vérité à ses camarades qui le couvraient de bons mots et d'allusions piquantes où perçait leur envie, personne ne l'aurait cru. Cependant, aucun d'eux ne lui demanda où il trouvait l'argent pour la payer, semaine après semaine. Katharina non plus, d'ailleurs. Seule Sophia semblait deviner la vérité.

Dès son arrivée aux bains de Berne, la beauté de Dorothea avait été célébrée ; les hommes baissaient la voix quand ils en parlaient, sans doute parce qu'elle leur coûtait cher. En même temps, ils levaient les yeux au ciel pour faire comprendre que cette femme-là leur avait procuré des moments qu'ils souhaiteraient revivre au paradis. Pour eux, elle était l'experte en amour, inclassable, d'un raffinement oriental, elle jouait avec leur corps comme s'ils avaient été des luths qu'il fallait réaccorder. On savait bien qu'elle avait déjà servi chez les Diesbach, puis dans une taverne, mais c'était chose du passé et donc, sans importance. À Niklaus, ils donnaient des coups de coude amicaux, des claques dans le dos et des clins d'œil entendus où perçait leur admiration.

Au début du mois de mai 1518, Dorothea lui annonça qu'elle quittait Berne pour toujours. Elle avait vendu sa part des bains au Zurichois et acheté sous un nom d'emprunt un petit établissement à Bâle pour être, dit-elle, plus près de son fils qui entrait à l'école chez les capucins. Elle n'habiterait plus au-dessus des bains, mais dans une rue respectable à côté de la cathédrale, avec vue sur le Rhin. Auprès des frères et de ses futurs voisins, elle s'était fait passer pour une veuve qui avait perdu son mari lors du siège de Milan. Tout le monde avait cru à son histoire, fréquente et ordinaire. Elle quitterait Berne à la fin de juin. Avant son départ, Niklaus lui avait demandé la permission de l'immortaliser en Vénus pour une commande de la part du conseiller Brunner. « Tu peux faire comme il te plaira, avait-elle répondu. Brunner a été un de mes bons clients, à la main souvent plus généreuse que d'autres. Ce sera drôle de savoir qu'il me regardera chaque soir dans sa salle à manger alors que les femmes détailleront la robe de ta Junon. » Il lui dit que la pose serait celle du dessin qu'elle n'avait pas voulu accepter. « Ah, oui. Si tu l'as encore, tu peux me le donner. Quand je serai vieille et laide, il me rappellera ma jeunesse. Si d'autres que moi le voient, à ce moment-là, ils ne sauront pas qui en a été le modèle. »

Il eut de la peine lorsqu'il apprit son départ, mais ne ressentit pas la douleur profonde qu'il avait éprouvée le premier soir, quand elle l'avait repoussé. Alors il se rappela ce qu'elle avait dit, que le temps guérit toutes les plaies, même les chagrins les plus profonds. Dorothea lui avait avoué, plus d'un an après le début de ce qu'elle appelait leurs « soirées amicales », qu'elle avait eu très peur de le voir sous l'emprise de sentiments aussi violents. Il lui avait paru fou, prêt à se couper la gorge, à la tuer pour la posséder, ou à voler pour la payer. « J'aurais détruit ta vie. Tu étais comme un enfant qui ne sait plus à quel saint s'adresser. Je me sentais prise au piège. Je ne sais pas comment, mais cela se serait très mal terminé. L'amour n'était pas possible. Restait l'amitié. Je t'avoue que je t'ai toujours trouvé très beau, mais des hommes beaux, j'en ai connu, la beauté ne m'impressionne plus. Il y a chez toi quelque chose que d'autres n'ont pas. Tu regardes ce qu'il y a derrière les visages, tu comprends ce que les yeux te disent, tu lis dans les âmes comme une gitane qui étudie la paume d'une main. Je ne voulais pas détruire cela. C'était quitte ou double, ce soir-là. Maintenant, je pars tranquille. »

Niklaus savait qu'il regretterait la présence de Dorothea, comme on déplore la disparition d'une amie qui s'en va à jamais. « Au moins, son absence mettra fin aux commérages », se dit-il, non sans soulagement. « Et Katharina cessera de faire des allusions, les voisins et les membres du Grand Conseil me laisseront en paix. » Il sourit. « C'est étrange, tout de même : j'étais tombé amoureux d'une image, alors que Dorothea est une femme comme les autres, plus intelligente sans doute, et déterminée à se refaire une vie. Tout ce qu'elle veut, c'est se créer l'apparence d'une *Burgerin* honnête. Je me demande quand son rôle aux bains de Berne la rattrapera. Tôt ou tard, elle rencontrera à Bâle un de ses anciens clients, qui bavardera. Mais elle est forte, très forte même. Je n'ai rien à craindre pour elle. »

Quand ses malles et coffres furent prêts, elle reçut du peintre un magnifique cartable en cuir souple, fermé par des rubans en brocart doré. À l'intérieur, plusieurs esquisses pour le *Jugement de Pâris,* et une version de la composition de Vénus se tenant devant Pâris, très semblable à celle qui allait être fixée sur le *Tüchle* commandé par Brunner.

Dorothea ne vit jamais la toile terminée.

Niklaus donna à Melchior ses instructions pour le choix des pigments. Ensuite, il envoya l'apprenti à la boutique de son père avec un mot lui demandant s'il ne pouvait pas lui procurer de la nacre moulue. Bien entendu, Dorothea avait raison : avec le tableau chez lui, la conscience du père Brunner ne se tairait jamais. Sa femme Margareta trouverait sans doute à redire devant ces nudités.

Chaque segment des dessins restés en blanc portait des numéros : le premier indiquait la couche de fond ; le deuxième, le pigment principal ; le troisième, les ombres qui donnaient vie à la surface ; le dernier, les couleurs utilisées pour indiquer l'éclat rose marquant la peau tendue sur les os. Plusieurs études lui avaient montré combien l'attitude de Pâris serait difficile à cerner ; la solution trouvée par d'autres peintres avait été plus simple. Ils optaient pour la présence de Mercure, le messager des dieux, qui accompagne les déesses et plonge Pâris dans un profond sommeil. Simple mortel, le berger ne peut supporter la lumière et l'éclat des apparitions divines. Quand il avait peint Pyrame, Niklaus l'avait couché sur le flanc, dans une position rigide entre le sommeil et la mort. Il ne voulait pas reprendre cette solution. D'abord, elle l'aurait obligé à ajouter le personnage du messager qu'il aurait été obligé de cacher à demi derrière le tronc de l'arbre. Ensuite, il voulait que Pâris ait la possibilité non seulement de regarder la déesse choisie, mais aussi de montrer par un geste les raisons du jugement qu'il venait de prononcer. Pendant que Junon et Minerve sont déjà en train de comploter contre Pâris, Vénus lui révèle le nom de la plus belle femme du monde et ajoute qu'elle lui appartiendra. Il s'agit d'Hélène, fille de Jupiter et de Léda, cette belle mortelle que le dieu a séduite en s'approchant d'elle sous l'apparence d'un cygne.

Afin de faire comprendre à Niklaus le pouvoir de Vénus, Sophia avait raconté le destin de cette descendante du père des dieux : dès son plus jeune âge, des hommes valeureux tournaient autour d'Hélène. Thésée, d'abord, héros impétueux, hardi, rusé, qui tua le Minotaure après l'avoir débusqué dans son labyrinthe, aidé en cela par Ariane, tombée amoureuse du Grec, après avoir été atteinte d'une flèche décochée par Cupidon. Hélène n'avait que dix ans quand elle fut enlevée par Thésée, puis sauvée par ses frères, les Dioscures. Elle épousa Ménélas, roi de Sparte, puis se laissa emmener par Pâris – de gré ou de force, on ne le saura jamais – chez lui, à Troie, en Asie mineure. Ce rapt déclencha une guerre de dix ans où la Grèce entière se mesura avec Troie ; autrement dit, l'Occident contre l'Orient. Pâris fut l'un des derniers à mourir avant la conquête de la forteresse par les Grecs, grâce à la ruse la plus célèbre d'Ulysse, roi d'Ithaque : le cheval de bois. Le prince ne se doutait pas que son contact avec la déesse de l'amour et la possession d'Hélène le rendraient immortel dans la mémoire des hommes. À la suite de son jugement, la dispute s'était étendue même aux dieux qui prirent part à ces batailles : rien de surprenant que Junon et Minerve, éliminées dans le concours, se soient toujours retrouvées du côté des Grecs, tandis que Vénus et Apollon se tenaient fermement avec les Troyens. Éris avait parfaitement réussi dans sa vengeance en misant sur la personnalité propre à chacune de ses sœurs, vaniteuses et frappées des mêmes faiblesses que les humains. Même Minerve, la plus sage de toutes, s'était prêtée au jeu d'Éris, pour son plus grand plaisir.

Selon Sophia, qui avait étudié *L'Iliade* dans une traduction latine, aucun livre ne comportait davantage de morts, de batailles terribles, de cruauté, de sang versé, de femmes qui pleuraient le mari, l'amant, le frère, l'ami massacré, d'hommes se jetant l'un contre l'autre dans une furie bestiale.

« Si tu savais lire ce livre, lui avait-elle dit, tu y trouverais tout ce que tu as dessiné il y a huit ou dix ans. L'acharnement des *Reyslouffer* contre les lansquenets, l'horreur des tueries insensées dans les affrontements en Italie, en France, notre guerre contre les Souabes et l'empereur. Dans ce livre, il y a la même atrocité des combats menés par des hommes dont la raison s'est envolée on ne sait pas où ni pourquoi. Les Grecs disent qu'il faut laver l'honneur de Ménélas. Hélène a la réputation d'être la plus belle de toutes, mais quand la guerre a pris fin, elle avait au moins trente-cinq ans, les hommes s'étaient battus bêtement, aveuglément pour une femme au seuil de la vieillesse. Toutes ces morts inutiles pour la réputation d'une femme ! Pâris aurait mieux fait de rendre Hélène à son mari dès qu'elle aurait perdu les charmes de la jeunesse. Au lieu de cela, il l'a gardée, par orgueil, par stupidité. Peut-être aussi que la flèche de Cupidon lui était restée dans le cœur et qu'il voyait Hélène toujours telle qu'il l'avait rencontrée à Sparte, au petit royaume de son mari, un vieillard. On peut pardonner à Pâris qu'il ait choisi Vénus dans ce concours, il était jeune et seul quand il gardait les troupeaux de son père au pied du mont Ida. Comme tous les garçons de son âge, il rêvait d'un corps parfait. Mais après ? Son choix a causé la perte de sa ville, du royaume de son père, et tant de morts d'un côté comme de l'autre. Par son jugement, il a provoqué l'assassinat de sa sœur, la princesse Cassandre, qui avait refusé les avances d'Apollon, ainsi que celui d'Agamemnon, chef des armées grecques, et de la reine Clytemnestre. Pâris a semé la destruction au-delà de sa propre mort. »

Elle avait fait une longue pause avant d'ajouter : « Pour ton tableau, il faut donc trouver le geste clé à l'origine de cet égarement que nous rapporte le poète ».

D'abord, Niklaus avait voulu montrer les déesses en groupe, avant le verdict, la tête tournée vers Pâris qui, le dos appuyé contre un arbre, tient encore la pomme dans sa main. Déjà, l'issue de la scène est claire, puisque Cupidon bat l'air de ses ailes et dirige sa flèche sur le berger. Une fois atteint, il sera incapable de se soustraire au charme de Vénus. Mais Sophia avait argumenté que le tableau gagnerait beaucoup en expression, qu'il deviendrait *parlant* si Niklaus mettait celui qui le regarde devant le fait accompli. Selon elle, c'était comme peindre un retable ou n'importe quelle crucifixion, martyre ou mise à mort. Le jugement a été rendu, le fidèle voit le résultat, il peut imaginer la suite de l'histoire, comme pour les *Dix mille chevaliers,* ses *Décollations,* ses *Femmes mourantes,* ses *Lucrèce,* les scènes où la France, l'Italie et l'Espagne séduisent les mercenaires suisses, sa *Bethsabée,* sa *Jeune fille et la Mort.* Même les *Vierges folles* viennent de prendre une décision, celle de gaspiller l'huile de leur lampe et de ne pas attendre le fiancé divin.

« Il s'agit d'un instant décisif où le cours du monde change. C'est comme au moment où le serpent donne la pomme à Ève. Dès qu'elle l'accepte, le mal entre dans le paradis. La Bible nous montre presque la même situation que celle du *Jugement,* tu vois ? C'est à partir de ce geste que vous, les hommes, nous haïssez tant, car c'est la femme qui corrompt l'homme.

Vous nous accusez de vous avoir séduits. À cause de nous, l'humanité a perdu le paradis, et pourtant, en nous fuyant, vous nous revenez, vous ne pouvez pas vous passer de nous. C'est cela qui vous enrage. Vous croyez être sous notre joug, alors que vous vous l'imposez vous-mêmes. Quand Adam accepte la pomme, il imite le geste d'Ève, par stupidité ou par faiblesse, sous un arbre, exactement comme ici. L'équilibre du monde est perdu. Pâris a donné le prix à celle qui l'a séduit. Son geste est irréversible. S'il se disait qu'il aurait mieux fait de donner cette pomme à Minerve ou à Junon, il aurait toujours deux déesses contre lui. Mais il ne se pose même pas la question. Il a choisi le bonheur de la chair, la volupté, comme n'importe quel jeunot, n'est-ce pas ? Quand on a vingt ans, veut-on le pouvoir et la sagesse ? On se dit que cela viendra tout seul, en vieillissant. Il a agi comme sa nature – elle fit une pause –, la nature d'Adam le lui a dicté. Il n'a commis aucune faute. Il est trop jeune pour mesurer les suites de son acte. »

Ses maigres joues avaient rougi dans une légère fièvre.

« Brunner veut peut-être un *Tüchle* à la mode, comme ceux qu'on fabrique dans les Flandres pour des clients italiens. Cependant, c'est à toi de conférer un nouveau sens au *Jugement*. Brunner est âgé, sa femme aussi. Il peut donner une belle leçon de morale à ses fils en leur montrant ta toile. Ils sauront où mène l'imprudence de se laisser impliquer dans une situation de laquelle le mortel sort perdant, quoi qu'il fasse. S'il avait mieux connu la vie, Pâris aurait dû, et pu, refuser de répondre à une question que Jupiter voulait éviter. Il était plus simple de choisir un jeune sot qui, par la suite, allait courir à sa perte et entraîner des peuples entiers dans sa folie. Mais il n'a pas le choix, puisque Cupidon a décidé à sa place. »

À nouveau, Sophia fit une pause pour réfléchir. « On opte toujours pour la mauvaise solution, et dans le livre d'Homère, les dieux s'en moquent. Pâris choisit le plaisir charnel. Hercule s'est distingué par la force physique, mais il est mort empoisonné par sa femme qui ne voulait pas le céder à une autre. Un des plus grands philosophes des Anciens dont t'a parlé notre maître Lupulus mais que tu as oublié, Socrate, s'est voué à la sagesse. Chacun est mort à cause de son choix. » Elle ajouta : « Il faut avouer que Vénus n'a pas joué franc jeu. Son fils a décoché sa flèche, Pâris est perdu. Elle a faussé les règles, mais à la guerre comme en amour, tous les moyens sont bons, elle est plus forte que ses sœurs. Elle lui offre l'amère luxure, alors qu'il croit au bonheur ».

Niklaus avait écouté, les sourcils froncés dans l'effort de suivre la pensée de Sophia. Il prit une grande feuille et recomposa le dernier ensemble de personnages de manière à suivre l'intention d'Éris. Ses premiers dessins de la nouvelle disposition avaient montré deux groupes, déjà dressés l'un contre l'autre, mais où Vénus, se tournant à demi vers le jeune homme, les bras allongés, la pomme dans la main droite, formait encore un lien avec ses sœurs.

Comme toujours quand elle n'était pas d'accord, Sophia, les bras croisés, un doigt sur le nez, n'avait rien dit en regardant les premières esquisses. Mais, au fur et à mesure que la nouvelle composition émergeait devant elle, elle poussait des « hum ! » approbateurs. Voilà que Vénus est plus grande que Junon, en retrait au centre du tableau, mais qui demeure de la même taille que Minerve. Niklaus avait si souvent tracé la silhouette de Dorothea, gardant en tête les formes qu'avait données Dürer à sa gravure de Vénus, qu'elle surgissait devant Sophia comme par magie. Il la présenta de profil, dans une attitude orgueilleuse puisqu'elle vient de recevoir le prix. Sur le ventre bombé se posent les doigts de la main gauche, alors que la droite, ornée de bagues, pointe l'index vers le haut en signe de triomphe.

Elle tient la pomme qu'elle posera dans un instant sur son cœur. En face d'elle, Pâris est assis sur un bloc de pierre, en juge décontracté, un peu fat, content d'avoir joué un rôle si important. Son corps est légèrement tourné à gauche ; sa main droite repose sur son genou, sur sa jambe presque allongée. La main gauche est levée, elle aussi, à la hauteur du cœur, ouverte encore parce qu'elle vient de remettre le prix, la paume tournée en haut dans un geste guidant le regard du spectateur sur le ventre de la femme, source de plaisir et de vie.

Cependant, la rencontre entre Vénus et Pâris est délibérément charnelle. Du coup, de juge et de jugée, ils deviennent amants : ils se regardent à la manière d'un homme et d'une femme qui se connaissent depuis longtemps. Ils viennent de sceller un pacte. Les traits de Vénus, son profil n'expriment aucun sentiment particulier, c'est à peine si elle esquisse un sourire aimable. Alors que l'homme plonge à son tour ses yeux dans ceux de la femme, il lève les sourcils dans une salutation familière, le visage serein et, signe de leur intimité, il écarte les cuisses tandis qu'elle lève le pied gauche pour faire le dernier pas : dans un instant, les corps se toucheront, elle frôlera la nature du berger.

Sophia murmura : « Ah, voilà qui est bien. Et osé avec cela. Cette Vénus devient une mortelle, l'amante de Pâris. Hélène en Vénus, j'aime beaucoup, cela ajoute du piquant à l'histoire simplifiée, sans Mercure et le reste. Je ne sais pas ce que Brunner en pensera, mais moi, je le trouve bien. Les gestes sont éloquents, le tableau vivra. Dans un instant, les personnages vont s'animer et tenter de nous impliquer dans leur querelle ».

La silhouette de la déesse semble droite. Mais en réalité, avec la tête légèrement inclinée dans un geste poli de remerciement comme le ferait une reine, son corps est sinueux et souple, ses chairs sont fermes, les demi-globes des seins parfaits, alors que ses jambes fortes et charnues, les fesses peu saillantes, indiquent la femme mûre. Sophia critiqua les pieds : « Ils sont longs, de vraies barques, et celui qu'on voit de Pâris est large et franchement laid. Regarde, il a le grand orteil de travers, comme s'il avait porté des chaussures étroites, et non pas des sandales de berger. Pour ce qui est d'elle, on dirait qu'elle a marché toute sa vie dans des marécages, ses pattes n'ont rien de commun avec son beau profil et le geste élégant de sa main ».

Niklaus ne voulut rien y changer : « C'est vrai, mais le modèle est une ancienne paysanne, alors elle peut bien avoir de grands pieds. Je ne trouve pas qu'ils sont palmés. Si Brunner le pense, je lui dirai qu'elle est sortie de la mer. Quant au berger, il a couru après le bétail de son père, alors il doit avoir les pieds solides et larges. Et puis, il est aussi prince, fils du roi Priam. Je vais l'habiller d'un grand manteau, il ne restera pas nu comme maintenant. Je dessine toujours le corps nu avant de l'habiller. De cette façon, je sais comment doivent tomber les plis des vêtements.

— Il te ressemble beaucoup, ce Pâris, tu ne veux pas le transformer afin que les Brunner ne parlent pas trop ? Et ta Vénus, elle est vraiment belle, son visage est très... pur. C'est elle, je suppose, celle d'en bas de Saint-Vincent ? ».

Dans un mouvement d'impatience, Niklaus se tourna vers Sophia : « Oui, elle, avec toi ma seule amie. Depuis quelques jours, elle a quitté la ville. Je ne la verrai plus. Alors je peux te dire son nom, et si tu parles d'elle avec moi, j'aimerais que tu la nommes, toi aussi. Elle s'appelle Dorothea Chind. C'est une femme merveilleuse, non seulement d'une beauté extraordinaire, mais qui a surmonté les pires obstacles de la vie. J'ai été amoureux fou d'elle, je l'avoue. Comme Pâris d'Hélène. C'était une idée fixe, je la voulais, j'aurais été prêt à tout. Cela n'a pas duré, elle me l'avait prédit. Mais rassure-toi, puisqu'elle a quitté Berne, personne ici à la maison n'aura de soucis à se faire. Laisse-moi te dire une chose : si je n'avais pas promis ce chiffon à Brunner, j'aurais fait deux vrais tableaux d'elle, un pour moi seulement, l'autre pour elle, sur de beaux panneaux de bois, pas sur des toiles brutes, mais avec un fond comme il faut, et à l'huile peut-être. Rien qu'elle, et dans cette pose. Elle le mérite. Je me serais moqué de ce que Katharina ou n'importe qui d'autre – il lui lança un regard irrité – aurait pu en dire ».

Il avait rougi. Sophia le trouva charmant dans son agitation. Ils entendirent Melchior monter dans la cage d'escalier. Suant à grosses gouttes, l'apprenti tendit au maître la réponse de l'apothicaire. Il y disait qu'à sa connaissance, la nacre finement moulue était utilisée dans la production d'une poudre compacte fabriquée sur une île non loin de Murano. Les femmes frottaient ce pain de poudre avec un linge doux pour en appliquer une fine couche sur le milieu du front, les paupières, le nez et le menton afin de faire saillir ces parties du visage. Il n'en avait pas à sa boutique, mais son confrère zurichois la gardait en magasin. Il ajouta qu'elle était coûteuse, parce qu'il fallait enlever délicatement la première couche de ce calcaire brillant ; d'après lui, il se pouvait que le matériau se liât avec d'autres pigments, mais qu'il pourrait noircir au contact du soufre.

« Dommage, je renonce. Pour septante livres, je ne dépenserai pas un kreutzer pour l'effet que cela pourrait donner. Tant pis si la peau garde un aspect quelque peu crayeux. Je verrai ce que je peux faire sans avoir à acheter un pigment dont je ne connais pas les réactions. De toute manière, Katharina trouve, elle aussi, que le tableau est mal payé. Et notre caisse est à son plus bas. »

La veille, Melchior avait brisé les blocs de pigments choisis par le maître et pesé les quantités indiquées. Puis, il s'était mis à les réduire en poudre fine, évaluant entre le pouce et l'index la grosseur des grains. Comme Niklaus lui avait indiqué des terres particulières qu'il fallait mélanger afin d'obtenir les teintes désirées, il était important que les pigments fussent broyés au même degré. Sinon, les particules en suspension dans le médium ne se *marieraient* pas, comme disait le peintre. Les plus fines adhéraient à la toile grâce au liant, de la colle de peau mélangée à la gomme arabique, indispensable pour faire agglomérer la suie ou le charbon de bois dans la fabrication des encres en milieu aqueux. Les plus grosses remontaient à la surface en séchant, gâchant ainsi la couleur.

Pendant son apprentissage, Melchior avait assisté à des phénomènes surprenants, provoqués par l'aversion de particules d'origine végétale, comme la garance par exemple, faite de la racine rouge d'une plante et employée surtout par les teinturiers, à laquelle il pouvait ajouter sans danger du vermillon. Mais dès qu'il s'agissait de verts de cuivre, il fallait se méfier et ajouter de la résine de pin et du bitume pour en neutraliser autant que possible les effets désastreux tant sur la toile que sur d'autres pigments. Il savait séparer les couleurs en utilisant des filets empêchant la diffusion du cuivre, superposer les couches, exactement comme l'avaient fait les enlumineurs, dans les monastères, du temps où les livres étaient encore copiés par les moines. En ajoutant de la gomme arabique, qui empêche le mélange des pigments, il arrivait à superposer un glacis de garance à un rouge vermillon, ce qui produisait un extraordinaire effet de transparence et de légèreté. Sans l'autorisation du maître, il avait expérimenté avec les différentes sortes de carmin de cochenille, tantôt importées d'Arménie, tantôt venues du Languedoc et d'Espagne où on le désignait sous le nom de kermès, et qui ne se comportaient pas de façon identique en présence d'autres pigments servant à en rehausser ou à en diminuer l'éclat. Il restait toujours surpris et heureux de voir ces pastilles grises ou noirâtres qu'étaient les œufs séchés et roulés de l'insecte, se changer en un rouge vif après le broyage et leur mélange dans le médium ; il adorait cette couleur que les teinturiers utilisaient depuis une cinquantaine d'années pour les robes des cardinaux.

À certains pigments, on attribuait des vertus. De la garance, par exemple, les médecins disaient qu'elle provoque l'urine, agit contre la jaunisse, aide les sciatiques, les paralytiques et, mêlée à du vinaigre, enlève les taches blanches de la peau. Malheureusement, le maître ne lui parlait presque jamais de ces choses. Il se bornait à mettre son apprenti en garde contre les matières dangereuses. De son père apothicaire, Niklaus avait reçu des livres qu'il n'ouvrait que rarement, car, ne sachant ni le latin ni le grec, il devait demander à sa belle-sœur de lui en traduire des passages. Quant aux textes en hébreu ou en arabe, il fallait se rendre à Bâle pour y trouver des savants capables de déchiffrer les manuscrits.

Melchior se demandait souvent si le maître avait appris le comportement et les propriétés des pigments de la bouche d'un grand peintre ou si ses connaissances lui venaient surtout de son père. L'apothicaire l'impressionnait fortement car il ressemblait point pour point à l'image qu'il se faisait d'un alchimiste, d'un magicien ou d'un sorcier : petit, maigre, teint pâle, bonnet noir et plat sur le crâne, une longue robe en taffetas noir, une loupe attachée au bout d'une chaîne qui se balançait sur la poitrine. Le savant lui jetait un regard distrait quand il se présentait avec une question ou un mot de son maître. Alleman possédait une quantité considérable de livres, de manuscrits, de feuillets épars, de fascicules, le tout entassé pêle-mêle sur les rayons d'une bibliothèque. Il y avait des instruments étranges dont Melchior soupçonnait tout juste l'usage, lavage, séchage, macération, décoction, distillation, précipitation, filtration de plantes que l'apprenti n'avait jamais vues et dont l'odeur pénétrante semblait lui coller à la peau, même quand il avait quitté le laboratoire depuis plusieurs jours. Et toujours aimable, un demi-sourire collé à la commissure des lèvres, lui parlant doucement, tandis que ses mains blanches s'agitaient dans l'air.

Les ordres du maître avaient été précis. Les pigments étaient broyés, les poudres alignées en de petits tas coniques dont il vérifiait une dernière fois la finesse demandée. Les morceaux de peaux avaient trempé pendant la nuit ; il les amena à la température voulue, puis retira le liquide du feu pour le laisser tiédir afin qu'il ne fasse pas de grumeaux une fois ajouté au mélange de jaune d'œuf et de pigments.

L'apothicaire lui avait dit que bientôt le monde de la peinture serait enrichi de nouvelles couleurs : il y avait un peu plus de vingt-cinq ans, un Italien au service des rois de Castille et d'Aragon avait découvert les Indes occidentales. Les caraques espagnoles apportaient de l'or, de l'argent, elles étaient remplies de bois aussi durs que la pierre, de bijoux, de perles, de toutes sortes de trésors. On importait à bas prix la *grana,* pastilles de cochenille d'une excellente qualité. Les explorateurs faisaient des découvertes, ils tombaient des nues en voyant ce que pouvaient donner racines, feuilles, écorces de plantes inconnues. Mais prudence : avant de les employer, il fallait voir si elles résistaient au mordançage des teinturiers, si elles se mélangeaient aux matières grasses et maigres ; de plus, on devait les examiner pour voir si elles étaient toxiques.

La tête de Melchior tournait : il doutait de sa mémoire, il se disait que jamais il ne serait capable de retenir toutes ces formules, matériaux, procédés, mélanges, les « mariages » difficiles entre les sulfures, cadmium, vermillon, antimoine, et les pigments contenant du plomb, leurs réactions dans les suspensions grasses ou maigres, les règles à suivre dans les techniques mixtes où la *tempera* coexistait avec l'huile et les encres. Il aimait peindre, produire des illusions. Déjà, ses travaux de perspective étaient justes, les relations entre l'espace et les personnages, équilibrées. Mais devant la tâche énorme qui l'attendait, il perdait souvent espoir de la maîtriser un jour.

Vers six heures, ce matin-là, Niklaus monta à l'atelier.

Brosses et pinceaux avaient été nettoyés dans une solution d'eau et de savon noir que Melchior avait fait bouillir, puis tiédir, afin de ne pas faire friser les soies. Tout était rincé, essuyé et aligné par ordre : comme toujours, les grosses brosses rondes pour étaler la couleur sur les grandes surfaces afin d'obtenir un effet d'uniformité, puis une série de pinceaux plats, dont quelques-uns très minces pour dessiner les contours. Venaient ensuite une demi-douzaine de martres, rondes ou plates, plus souples que les soies. On les employait pour des travaux délicats, comme les glacis, les contours, la lumière sur les bijoux, les herbes et les plantes, les rubans et les motifs qui s'y trouvent.

Le peintre commença par le corps de Vénus pour lequel il employa une première couche de blanc de céruse sur laquelle il put appliquer rapidement une laque de kermès très diluée. De la déesse, tournée vers Pâris, lui semblait provenir une douce lumière, évocation d'une peau blanche translucide sous laquelle se devinait la circulation du sang. Le dos était plongé dans une ombre légère, beaucoup moins prononcée que celle qui délimite les seins, le ventre et les cuisses de Minerve et pour laquelle il avait employé de la terre de Gargas mélangée. Il l'utilisa également pour le pied et le mollet gauches, mélangée à l'abricot de Puisaye, alors qu'il demanda du rouge pozzuoli d'Italie pour la pomme, soit la même couleur qu'il avait prise pour le bouclier de Minerve.

Il exigea un mélange semblable quand il peignit la chevelure de Vénus, un blond d'or jusqu'à la hauteur de l'oreille, puis se fit donner une teinte d'ocre plus foncée pour indiquer l'ombre qu'elle projette. La coiffe en forme d'ailes dont Sophia avait aimé le style et l'élégance de la mode florentine, indiquait l'envol de l'âme et de la pensée vers le ciel. Niklaus reprit le même bleu de guède employé pour le bord du bouclier et les pans du couvre-chef de Junon, créant ainsi un effet de rappel subtil qu'il se promettait de répéter quand ce serait le temps d'habiller Pâris qui n'existait encore que par les contours de son corps nu.

À dix heures, ils firent une pause et descendirent à la cuisine pour manger un morceau de pain, du fromage et boire un verre d'eau mélangée à du sirop de framboises. Niklaus sentait à peine la fatigue dans son bras droit, alors que l'apprenti, toujours aux aguets d'un ordre du maître, avait l'air de vouloir rester assis sur son tabouret. Comme les pigments séchaient très vite, toute nouvelle couleur devait se faire sur-le-champ ; le peintre s'impatientait quand Melchior ne lui présentait pas rapidement un mélange non prévu sur la liste et qu'il lui fallait préparer de mémoire. « Viens, on monte. Je voudrais terminer les détails avant qu'il ne fasse trop chaud ou trop sec, je n'aime pas quand tu dois enlever cette fine peau de surface qui ne tarde pas à se former. Vas-y, j'arrive dans un instant. »

Comme le ciel s'était couvert, il faisait moins chaud sous les combles, on y respirait mieux, alors qu'en bas, on aurait dit un four, surtout dans la cuisine, avec les casseroles supendues

201

au-dessus du feu. Il avait hâte de retourner au travail. Par politesse, il conversa un moment avec Bärbli, s'informa du menu – ce serait une omelette aux herbes, des choux-raves cuits avec du beurre, du pain trempé dans un mélange de crème sucrée et de jaune d'œuf, cuit dans une marmite en faïence italienne, ce qui lui rappela douloureusement les mets raffinés de la cuisine aux bains –, fit plusieurs fois le tour de la table pour se dégourdir les jambes, observa pendant un moment Margot qui, poings fermés, jambes serrées dans des bandelettes, dormait sur un matelas rempli de paille hachée. « Maître Niklaus, dit la servante, voulez-vous que je vous appelle quand l'horloge sonnera une heure ? Margot se réveillera sous peu, elle demande tout de suite son repas. Je n'ai qu'à écouter le son de la *Zytglogge*. » Elle écarta le pouce pour lui montrer qu'elle savait compter. « Oui, ce sera parfait. Je ne crois pas pouvoir tenir plus que deux heures encore. » Il se massa l'épaule droite. Il demanderait à Sophia un remède, une de ses pommades. « Mais au fond, ce n'est pas la pommade qui me guérira, se dit-il, j'ai trente-quatre ans, je commence à me faire vieux. D'autres de mon âge sont perclus de rhumatismes, il leur manque une jambe, un pied, certains vivent de la charité des autres pour ne pas mendier, alors de quoi je me plains ? Courage, je suis curieux de voir quel effet me fera cette Vénus. »

Elle était sépulcrale ou, au mieux, comme une statue qui attend un dieu pour lui insuffler la vie. Niklaus rageait, mais ne voulut rien montrer de son exaspération devant l'apprenti. Il se reprocha d'avoir oublié que ce blanc de céruse la rendrait trop blanche, avec un ton grisâtre, presque couleur de plâtre. Un mélange avec du réalgar en petites quantités, que son père appelait encore de la sandaraque, aurait fait l'affaire, ou encore du minium, au lieu de quoi il avait appliqué cette laque de kermès, qui gâchait tout. « C'est comme si j'avais maquillé une morte, se dit-il, n'importe quel barbouilleur aurait fait mieux. »

Il recommença, toujours furieux de son erreur. En mélangeant lui-même le blanc et le rouge, il obtint une pâte d'un rose léger qui ne le satisfaisait toujours pas. De plus, à cause du vif-argent contenu dans le minium et qu'il savait très dangereux pour en avoir vu ses effets sur d'autres peintres, il opta pour l'ajout d'une petite quantité d'ocre calcinée et éteinte dans du vinaigre, ce qui lui donna du pourpre. Il éclaircit le mélange de massicot, un jaune de plomb, fit un essai, en ajouta encore, attendit pour voir le résultat de la pâte une fois séchée, ajouta du blanc de zinc avec un seizième d'once de jaune de safran. Cette fois, le résultat fut plus convaincant, l'effet d'onguent appliqué sur une peau de cadavre avait disparu. Il peignit en mouvements longs par-dessus la silhouette de Vénus, reprit les effets d'ombre, mais en y joignant une pincée de poudre de vert fait de baies de nerprun qu'il fallait conserver dans une vessie de porc pour le protéger de la lumière, appliqua du jaune de Gargas, de l'abricot, et finalement ajouta de l'orpiment à la partie antérieure de la chevelure.

Il fit quelques pas en arrière, plissa les paupières. Il tenta d'imaginer le résultat une fois les pigments parfaitement secs. « Cela peut aller, il me semble. Qu'en penses-tu ? »

Melchior, à qui le maître demandait rarement son avis, se sentit flatté :

« Je la trouve très blanche encore. Elle a l'air de quelqu'un qui n'a jamais été touché par le soleil.

— Attends, je n'ai pas terminé. Je dois ajouter des lumières sur les rondeurs des bras, des seins, les épaules, le ventre, les cuisses. La main est importante, et le regard, c'est ce qu'il y a de plus important chez elle. Ce sont la main et les yeux qui attirent l'attention. Elle doit être plus blanche que les autres, parce qu'elle est née de l'écume de la mer. » Il se plaça de côté pour observer les reflets de la lumière diffuse venant des fenêtres. « Et puis, elle portera une robe qui n'en est pas une, juste un glacis, un voile. Avec cela, elle sera plus nue encore, et séduisante. Tu verras comment faire. »

À ce moment, il sentit monter une colère contre Katharina, couvant sa caisse. Il aurait tant voulu essayer l'effet de la nacre broyée ; avec les moyens dont il disposait, il ne pouvait reproduire cette peau brillante, blanche sans pâleur, luisante sans être grasse. S'il avait eu accès à la caisse, il n'aurait pas hésité à faire venir le produit de Zurich, mais il était trop tard, et Katharina n'arrêtait pas de lui rappeler les maigres septante livres sur lesquelles il s'était entendu pour *ce chiffon*.

Il utilisa de l'orpiment pour le large collier de la déesse, avec de l'argent colloïdal et du bleu pour les pierreries, les contours se firent en ocre calcinée.

D'en bas, Bärbli leur cria que le repas était prêt. « Dis-lui de patienter, je ne peux interrompre le travail à ce stade-ci », lança le peintre à l'apprenti. Il sentait qu'il allait avoir la main heureuse pour les mélanges.

« Du noir. As-tu préparé le noir ? » Melchior lui apporta un flacon en céramique. « Oui, du noir de vigne fixé à un huitième d'once de poudre d'os, comme toujours. » Broyer du noir, c'était la tâche la plus ingrate, la couleur la plus longue à préparer. En effet, le noir de vigne formait sans arrêt des agrégats qu'il fallait défaire aussitôt. Hier, il y avait mis plus d'une heure et gâché une bonne poignée de gomme arabique dans une eau trop froide, alors que les paillettes demandaient une température un peu plus que tiède. Heureusement, cette résine au goût sucré ne coûtait pas cher, mais sans elle, les fines particules de suie ne se mélangeaient pas avec l'eau. Cela avait été une des premières leçons du maître qui voulait lui montrer comment créer des affinités dans les cas où les caractères des matières se repoussent mutuellement.

Niklaus travaillait désormais avec des pinceaux en poils de martre, l'avant-bras appuyé sur le bâton. L'encre se révélait merveilleusement brillante et pourtant inoffensive pour les autres pigments. Il ajouta de fins dessins imitant la broderie sur la partie arrière de la coiffe tandis que le devant était constitué d'un large bandeau noir, incrusté de pierres et de deux rangées de perles, autre allusion à la naissance de la déesse, reprise dans le mince ruban qui descend jusqu'à la naissance du front large et haut pour se terminer en un cabochon d'un vert de mer sombre. Il aurait voulu reproduire le chatoiement du bijou préféré de Dorothea, l'opale, mais la signification de cette pierre maléfique était trop connue, elle aurait répugné aux femmes de Berne qui ne la portaient jamais. Pour terminer, il établit la direction du regard : les pupilles de Vénus devaient plonger en ligne droite dans celles de Pâris, exactement comme sur l'esquisse définitive que Sophia avait trouvée excellente.

Le pouce toujours bien ancré dans le trou de la palette, le peintre dit à l'apprenti : « Ajoute une planche en arrière, il ne faut pas que la toile bouge quand je peins les détails. Ici – il tapota légèrement du doigt sur la toile –, mets-la ici. » Melchior inséra une latte dans le cadre. « C'est bien, tiens-la un moment, sans la déplacer. Ce sera bientôt fini. J'ai tout ce qu'il faut sur la palette. » Pour les sourcils, les cils, l'iris et les ombres le long des tempes, de la pommette et sous la mâchoire, Niklaus utilisa de l'ocre brûlée qu'il allégea pour le chignon et les mèches ondulées au-dessus de la nuque. Quand ce fut le tour des lèvres, il hésita, puis décida d'employer le rouge pozzuoli, le même que celui de la pomme, d'une teinte un peu plus foncée cependant. Il voulait éviter que Dorothea eût l'air d'une catin qui se maquille, tout chez elle devait être naturel. Qu'elle se teignît les cheveux ne dérangerait personne. Presque toutes les femmes suivaient cette mode, sauf Sophia qui, si elle avait été brune, aurait refusé de recourir à des artifices.

Quand il eut terminé, Niklaus se leva, s'étira, fit des mouvements circulaires du bras droit. Son épaule lui faisait mal, mais sa colère avait disparu ; il était content du résultat. « On respire mieux aujourd'hui, tu ne trouves pas ? Je crois que je pourrai faire encore le glacis. » Melchior hocha la tête. Il crut que le maître utiliserait un blanc simple, ce qui lui donnerait l'occasion de le voir à l'œuvre, mais il se trompait. Le peintre lui demanda d'abord de l'argent colloïdal qu'il allégea de blanc. En résulta un gris très clair dans lequel il plongea une martre pour suivre les lignes du corps de Vénus, créant ainsi une robe singulière, transparente, assez semblable à celle de Junon, mais avec des manches larges, flottantes. Il demanda une nouvelle martre, la plus fine de toutes, et de l'oxyde de zinc, d'un blanc exceptionnellement pur. Fasciné, Melchior vit un voile apparaître qui enveloppait le corps. Il suivit attentivement les mouvements du pinceau, dirigé à partir du poignet, couvrant la grisaille du haut du voile d'un réseau de lignes si fines que celui-ci en devenait presque imaginaire. La martre descendait, longeait lentement le dos, le ventre, prolongeait le tissu léger qu'un souffle, comme un vent d'été, gonflait, vers le bas et en arrière, le plaçait devant la robe de Junon – ici, l'apprenti retint sa respiration : si le pinceau glissait, un seul mouvement mal assuré de la main, et l'effet serait gâché, il faudrait reprendre les trois bandes de la robe. Le voile tombait droit devant le ventre de Vénus dont la main gauche en soutenait un pan.

Le maître lui remit les pinceaux et la palette. « Nettoie-moi tout cela. Je n'en peux plus. C'est assez pour aujourd'hui. Quand tu auras terminé, tu pourras faire ce que tu veux. Va te baigner dans l'Aare avec les autres garçons, il fait encore très chaud et tu as beaucoup transpiré. Change de chemise, elle est tachée. Il faut te tenir propre, c'est cela qui plaît aux filles. » À la mine renfrognée de Melchior, il vit bien que sa proposition ne plaisait pas à l'adolescent. Étrange garçon qui ne cherchait la compagnie de personne et ne parlait guère.

Melchior rejoignit le maître peu après dans la cuisine. La servante plaça sur la table de grands brocs remplis d'eau tiède savonneuse, des brosses et des linges. Pendant que Niklaus retirait sa chemise trempée de sueur et passait un chiffon de lin blanc sur son torse, ce qui lui valut un regard effarouché de Melchior qui se contenta de se laver les mains, Bärbli grommela : « Il a fallu donner les deux omelettes au chien. Et le reste, je ne sais pas si vous aimez les choux-raves trop cuits. Ils tombent en purée. Tant pis pour vous. Tout était prêt pour une heure, comme vous me l'aviez ordonné. Margot joue en bas, avec les autres enfants. Votre dame et sa sœur ne sont pas encore de retour ». Niklaus ne dit rien, il se contenta d'envoyer un sourire à l'apprenti. « Quand on est en veine, il faut continuer, n'est-ce pas ? Nous avons bien travaillé, alors on ne sent pas la faim. »

Il était presque trois heures.

Niklaus sortit pour s'entretenir avec le marchand de livres qui se plaignait de la chaleur, mais surtout de l'humidité, qui faisait gonfler le papier et l'abîmait. Les gens n'achetaient presque rien ; aujourd'hui, il avait vendu pour quelques kreutzers quatre gravures à des étrangers et un livre de recettes à une dame bernoise qui préparait déjà ses réceptions d'hiver. Elle voulait connaître la composition de sauces relevées, ainsi que la façon de faire pour donner de la couleur aux mets. Niklaus aimait bien cet homme discret. C'est à lui qu'il avait emprunté le thaler pour payer Dorothea, trois ans auparavant, une belle pièce d'argent qu'il lui avait d'ailleurs remise quelques semaines plus tard, à la suite de la vente des *Vierges folles*. Le libraire, véritable passionné de la lecture qui parlait plusieurs langues étrangères, lisait et écrivait le latin et le grec. Le peintre lui demanda s'il avait vendu d'autres exemplaires de ses gravures. L'autre l'informa qu'il lui en restait une petite pile ; ses confrères de Bâle, Fribourg, Genève en avaient commandé de nouvelles livraisons. Poli, il s'enquit des projets de Niklaus, bien qu'il s'intéressât peu à la peinture. Niklaus lui parla du *Tüchle* qu'il était en train de terminer. « Il ne me reste que Pâris et Cupidon à faire, dit-il. Dans mon métier, c'est la même chose que chez vous. Je n'ai presque plus de commandes, et je dois accepter de faire des choses à vil prix. »

Le libraire hésita avant de répondre. « Maître Niklaus, d'après ce que je peux voir, les choses changent rapidement. Le peuple commence à savoir lire, il ne prend plus des vessies pour des lanternes. Il a été tenu pendant si longtemps dans l'ignorance que ce sera une explosion quand il se réveillera. Partout dans l'Empire, les paysans commencent à se révolter parce qu'ils n'ont plus rien à perdre, on s'appauvrit sans cesse non seulement en ville, comme vous le savez, mais aussi dans les campagnes. Il y a des bandes armées de faux, de fléaux, de couteaux, certains ont déjà des glaives et des hallebardes. Pendant que l'empereur tente de garder la paix à l'intérieur, le pape continue sa folie à Rome. Il y aura de grands changements, les princes comme l'Église n'ont qu'à bien se tenir. Nous, les Confédérés, nous avons de la chance, nous sommes pour ainsi dire détachés de l'Empire, et nos *Reyslouffer* font peur aux lansquenets impériaux. Bientôt, il y aura une quantité énorme de livres et de pamphlets qui seront imprimés, ce qui est bon pour moi. Heureusement, le papier coûte fort peu, et je vendrai, même avec la monnaie qui se dévalue chaque mois. Mais vous ? Qu'allez-vous faire si les églises ne vous donnent plus de travail ? Vous mettrez-vous au portrait, comme le jeune Holbein qui a tant de succès à Bâle ? C'est la grande mode. Il peint si bien, à l'huile, à ce qu'on dit, que les têtes semblent nous parler de leur cadre. »

Après une longue pause, il ajouta : « Je ne veux pas vous décourager, mais c'est un fait qu'il y a trop de retables dans les églises, les murs en sont couverts. Et comme nous avons chassé la noblesse, il n'y a plus de seigneurs qui disposent d'un surplus d'argent pour le dépenser en tableaux, meubles ouvragés et tout ce qui est du luxe. Ils étaient toujours en compétition, la taille de la demeure, le nombre de serviteurs, la lingerie fine – le seigneur von Roverea s'est vanté d'avoir trente-deux chemises, figurez-vous – la vaisselle italienne, des plats d'argent et d'or. Les marchands sont assis sur leurs profits, ils sont souvent très riches, mais ils discutent le prix d'une gravure sur bois. Et les artisans comme vous s'appauvrissent. Il faudra trouver de nouvelles avenues pour gagner votre vie. Votre *Danse macabre* est impressionnante, tout le monde passe devant, et elle vous fait une grande publicité. Votre dame se débrouille admirablement. Et avec le loyer de ma boutique, vous vous en tirez, mieux en tout cas que beaucoup d'autres qui vivent au jour le jour ».

La bonne humeur du peintre tomba. Il n'avait plus envie de prolonger la rencontre. La question de l'argent le rongeait sans cesse, car Katharina rentrait les mains vides. Il passa devant les rayons du magasin sur lesquels s'entassaient des livres, la plupart en latin, mais les titres allemands étaient en train de prendre le dessus. « D'ici quelques années, chaque peuple lira dans sa langue, dit le marchand. Bien entendu, le latin aura toujours une place prépondérante, mais qui veut se faire connaître fera mieux d'écrire dans la langue du pays. »

Pour ne pas céder à l'angoisse qu'il sentait l'envahir, Niklaus monta à nouveau à l'atelier. Les nuages s'étaient dissipés, l'orage se faisait attendre, il y régnait la même chaleur que la veille. Melchior s'y trouvait déjà. Les outils étaient lavés, séchés ; la palette, grattée et polie ; un linge couvrait les pigments sur la table. Le peintre se dit que l'atelier était son refuge, et il se félicita du zèle de son apprenti.

« Je t'avais dit de te reposer après le travail, et de t'amuser en te baignant, dit-il sur un ton faussement réprobateur. Mais si tu veux, nous pourrions faire l'écorce de cet arbre.

— Oh, oui, oui. J'aimerais beaucoup voir comment vous faites.

— Mieux, nous le ferons ensemble. »

Melchior se rengorgea. Pour la première fois depuis son arrivée chez maître Niklaus, il allait pouvoir terminer une partie importante d'un tableau, presque comme un compagnon. Les feuilles de l'arbre, l'herbe aux pieds des déesses et de Pâris, cela n'avait été rien. Mais peindre l'écorce d'un arbre avec toutes les nuances de lumière, les irrégularités que provoquent la croissance, la pluie, la sécheresse, le froid, les *blessures* du temps, comme disait le maître, c'était autre chose.

« Regarde bien. J'ai choisi comme essence le hêtre, pas seulement à cause de la couleur, mais parce qu'il est parmi les moins difficiles à peindre. L'écorce du chêne est trop rugueuse, elle est brune et ne capte pas la lumière. En fait, j'aurais dû opter pour un olivier, mais il est encore plus ardu à rendre dans le détail. Ici, il faut tout simplement observer, laisser pousser les branches aux bons endroits, placer les nœuds, les trous laissés par les piverts, enfin, tout ce qui peut arriver à un arbre au cours de sa vie. »

Melchior enleva l'eau versée dans les pots et les coupes contenant les préparations des pigments. Il tendit de l'argent colloïdal au maître.

« Non, tu sais bien qu'il ne faut pas appliquer tout de suite la couleur voulue. Qu'est-ce que tu prendrais comme fond ?

— Du blanc de plomb ?

— Bien, mais mélangé à du noir afin d'obtenir un gris uniforme argenté, sinon, tu gaspilleras beaucoup de peinture *noble,* et cela serait trop coûteux. »

Niklaus procéda rapidement au mélange que l'apprenti appliqua avec des soies larges d'abord, étroites ensuite. « Tu dois travailler plus rapidement, murmura le peintre, cela sèche dans le temps de le dire. Et fais attention, ne touche pas aux contours du visage, autrement, je devrai y aller plusieurs fois pour corriger le profil de Pâris. »

Quand ce fut le tour de la deuxième couche, Niklaus mélangea un seizième d'ocre brûlée à l'argent. L'effet fut étrange, le tronc avait pris l'aspect d'un vieux morceau de bois exposé pendant quelques années aux intempéries. « C'est maintenant que ton savoir-faire doit jouer. Il faut qu'il y ait des ombres, sinon, l'arbre a l'air d'être une simple planche, il n'a pas d'*épaisseur,* alors il te faut des parties atteintes par la lumière, qui vient ici de ta droite, et d'autres, cachées. » Melchior s'exécuta, son mélange comportait maintenant davantage de noir, produisant l'effet d'un gris sombre. « Pour indiquer que le tronc est rond, applique la couleur en demi-cercles aplatis, avec des irrégularités pour les nœuds – pas trop, sinon, il aura l'air *tourmenté* – et fais en sorte que le haut des branches se perde dans le feuillage. »

Le garçon transpirait d'émotion. « Fais vite, nous avons encore une heure de lumière. Épargne les jambes de Cupidon, comme tu l'as fait pour le profil de Pâris. » Le peintre l'observa attentivement. « Avec de l'encre diluée, tu peux obtenir un lavis qui produira de beaux effets de clair-obscur sans que les contrastes soient violents. Et fais de petites rainures sur les branches pour les rondeurs, avec une martre... Voilà qui est bien. »

Le soleil baissait, la lumière dans l'atelier prit des teintes roses. « Il faut arrêter. Ne peins jamais avec cette lumière-là. Elle fausse les couleurs. Demain matin, nous verrons si nous avons fait du travail acceptable. »

Bärbli leur servit un souper succulent, une de ses spécialités : un morceau de bœuf, mijoté depuis le matin dans de l'eau à laquelle elle avait ajouté une demi-tasse de vinaigre blanc, des herbes fraîches, de l'oignon, du poireau, du sel, des graines de coriandre, du poivre, des feuilles de laurier. Une partie de l'eau de cuisson était réduite, presque caramélisée, d'un jaune intense à cause du safran. Songeur, le peintre étala cette sauce masquant le goût un peu fade de la mince tranche de viande que la cuiller défaisait. Bärbli s'était habituée à ces « absences » du maître, il lui disait souvent qu'il mémorisait les couleurs des mets pour tenter de les reproduire sur sa palette. Elle ne fut pas surprise de l'entendre dire à Melchior : « Tu vois, c'est extraordinaire. Si tu manques d'orpiment, qui contient de l'arsenic, un poison mortel, tu peux le remplacer, en partie du moins, par du safran. Il est plus cher, mais moins dangereux pour la santé ».

Katharina et Sophia s'affairaient autour de Margot qui dormait. Ses langes étaient souillées, mais Sophia, après les avoir humées, dit qu'il ne fallait pas s'inquiéter. Cette petite diarrhée était due à la chaleur, voilà tout. La mine de Katharina était sombre, ses traits tirés. Il valait mieux ne pas lui poser de questions. Sophia demanda si le *Tüchle* avançait. « C'est pas mal, il nous reste Cupidon et Pâris. Melchior a peint l'arbre, les feuilles, le tronc, tout. Il fait des progrès », ce qui fit rougir l'apprenti, tandis que Katharina lançait : « Voilà qui est du joli. Tu t'amuses alors que moi, je cours la ville et la campagne par cette chaleur. Je suis épuisée. Ce matin, j'ai eu des nausées comme quand je suis enceinte ». Sophia la dévisagea, s'approcha pour lui toucher le front et le cou. « Ah, laisse-moi. Je vais me coucher. Au moins, en dormant, je ne penserai pas à cette journée perdue. »

Bärbli déshabilla et lava l'enfant, lui mit des langes fraîches. « Dans peu de temps, elle sera propre. Elle achève d'être petite. Ce sera une belle fille et elle résistera aux maladies. »

Quand le peintre et son apprenti remontèrent, le lendemain, Melchior s'était approché avec appréhension du tableau, anxieux d'entendre le jugement du maître. Niklaus examina le hêtre, puis déclara : « Quelques retouches pour le relief, du blanc avec très peu de gris, juste au-dessus de la tête de Pâris. Dans l'ensemble, c'est réussi, les couleurs sont justes et naturelles. Maintenant, finissons-en avec ce qui nous reste à faire. »

Avant d'appliquer la couche de fond, une ocre teintée de rose et de violet, il rehaussa à l'encre noire les contours de Cupidon et les différents pans du manteau de Pâris, ses mains, le profil.

« Ces lignes seront partiellement couvertes par les pigments, dit-il, mais ils sont trop dilués pour les faire disparaître. Une fois la coloration terminée, je vais les reprendre. L'œil accroche toujours sur le noir, il le cherche, parce qu'il confère au tableau sa structure. »

Pour le manteau, il se proposait de reproduire l'alternance des couleurs déjà utilisées pour la jupe de Junon. Les quatre larges bandes de la manche auraient du rouge pozzuoli allégé d'abricot de Puisaye, une couleur chaude en vogue chez les teinturiers ; du bleu de cuivre fixé à de la guède ensuite, puis du jaune de plomb avec une virgule d'orpiment et, pour terminer, deux terres de Sienne, l'une claire, plus foncée que le jaune or, l'autre ombrée, s'harmonisant avec le reste de la manche dont la surface était bleu et ocre, alors qu'il choisissait pour le dessous une ocre claire à laquelle il donnerait un effet de moiré. Comme le personnage avance le bras gauche, tandis que sa main droite repose sur le genou, la doublure de la manche allait imiter la soie, d'un rose abricot auquel Niklaus ajouta une petite quantité d'ocre d'un jaune clair. Afin de garder entièrement l'attention du regard sur Vénus, il avait éliminé les tons de blanc. La chemise de Pâris, aux plis multiples, très élégante, aurait dû être de la teinte du bas de la manche, mais il appliqua le même mélange que celui qui avait servi pour l'écorce de l'arbre afin de ne pas créer une diversion. Il était certain que cette liberté serait à peine notée.

Il dessina de fines lignes sur la toile pour indiquer les plis du bas du manteau, dont les pans étaient négligemment ramenés sur les genoux. Avec les quatre couleurs employées – il travaillait maintenant avec des soies plates et minces – le vêtement prit du mouvement et une lourdeur propres au brocart. Melchior prépara de l'ocre calcinée pour les ombres, du rose abricot de plus en plus clair en remontant, du jaune de plomb et de l'orpiment, rehaussé par un jaune presque blanc pour simuler les reflets de la lumière.

Niklaus fit une courte pause, se leva, s'étira, recula de quelques pas. « Viens voir, dit-il à l'apprenti. Dis-moi ce qu'il faut noter dans les couleurs des vêtements. » Melchior détailla le tableau. Les taches laissées en blanc pour Cupidon, la tête de Pâris, les mains, les jambes et les pieds l'irritaient, mais il établit correctement la correspondance entre Junon et le berger. De plus, coupés par la silhouette de Vénus et l'espace presque noir, donc vide, entre Junon et Minerve, chacun des personnages révélait clairement son intention. Il remarqua également que les mains de Junon et de Pâris se correspondaient dans un geste similaire mais au sens opposé, puisque la déesse accuse tandis que le berger rend grâce à la beauté. Par contre, le bouclier de Minerve, les pans de la jupe de Junon, la pomme que tient Vénus et les manches du manteau de Pâris créaient des liens dont il ne se rendait presque pas compte, tant il était concentré sur le centre du tableau, avec Vénus et Junon rapprochées : la seconde détourne la tête de la première, qui, elle, ne lui offre que son dos. Selon l'apprenti, l'isolement de Minerve, de toute évidence la grande perdante parce qu'elle se trouve loin des autres, fait pendant à Pâris qui, étant juge et maître de l'assemblée, établit le contact avec Vénus, même si sa main frôle à peine le voile.

Le peintre l'écoutait distraitement, il pensait déjà à la coloration des espaces encore vides. À nouveau, il eut recours au long bâton d'appui et commença par les ailes de Cupidon, en rouge pozzuoli puisqu'elles touchent aux ombres de l'arbre. Ce même rouge fut réutilisé et éclairci pour le corps, avec des touches claires sur les parties exposées à la lumière venant de la droite. « Pour rendre honneur à Mercure absent, murmura Niklaus, je donne ses attributs à Cupidon. » Il offrit donc au petit dieu une paire d'ailes en vert de cuivre rehaussé de blanc sur le devant. Niklaus les piqua dans le ruban qui lui cache les yeux. Suspendu dans l'air comme un grand insecte, Cupidon bande son arc et pointe la tête du berger de sa flèche au bout rougi de pozzuoli.

Sophia monta le soir pour examiner la toile terminée. Elle s'exclama : « Seigneur ! Mais quel est le mélange de races qui a engendré ton Pâris ? Son visage est brûlé comme celui d'un Africain aux cheveux châtain, sa main gauche est celle d'un Suisse, la droite et les jambes appartiennent à un journalier qui a passé son été dans les alpages de l'Oberland bernois ! Qu'est-il arrivé ? ».

Elle apportait dans ses vêtements cette vague odeur de potions médicinales, familière, la même qui enveloppait le père Alleman, mais aussi les senteurs douceâtres des corps frappés par la fièvre, les maladies, la souffrance, la sueur de ceux qui se battent contre la mort. Niklaus lui trouva mauvaise mine. Elle restait maigre, les yeux profondément cernés, la peau aussi blanche que l'hiver précédent, les mains parcourues de veines bleues saillantes, comme celles d'une vieille femme.

Il tenta de défendre ses coloris. Avant de se mettre au travail, elle lui avait dit que le berger était né en Asie mineure où les gens ont la peau foncée, comme chacun le sait. En gardant les troupeaux de son père, le soleil lui avait brûlé la peau. « Mais pourquoi ne l'as-tu pas habillé en berger, alors ? Il porte un manteau royal ! » Niklaus murmura : « Comment veux-tu qu'il se présente devant trois des plus grandes déesses ? En haillons ? Presque nu ? ».

Pour la dense chevelure de Pâris, il avait employé de l'ocre jaune calcinée avec des reflets roux, la même couleur que pour le chignon de Vénus. Quant au visage, il devait admettre que, lassé, il avait simplement continué d'employer l'ocre, et puis, il ne fallait pas oublier que le berger, ayant la source de lumière dans le dos, il fallait créer un effet d'ombre ; la luminosité venant du corps de Vénus ne dépassait pas la main gauche. Sophia n'était pas convaincue : « Alors, pourquoi as-tu mis des reflets sur ses genoux et ses mollets ? Il est assis sur une grosse pierre, il n'y a pas de lumière qui puisse atteindre ses jambes... ». Niklaus lui expliqua que le soleil était placé non pas dans le dos du personnage, un soleil couchant, en somme, ce qui aurait donné comme résultat une atmosphère très différente, à la limite de la mièvrerie, baignant la scène dans un rose doré, mais un « soleil de quatre heures », encore assez haut dans le ciel pour toucher et éclairer les membres inférieurs de l'homme. Il lui indiqua les reflets clairs sur la tempe, la pommette, la commissure des lèvres, le menton, le cou, même les bords des lèvres qui, elles, reprenaient le rouge de la pomme, mais en une teinte plus foncée. Cependant, il dit à Sophia qu'elle avait raison de le critiquer sur ce point. Il avait fait vite. Fatigué, et l'articulation de l'épaule endolorie, il ne s'était rendu compte de son erreur qu'après coup. Déjà, il appelait Pâris son « Éthiopien ».

Dans un dernier effort, il avait tracé à l'encre noire les lignes du collet, les rubans sur le devant du manteau, ceux de la manche, leurs nœuds, les lacets des sandales. Après avoir ajouté les dessins sur le brocart, moins raffinés que ceux des vêtements de Junon, il était si épuisé que, sans le bâton, il n'aurait pu garder la parfaite maîtrise de sa main et faire le travail sans bavures. Le pire avait été les fines lignes noires où aucune erreur n'était permise – accentuer la clarté du profil en ajoutant du gris clair, presque blanc, pour le démarquer de l'écorce, délimiter les parties du manteau, les doigts de la main levée, les ongles. Quand il avait évalué son travail sur les pieds de la déesse et du berger, il s'était dit que Melchior aurait fait mieux. Mais voilà, il n'en pouvait plus. Pour septante livres, il n'entreprendrait pas une série de corrections.

Sophia lui asséna un dernier coup : « Pourquoi as-tu donné à Cupidon des ailes supplémentaires ? Et pourquoi au-dessus de ses oreilles ? Tu en as fait un croisement entre le messager de Jupiter et un angelot dodu. Il aurait fallu les placer juste au-dessus de ses talons, c'est là où Mercure les porte ». Voyant le sourire gêné de Melchior, elle avait ajouté : « Mais ne t'en fais pas. Brunner ne sait rien de tout cela. Dans l'ensemble, ton groupe se tient très bien. Vénus est magnifique, Minerve et Junon sont parfaitement réussies, l'arbre est superbe. La vanité de Brunner et de sa femme *von* Schwanden sera satisfaite, avec leurs armoiries qui ont l'air de lanternes suspendues aux branches ».

Elle continua d'examiner la toile de près, pouce par pouce. Niklaus et Melchior s'étaient éloignés pour ne pas la gêner. Elle s'arrêta à la pomme :

« Niklaus, tu n'as rien écrit dessus ! Si tu n'y graves pas les mots que la déesse de la discorde y a laissés, on ne comprendra pas le rôle de cet objet.

— Elle est trop petite, les lettres seraient à peine visibles.

— Mais tu pourrais te contenter du début, les faire courir tout autour, et terminer par une partie du dernier mot. Quelque chose comme "Cette pom... lle". Tu diras à Brunner que cela veut dire « Cette pomme à la plus belle ». Il se fera un plaisir de l'expliquer aux visiteurs qui croiront qu'il connaît à fond cette histoire.

— Bonne idée, j'en prends note.

— Et puis, il ne se rappelle sans doute pas le nom de chacune des déesses ; il faudrait que tu les identifies. Par exemple, tu pourrais écrire *Vénus* sur... attends pour voir. Elle ne porte qu'un collier et un serre-tête. Oui, utilise donc ce ruban, il y a de la place pour cela.

— Je verrai.

— Même chose pour ton Cupidon. Mais là, il faudrait placer l'inscription au-dessus de lui, puisqu'il est nu comme un ver, et ce serait disgracieux d'alourdir ses ailes avec des lettres.

— Crois-tu que je pourrais utiliser de l'argent ? Cela ne détonnerait pas avec l'écorce.

— Ah, mais c'est toi, le peintre ! ».

Elle poursuivit son examen, poussa un « ahem ! » indigné devant le pied droit de Vénus et le gauche de Pâris, se tourna : « Ça demeure une patte de canard, et lui, avec ce gros orteil crochu et la largeur du pied... enfin, je me tais. J'ai déjà dit ce que j'en pense. Quant au siège de ton jeune prince, je suppose que tu y as utilisé tout ce qu'il te restait sur la palette. Je n'ai jamais vu autant de couleurs dans une pierre, mais peut-être qu'au mont Ida, les rochers sont multicolores ». Quand elle eut terminé, elle conclut : « Oui, cela me plaît, dans l'ensemble. Brunner sera content, sa femme aussi. Si la nudité ne le gêne pas trop, il montrera la toile à tout le monde. Je suis certaine qu'il va la commenter avec beaucoup de fierté ».

Niklaus sourit, mais Melchior affichait une mine abattue. Les armoiries étaient de sa main, ainsi que le rocher. Il craignait les arguments de Sophia, dont il gardait parfaitement en mémoire ce qu'elle avait dit lors de la préparation des esquisses, pour ce tableau comme pour les *Vierges folles,* le *Martyre des dix mille chevaliers.* Elle était redoutable, rien ne lui échappait. Si elle qualifiait les armoiries de lanternes, elle disait vrai. Il avait trouvé cette solution plus élégante que celle proposée par le maître, soit de clouer sur l'arbre les armoiries de Brunner, une fontaine sur fond rouge, et de suspendre les autres, le cygne sur du bleu de guède des Schwanden, à l'extrémité gauche de la longue branche, à demi cachée par les feuilles. Quant au rocher, elle avait encore raison, mais dans ce cas, c'était aussi la faute du maître qui n'avait pas voulu qu'il préparât le mélange imitant le gris de la pierre. « Laisse faire, avait-il dit. Ici, personne ne sait de quelle couleur sont les rochers là-bas, sauf mon père, peut-être. »

« L'as-tu signé, ton *Jugement* ? Je ne vois nulle part tes initiales.

— Pas pour ce *Tüchle*. Et puis, tout Berne sait qui l'a peint. Je suis seul ici, et le visage du prince se reconnaît tout de suite.

— Il n'y a pas longtemps, tu m'as montré deux gravures sur bois de Dürer, les *Quatre femmes nues* et surtout la *Nemesis,* qui ressemble dangereusement à ta Vénus.

— Ne me dis pas que j'en ai fait des copies !

— Ce n'est pas ce que je veux dire. Seulement, il y a des ressemblances. » Elle prit une profonde inspiration :

« Suffit. Pour un chiffon de septante livres, il ne faut pas s'attendre à un chef-d'œuvre.

— Alors, tu n'aimes pas ? »

Elle se fit impatiente : « La question n'est pas si j'aime ou non. Je me demande seulement si tu as terminé une œuvre bonne ou médiocre, et si elle *dit* quelque chose. À mon avis, elle *parle*. Elle illustre clairement que l'homme prend ses décisions en toute connaissance de cause, même si elles sont mauvaises. Il ne se rend compte de ses erreurs que plus tard, quand la sagesse lui vient. Ce n'est pas une toile devant laquelle on reste indifférent. Les futures générations en tireront leurs propres leçons. Mais le fond de ce que raconte ton tableau restera valable. Je le résumerais en quelques mots : "Ne te mêle pas de ce qui ne te regarde pas. N'accepte pas une tâche impossible. Réfléchis avant d'agir, et évalue les conséquences de tes actes. Méfie-toi de la séduction et des promesses vaines. Quand tu auras commis une faute, accepte-la et fais pénitence. " Le véritable centre du tableau demeure le *geste,* celui qui a déclenché les horreurs de la guerre, cette main de Pâris qui s'arrête à la hauteur du ventre de Vénus, la façon de laquelle la déesse tient la pomme près de son cœur. Il explique tout, de l'inexpérience du jeune homme devant la vie à la cruauté de Jupiter qui s'est délesté d'une devinette impossible à résoudre. Ton tableau est peut-être un *Tüchle* sans grande valeur, il y a des erreurs, mais une œuvre parfaite est-elle possible ou souhaitable ? Brunner ne la mérite peut-être pas, mais c'est une excellente toile qui fera réfléchir ceux qui la regardent, et les personnages sont incroyablement vivants. »

Elle poussa un soupir. « Voilà ce qu'il me dit, à moi, ton tableau. »

Niklaus s'approcha d'elle et la remercia en lui prenant la main. Elle se dégagea. « Te rappelles-tu que nous voulions inscrire quelque chose d'édifiant dans le tableau ? Des mots qui feront réfléchir ? J'y ai pensé. D'abord, tu pourrais faire une fleur à Katharina. Que dirais-tu de *Junon, déesse qui triomphe des conflits de l'âme* et de *Pâris de Troie le fol* ? Du coup, tu identifies les personnages, et tu prends position face à la décision du prince, tu rends ton propre jugement, en somme. Jupiter l'a désigné parce qu'il était superbe. Cependant, la beauté donne-t-elle le droit et la compétence de juger de ce qui est beau ? »

Elle ajouta qu'elle allait voir Margot qui souffrait à nouveau de coliques, malgré le temps moins chaud. En arrivant de l'hospice, elle avait changé de robe pour que la servante la lave dans de l'eau bouillante. Un homme s'était effondré devant la sœur responsable des admissions qui l'avait immédiatement isolé des autres malades. C'était un étranger bien vêtu dont le ventre gonflé était couvert de taches bleuâtres. Il lâchait des selles jaunes, avait une forte fièvre, la rate dure, de grandes douleurs dans l'abdomen. Elle avait ordonné que l'on brûlât ses vêtements ; elle lui avait administré des fortifiants, mais elle craignait qu'il ne fût trop tard. « Cette fièvre tue de l'intérieur, elle perfore l'intestin, je doute qu'il passe la journée de demain. » Soudain, elle eut l'air à bout de forces. « C'est très contagieux, on ne joue pas avec cette maladie. » Elle descendit dans sa chambre pour un somme.

Comme toujours, quand elle parlait de son travail, le peintre ne posa pas de questions. Il ne lui avait jamais dit qu'il détestait les malades ; il n'avait même pas remarqué que sa fille fût malade.

Niklaus écrivit deux fois *FENVS* sur le serre-cheveux, *CVPIDO* en haut du fils de Vénus et *IVNO EIN GÖTIN DER UBERWINDUNG INN. STRITS.* Mais au lieu d'attribuer ce « Junon, déesse qui triomphe des conflits de l'âme » à l'épouse et sœur de Jupiter, il plaça le commentaire au-dessus de la tête de Minerve. En le voyant là, Sophia comprendrait que Niklaus la remerciait non seulement pour l'avoir aidé à mieux composer la scène, mais qu'il lui devait, par sa présence sous son toit, la disparition des démons qui l'avaient si longtemps tenu dans leurs griffes.

Katharina entra dans l'atelier. Elle avait la mine réjouie, et quand elle vit le tableau, elle s'écria : « Réussi. Osé, mais réussi. Belles couleurs qui font riche. Et ma robe donne de l'éclat, tout comme ton manteau, d'ailleurs. On dirait qu'ils sont taillés dans la même étoffe, mari et femme ». Elle ne lut pas les inscriptions, trop occupée à l'affaire qui la pressait : « Il y a de l'espoir,

Niklaus. Je viens d'obtenir cinquante livres pour le retable de saint Antoine. Les panneaux qui restent disponibles, c'est toi qui les feras, j'ai la confirmation officielle. Et ton grand-père, le docteur Fricker, est au plus mal. Il semble qu'il a accumulé plus d'argent qu'on ne le pense, le vieux radin. »

Le peintre maîtrisa rapidement une nausée. Il sourit même.

Quand elle fut sortie, il fit signe à Melchior d'approcher. Alors il écrivit son jugement en grandes lettres, tel que suggéré par Sophia, le « Pâris de Troie le fol », les premières en orpiment, les dernières en argent :

PARIS VON TROY DER TORECHT.

Épilogue

Katharina avait dit vrai : le vieux Thüring Fricker était malade, mais pas assez pour mourir. Il fallut attendre un an encore avant qu'il ne décide de quitter ce monde. Dans son testament, il laissa tout à sa femme et à ses fils légitimes, rien à Niklaus, ce qui incita sa fille naturelle, Margaretha, à contester le document, avec succès d'ailleurs. La même année, l'empereur Maximilien Ier mourut, cédant la place, exactement comme l'avait prédit Dorothea, à son petit-fils, le futur Charles Quint, dont l'inexpérience politique et l'hésitation à faire conduire Luther au bûcher allaient alimenter le feu de la Réforme qui embraserait bientôt l'Europe entière.

Un an plus tard, Urs Graf s'inspira du *Jugement de Pâris* pour une gravure sur bois, ce qui indique que les amis se fréquentaient toujours. En 1520, Niklaus entreprit le travail du retable de saint Antoine. Les panneaux firent fureur en ville, surtout le premier, où le saint guérit un malade et un possédé que des hommes retiennent pendant que le démon s'échappe de sa bouche. Le deuxième, où les diables attaquent sauvagement le vieux saint, rappelle celui de maître Nithardt, que l'on désigne aujourd'hui sous le nom de Mathias Grünewald. La belle femme du troisième, élégamment vêtue, révèle son véritable caractère

225

par les griffes de dragon que sa longue robe ne peut dissimuler. La même année, le cardinal Matthäus Schiner recommanda Ulrich Zwingli comme prédicateur à la cathédrale de Zurich.

Après la publication de trois des plus importants pamphlets de Luther, *À la noblesse chrétienne de nation allemande* ; *De l'emprisonnement babylonien de l'Église* et *De la liberté du chrétien,* Léon X, le 15 juin 1520, le frappa d'anathème. Pourtant, le pape aimait bien ce moine, il le trouvait hardi, intelligent, lettré, mais il n'avait guère le choix, et le professeur de Wittenberg se vit forcé de couper tout lien avec Rome en brûlant la bulle lancée contre lui. D'ailleurs, Léon ne s'en formalisa pas outre mesure. Un an plus tard, l'empereur allait mettre le dominicain au ban. En même temps, le cardinal Schiner se rendit compte de son erreur, car Zwingli prêchait dans le même sens que Luther.

En 1520 naquit Hieronymus, premier fils de Niklaus et fondateur de la première lignée des Manuel. C'était un politicien né : à l'âge de vingt et un ans, il serait élu membre du Grand Conseil ; douze ans plus tard, il ferait partie du Petit Conseil, après quoi il serait désigné comme l'un des quatre *Venner* de Berne et, par surcroît, le plus important, celui de l'association des tanneurs, les guildes selon le modèle de l'Empire étant bannies. Cette position était l'une des plus prestigieuses du gouvernement de la ville-État. À l'origine, les *Venner* (le terme vient de « Fähnrich », porte-étendard) s'occupaient des questions militaires ; ensemble, ils formaient une sorte de commission militaire permanente. Plus tard, la ville leur confia également les affaires financières et les cours de justice.

C'est également en 1520 que *La Danse macabre* fut terminée. Sur l'avant-dernier tableau, qu'il s'était réservé, Niklaus se montre dans un bel autoportrait en pied, vêtu d'un élégant habit comme les aimaient les hommes de la Renaissance, et coiffé d'un chapeau rouge posé de côté afin de dégager le profil caractéristique au nez aquilin. Le pourpoint aux manches immenses, en brocart vert pistache, est négligemment jeté sur les épaules, par-dessus la chemise plissée. Les chausses sont de couleurs différentes : la jambe gauche en rouge et or, ornée de nombreux crevés, tandis que la droite est en bleu et jaune, des nœuds assortis sous les genoux. Ses chaussures, noires, légères et confortables, sont les « gueules de vache » si prisées des *Reyslouffer*. Dans la main gauche, il tient la palette et le bâton d'appui. De la droite, il vient de terminer son dernier tableau, un pied de nez au squelette qui n'a pas pu interrompre Niklaus dans son travail, un groupe d'étrangers, des juifs et des Turcs que la Mort emmène. Le profil du peintre révèle une arcade fortement courbée, des lèvres pleines, un menton et une mâchoire volontaires. Les cheveux sont dorés, bouclés, comme sur son autre autoportrait, qui se trouve aujourd'hui au Musée de Bâle. Derrière le peintre, un squelette est accroupi sur le sol, un sablier sur le dos. Les orbites du crâne sont dirigées sur le pinceau du peintre. Le bras droit, qu'enveloppe encore de la chair pourrie, agrippe le bâton pour le lui retirer. En haut, à gauche, au-dessus du groupe des non-chrétiens, se trouvent les armoiries de Bernhard Tillmann, l'ami orfèvre de Manuel, tandis que celles du peintre, trois lys sur fond bleu au-dessus de bandes or et rouge, occupent le coin droit supérieur. L'expression de Niklaus est sereine, la même que celle qu'il a donnée à Pâris. Tout compte fait, il se présente comme l'idéal du jeune noble de son temps.

C'est avec ces panneaux que Niklaus avait publiquement révélé ses talents d'écrivain et de poète. Chaque panneau, en effet, était accompagné d'un commentaire. Sur le neuvième, par exemple, il avait peint un prieur que la Mort prend par le bras, d'une main, tandis que de l'autre, elle lui agrippe le menton, tout en lui adressant des mots pour le moins irrévérencieux : « Père prieur, vous êtes grand et dodu, sautez avec moi dans ce cercle ! Vous avez des sueurs froides – mais fi, fi donc, vous lâchez de gros étrons ! ». À quoi le prieur répond : « J'ai bien aimé les bonnes choses, j'ai tenu des richesses entre mes mains ; je les ai utilisées pour la volupté de mon corps que les vers défigurent désormais ». Sous son propre tableau, Manuel fait dire à la Mort : « Manuel, tu as peint tous les personnages du monde sur ce mur ; maintenant, tu dois mourir, rien ne t'aidera, tu n'es pas certain ni de la minute ni de l'heure », ce à quoi le peintre répond de façon détendue, simplement en se recommandant à Dieu.

La série des panneaux qui avait été un des monuments les plus connus et les plus admirés de Berne, nous est parvenue grâce à une copie d'Albrecht Kauw ; elle se trouve aujourd'hui au Musée historique de Berne. Les personnages étaient de grandeur nature ; de toute évidence, Niklaus Manuel maîtrisait parfaitement la technique *al fresco,* car les couleurs étaient encore intactes cent quarante ans plus tard quand le gouvernement de la ville décida de détruire le mur du cimetière, « afin d'agrandir la rue de l'Arsenal ».

*

Le règne de Léon X se termina en 1521. Il nous est parvenu de ce pape un magnifique portrait, daté de 1518 – année, rappelons-le, où Niklaus termina son *Jugement de Pâris* – et exécuté par Raphaël. Avec Michel-Ange, ce peintre italien était le seul artiste pour qui le pape, dont rien ne semblait pouvoir ébranler la sérénité, versa des larmes quand il en apprit la disparition. Chargé de la construction de Saint-Pierre dès 1514, après la mort de Bramante, l'architecte à l'origine de cet immense chantier, Raphaël montre Giovanni de' Medici en compagnie de deux jeunes cardinaux qui se tiennent respectueusement derrière lui. Celui de gauche est le futur Clément VII, son cousin germain. Le chef de l'Église est assis devant une table, une loupe à la main, un superbe manuscrit enluminé devant lui, très différent en cela de son prédécesseur, Jules II, « le pape terrible », qui avait préféré tenir une épée sur son monument funéraire, disant au sculpteur, « je n'ai rien à faire d'un livre ». Raphaël ne montre aucune complaisance envers Léon X : c'est un homme lourd et gros, aux yeux globuleux, aux lèvres charnues ; toute sa physionomie trahit son assurance et son amour pour la bonne chère. Il déploie de manière ostentatoire le luxe et le faste de sa cour en portant des soies et des velours pourpres. En fait, il s'agissait d'une excellente imitation de la couleur réservée aux empereurs romains, extraite du murex. Le coût de la pourpre était devenu prohibitif : pour obtenir un gramme de ce colorant, il fallait sacrifier dix mille mollusques. Après la chute de Byzance, le pape Paul II avait décidé, en 1467, que les robes cardinalices seraient désormais teintes à la cochenille, infiniment moins chère et, depuis la découverte des Amériques, si répandue qu'elle se retrouvait jusque dans les maisons bourgeoises modestes.

Comme nous l'avons vu, des sommes astronomiques furent acheminées à Rome, projetant de l'Église l'image d'un monstre insatiable qui engloutissait les richesses de la chrétienté. La mort avait interrompu les efforts de Léon X, mécène et humaniste accompli, qui avait désiré conclure une entente avec les réformateurs. Son successeur, Hadrien VI, un Hollandais d'Utrecht, ne régna que peu de temps. Il fit place à Clément VII, qui allait devoir couronner Charles Quint en 1530 à Bologne, et dont les alliances politiques furent aussi désastreuses que son manque d'habileté diplomatique. Là où son cousin aurait sans doute trouvé une solution dans une question assez banale, il se montra intransigeant et refusa de prononcer le divorce du roi Henri VIII d'Angleterre avec Catherine d'Aragon qui ne lui donnait pas le fils tant espéré. Le roi répondit à son tour par le schisme et la fondation de l'Église anglicane. C'est ce pape qui célébra à Marseille le mariage de sa nièce et pupille Catherine, âgée de quinze ans, future reine de France, avec Henri, duc d'Orléans. Les Français ne pouvaient refuser ce parti, même s'il s'agissait de l'arrière-petite-fille de banquiers roturiers, issus probablement de la plèbe florentine. Catherine apportait dans ses coffres une dot de cent mille ducats. Elle pouvait justifier son lignage par le grand nom de sa mère française, Madeleine de La Tour d'Auvergne.

*

Nous avons vu avec quelle légèreté les Confédérés vendaient leurs services comme mercenaires dès qu'il fallait renflouer les caisses. À la solde du roi de France, Niklaus Manuel participa comme *Reyslouffer* à une nouvelle expédition en Italie du nord. Le terme est une contraction de l'allemand *Reise* et *Läufer,* littéralement « coureur de voyage », dans la graphie du temps. Le 27 avril 1522, les troupes franco-suisses subirent une défaite terrible à Bicocca ; Manuel écrivit peu après une chanson portant le nom de cet événement, chanson qui devint célèbre dans toute la Confédération. En même temps, sans doute dégoûté par la sauvagerie du carnage, il adressa d'Italie une requête au gouvernement bernois pour obtenir un poste de fonctionnaire dans l'administration de la ville. Mais sa demande d'emploi fut rejetée. Malgré ce refus, il allait poursuivre dans cette voie, car les différends entre la bourgeoisie de certaines villes confédérées et l'Église s'accentuèrent rapidement, surtout après la mort du cardinal Matthäus Schiner, l'un des meilleurs diplomates de la Curie, disparu lors d'une épidémie de peste noire à Rome.

Avec les commentaires qu'il avait inscrits en bas des panneaux de la *Danse macabre* et par l'immense succès de la *Chanson de Bicocca,* Niklaus Manuel s'était découvert un nouveau talent : dorénavant, il allait se faire connaître par le verbe. Pour le carnaval de 1523, il composa deux pièces de théâtre qui connurent un grand succès, *Du pape et de ses prêtres* et *De l'opposition entre le pape et le Christ.* Citons quelques vers de la première :

« Ô pape, pape, combien tu t'es égaré !

Tu es un loup, pas un berger

Tu es complètement aveuglé

Tu es, je crois bien, le véritable antéchrist [...]

Pourquoi ne protèges-tu pas la foi des chrétiens

Puisque tu voles le monde entier ?

Où sont maintenant les sommes énormes

Que tu as extirpées des fidèles ? ».

Sa prise de position sans retenue, la violence du propos, sa popularité et le soutien de sa belle-famille ont probablement contribué à lui valoir rapidement le poste de bailli. En effet, de 1523 à 1528, Manuel et Katharina habiteront au château d'Erlach. À partir de cette date, l'ajout « dit Deutsch », ou Dütsch ou Tütsch, selon le bon vouloir des historiens et scribes en place à Berne, n'était plus nécessaire ; le peintre devenu haut fonctionnaire et écrivain avait fait ses preuves comme citoyen digne de la ville-État. Comme le montrent les documents, lettres, règlements qui nous restent de cette époque, il s'était parfaitement intégré à la société bernoise. C'est à Erlach qu'il reçut, en 1527, la nouvelle que son ami Urs Graf était mort à Bâle. Albrecht Dürer, qui venait de terminer ses quatre apôtres

231

par lesquels il prenait subtilement le parti de la Réforme, disparut un an plus tard.

*

Le 29 janvier 1523 se déroula la première discussion publique sur l'introduction de la Réforme à Zurich ; le mouvement réformiste l'emporta, tandis qu'à nouveau des milliers de *Reyslouffer* se rendaient en Italie, cette fois à la solde de François Ier. Mais ce seront des années noires pour les mercenaires : le 25 février 1525, les troupes franco-suisses subirent une autre défaite devant Pavie. Dix années plus tôt, en 1515, François Ier avait battu les Suisses lors de la désastreuse bataille de Marignan, où, répétons-le, dix mille *Reyslouffer* avaient perdu la vie. En vain, le roi français s'était présenté en 1519 comme candidat à la tête de l'Empire germanique. L'immense fortune des Fugger et des Welser, les plus puissants banquiers en Occident, dont la richesse dépassait de loin celle des Médicis, avait financé l'élection de Charles Quint (qui offrit aux Welser le Vénezuela en dédommagement, pays qu'ils exploitèrent jusqu'en 1546). Dans la guerre que le roi français mena par la suite contre l'empereur, François Ier fut fait prisonnier à Pavie et perdit Milan. Deux ans plus tard, en 1527, les armées franco-suisses, qui s'étaient rendues jusqu'à Naples, furent décimées par la peste, alors que les troupes impériales établissaient l'hégémonie espagnole en Italie et saccageaient Rome. Le plan de François Ier, qui visait à briser l'encerclement de la France par les Habsbourg, avait échoué.

Avec l'anéantissement de l'Église comme puissance séculaire – coup fatal pour la Renaissance italienne –, se mit en branle un processus qui allait changer le monde et détruire l'équilibre précaire entre l'Occident et l'Orient. À partir du 31 octobre 1517, l'Europe se trouvait à la croisée des chemins. Rome tenta

232

d'étouffer la Réforme : la terrible tempête des guerres de religion au cours des XVIe et XVIIe siècles bouleversa l'échiquier politique en Europe et provoqua le recul, puis la perte de l'influence des Églises sur la politique. L'essor fulgurant des sciences en Occident en est la conséquence directe. Ce qui devait être à l'origine une simple *disputatio* entre collègues se transforma en séismes qui allaient faire des millions de victimes et dont nous ressentons encore les chocs, cinq cents ans plus tard.

*

Niklaus Manuel s'était mué en un excellent administrateur doublé d'un habile diplomate dans les négociations de Berne avec les autres villes confédérées. Il manœuvra délicatement pour l'introduction de la Réforme dans sa ville natale. En 1525, la famille s'agrandit avec la naissance de son fils Hans-Rudolf, qui hérita du père une plume agréable et l'amour du pinceau. C'est à lui que nous devons la copie de la fresque *L'idolâtrie de Salomon* sur la façade de la maison Noll, en face de la cathédrale. L'original sera détruit en 1758 lors de travaux de rénovation. Son père ne peignait plus depuis longtemps ; parfois, il dessinait encore, mais il avait complètement abandonné son ancien métier. Le dernier tableau connu de lui est un autoportrait, daté de 1520, aujourd'hui au Musée de Berne.

Avec la naissance de Niclaus, en 1528, la survivance du nom Manuel était pleinement assurée. En tout, Katharina lui avait donné cinq enfants survivants, la preuve que la « nature » de son mari avait tenu ses promesses. Ce dernier fils sera un bon peintre sur verre et, comme son frère Hans-Rudolf, écrivain. Il deviendra également membre du Grand, puis du Petit Conseil, plus tard bailli, ce qui prouve à quel degré la famille était maintenant considérée « bernoise de plein droit ».

Tout le monde attendait avec impatience un événement que le gouvernement tarda pourtant à produire – Berne avait toujours pratiqué une politique prudente, parfois exaspérante dans sa lenteur pour les réformateurs. Enfin, du 7 au 26 janvier 1528 eut lieu à l'église des franciscains la *disputatio* et à sa suite l'immédiate introduction de la Réforme à Berne. Se produisit alors une explosion des ressentiments que les habitants nourrissaient depuis trop longtemps envers Rome. Le 28 janvier, rien qu'à la cathédrale Saint-Vincent, les vingt-cinq autels et leurs retables furent arrachés et brûlés, le trésor pillé, les bustes, reliquaires, calices, tous les objets en or et en argent fondus et transformés en monnaie. Nous savons que maîtres Tillmann et Manuel participèrent au « nettoyage » des églises bernoises. Une grande partie de l'œuvre religieuse des deux artisans venait d'être détruite ; de Tillmann, nous pouvons encore admirer quelques objets, dont un magnifique calice. De Manuel, le hasard et l'énergie déployée par le gouvernement de la ville, la fondation Gottfried-Keller et les musées des beaux-arts de Berne et de Bâle ont permis de retrouver au moins une fraction de son œuvre picturale qui avait échappé à la fureur iconoclaste.

La récompense pour l'ardeur politico-religieuse de Niklaus Manuel ne se fit pas attendre. Le 14 avril 1528, il fut élu membre du Petit Conseil, le 29 mai, membre de la cour de justice et, le 28 juin, « Ohmgeldner », ce qui fit de lui l'un des directeurs de la magistrature et responsable des impôts sur le vin. Le 7 octobre, il accéda au poste de *Venner* des tanneurs. Dès lors, il était l'un des hommes les plus influents de la ville.

Cependant, toutes ces fonctions et charges allaient épuiser le politicien et miner sa santé. En Suisse, la Réforme n'était pas acceptée partout, malgré les efforts d'Ulrich Zwingli, né dans la même année que Manuel, en 1484. Le prédicateur fut fortement influencé par les travaux du célèbre humaniste Érasme de

Rotterdam, établi à Bâle, qui avait produit une édition critique de la version grecque du Nouveau Testament. Nulle part il ne releva dans les Saintes Écritures la moindre indication du pape et de ses fonctions, aucune mention de la messe, des ornements dans les églises, du jeûne, de la confesse, des pèlerinages, de l'existence du purgatoire et, surtout, des indulgences.

Quant à Zwingli, il réduisit le service religieux à son expression la plus simple. Réaménagées selon ses ordres, l'intérieur des églises devait étonner, du moins au début, les fidèles par les murs dépouillés de tout ornement. Dans son langage hautement coloré, Zwingli soutenait que « tout ce brimborium n'est que de la merde ». Dorénavant, il n'y aurait qu'une simple table en bois dans une église nue. Fortement opposé au mercenariat, le prédicateur se fit non seulement des ennemis dans les régions qui en dépendaient, mais il sema la discorde entre réformés et ceux qui ne voulaient pas abandonner l'ancienne religion. Zwingli poussa le luthéranisme à une austérité que seul Calvin, un autre réformateur, cette fois d'origine française, allait dépasser plus tard à Genève. Tout nous indique combien Manuel appréciait Zwingli, mais qu'il n'aimait guère son caractère inflexible. Lors d'une autre *disputatio* à Bade, en 1526, les catholiques avaient mis Zwingli au ban. Dans sa célèbre discussion avec Luther, tenue en 1529 à l'université de Marbourg, Zwingli se montra intransigeant, revêche, injurieux. Il trouva la mort lors de la bataille de Kappel, en 1531, remportée par les catholiques sous le commandement de Lucerne.

*

Niklaus Manuel, qui avait toujours évité de se jeter dans la mêlée, acquit près d'Erlach un vignoble, des terres et des pâturages. La Réforme lui procura ce que l'art n'avait pu lui donner : richesse et gloire. On peut présumer qu'il aura connu l'amour en agrandissant sa famille avec Katharina, de façon différente qu'avec Dorothea cependant, dont les traces se perdent à Bâle vers la fin de la décennie, tout comme celles de son fils Konrad. Aucun registre, en effet, ne mentionne un prédicateur du nom de Konrad Chind. Par ailleurs, une violente manifestation de la fièvre typhoïde, à Berne, tua Magdalena Manuel, troisième enfant de Katharina, née en 1524. Il est probable que Sophia, dont on se rappelle le génie médical, aura été emportée au cours de cette même épidémie, soit en 1526. Son décès n'a pas été enregistré dans les archives de la ville, parfois lacunaires dans ces temps mouvementés. Les panneaux du retable consacrés à saint Antoine portent clairement l'empreinte de son esprit et de son intelligence, ainsi que les pièces de théâtre contre les abus de Rome, datées de 1523. En 1525, Niklaus avait rédigé une autre satire dirigée contre l'Église, *Le marchand des indulgences* et, un an plus tard, des dialogues où les principes de la Réforme étaient débattues, *Barbali* et *Le voyage à Bade d'Eck et de Faber*. Là, le peintre-écrivain mit en scène le célèbre Dr Eck qui avait confronté Luther. Le lecteur perçoit toujours dans ces œuvres l'esprit de Sophia ; elle ne pria peut-être pas assez sainte Barbe ou saint Achatius qui avaient pourtant sauvé la vie du père de maître Tillmann quand la peste avait frappé Bâle pendant le concile, en 1431. Efficace, bien que restant dans l'ombre, Sophia, jusqu'à la fin de sa vie, aura encouragé et soutenu son beau-frère.

Quelques années plus tard, vraisemblablement en 1528 ou en 1529, le père de Manuel mourut. Le plus beau legs de l'apothicaire et marchand de tissus aura été la somme des connaissances qu'il avait transmises à son fils et la volonté de se créer une place de choix dans la société bernoise, qui finira par accepter ce descendant d'un *Walch* comme un des siens.

*

Deux dessins de la main de Niklaus Manuel, datés de 1527, portent sur des sujets directement issus de la Réforme, *Le roi Josias fait détruire les idoles*, ainsi que *Le Christ et la femme adultère*. Sur le côté droit du premier, les flammes engloutissent statues, bustes et plaques commémoratives, tandis que le côté gauche nous montre le roi, baigné de lumière. Ce dessin a été transposé sur verre, peut-être par Joseph Gösler ; le vitrail se trouve dans l'église de Jegenstorf. Il est important de noter qu'au centre de la scène se tient un jeune homme athlétique qui vient de fracasser une colonne avec une énorme hache. Il est impossible de ne pas se rappeler immédiatement les scènes de décapitation qui avaient tant hanté le peintre. Cependant, les deux compositions d'un équilibre précaire sont exécutées rapidement, surtout celle qui représente le Christ et la femme adultère. Si ces dessins nous apportent encore la preuve du long métier et de l'expérience du peintre, il faut admettre que ses personnages affichent des poses, des mouvements connus, mais n'apportent pas de nouvelle dynamique : les temps où il dessinait pour vivre étaient révolus.

Se sentant affaibli par ses obligations, Manuel entreprit du 22 juillet au 12 septembre 1529 une cure à Bade où il participa à des rencontres avec des représentants des villes confédérées. Il y renoua avec Joachim von Watt, plus connu sous le nom de Vadianus, médecin, humaniste et ardent réformateur, ami de Zwingli. Manuel le pria d'intervenir pour que certains écrits dans lesquels il vilipendait l'Église catholique et qu'il avait envoyés au prédicateur zurichois lui soient rendus, car il les jugeait désormais exagérés et compromettants. Le diplomate en lui tendait vers la conciliation, la sagesse et l'union du pouvoir des villes-États confédérées, vertus que son Pâris avait rejetées. Ses premières interventions dans l'évolution de la Réforme étaient certainement basées sur des ressentiments véritables ; en même temps, il saisit l'occasion de faire valoir son talent inné et les compétences qu'il avait pu développer dans le domaine de la politique. Cette clairvoyance, il la possédait déjà quand il avait qualifié Pâris de « fol », grâce aux commentaires éclairés de sa belle-sœur.

*

Le 28 avril 1530, le peintre-poète-écrivain-diplomate mourut à Berne. Il était âgé de quarante-six ans. Nous dirions aujourd'hui qu'il est mort jeune. Mais son ami Urs avait disparu à peu près à la même époque, Ghirlandajo est décédé à quarante-cinq, Raphaël à trente-sept ans, Léon X à quarante-six, au même âge que Manuel, qui l'avait tant vitupéré dans ses pièces sans connaître les mérites indéniables de ce pape. Dès le lendemain, Niklaus Manuel fut remplacé au Petit Conseil par Peter Stürler, le fils de Hans Stürler, le même qui avait commandé la scène de la béguine dans le neuvième panneau de la *Danse macabre*. Cette hâte n'a rien d'étonnant, puisqu'il s'agissait d'un des postes administratifs les plus importants de la ville.

Quant au destin de sa femme Katharina, les archives de la ville ne nous informent pas de son décès, tout comme cela avait été le cas pour sa sœur. Nous pouvons avancer que « Kätherli » a été une femme robuste, énergique, pleine de vitalité. À la mort de son mari, leurs fils avaient dix, cinq et deux ans. Il est bien possible qu'elle ait vécu longtemps encore et fait jouer ses relations afin d'aider Hieronymus, Hans-Rudolf et Niclaus dont les carrières laissent supposer la présence de femmes fortes de la trempe d'une Katharina.

Par contre, nous connaissons la date du décès de la mère de Niklaus Manuel, Margaretha Fricker. Âgée de dix-sept ans quand naquit son fils illégitime, elle allait mourir octogénaire, le 1er mars 1547. Sa petite-fille, « Margot », épousa Vincenz Daxelhofer, un brave garçon bernois, le 22 mars 1534.

*

Le Jugement de Pâris fut un sujet immensément populaire. À ce jour, plus de quatre cents interprétations de cette allégorie ont été répertoriées. La commande du conseiller Brunner n'avait donc rien d'extraordinaire ; il suivait la mode. Pour la plupart, des *Tüchle* comme celui de Manuel, très prisés au début du XVIe siècle, ont été peints à bas prix dans les Flandres et destinés au marché italien. Imitant des gobelins coûteux, ils donnaient aux maisons bourgeoises un vernis de luxe, emprunté aux demeures des aristocrates. Peints rapidement, sur des supports peu durables, seuls de rares exemplaires nous sont parvenus.

Dans le genre, la toile de Niklaus Manuel est un exemple typique. Cependant, elle connut une fortune singulière : selon toute vraisemblance, des membres de la famille bâloise Amerbach, descendants de l'imprimeur Johann Amerbach et célèbres collectionneurs d'œuvres d'art, avaient acquis le *Tüchle* des Brunner, ainsi que le *Pyrame et Thisbé,* comme l'indique l'inventaire de leur collection, établi en 1586. Plié en quatre, puis oublié au fond d'un coffre, le *Tüchle* en subit les conséquences. En effet, les pigments contenant de l'acide avaient détruit une partie de la toile, comme le craignait l'apprenti Melchior dont les traces se perdent après 1522. Cependant, les personnages eux-mêmes avaient en grande partie été épargnés à cause des pigments neutres utilisés par le peintre. Au XVIIIe siècle, on tenta de sauver la toile en la collant sur une autre en coton, beaucoup plus fine que celle de l'original, en lin. De plus, on recouvrit les parties manquantes d'une couleur brun foncé, surtout entre Minerve et Junon, ainsi qu'au-dessus de leur tête, masquant en même temps les inscriptions. Déjà à la fin du XVIᵉ siècle, les armoiries des Brunner ainsi que celles des Schwanden avaient été cachées. Finalement, le pied de Vénus et la main de Pâris furent « corrigés » plusieurs fois.

Au cours des derniers travaux de restauration, la toile a été fixée sur une planche en bois aggloméré, tendue de coton. La surface fut nettoyée, les pigments régénérés, la couche de peinture couvrant les armoiries enlevée, des retouches ponctuelles appliquées dans des secteurs importants pour le spectateur, tandis que d'autres, anciennes, furent supprimées, comme celles qui avaient été faites à la main de Pâris, au pied de Vénus, à la tête de Junon.

En tournant à gauche, en haut du grand escalier central du *Kunstmuseum* de Bâle, le regard du visiteur tombe directement sur *Le Jugement de Pâris,* qui se trouve en pleine lumière, au bout du corridor. Les personnages, presque grandeur nature, sont si vivants qu'ils semblent vouloir se détacher de la toile pour venir nous parler.

Remerciements

Faire « parler » les personnages d'un tableau et les situer dans leur contexte historique n'est possible que si plusieurs facteurs se conjuguent : la passion pour l'époque, la rencontre avec ceux et celles qui la connaissent bien, les experts en peinture.

Ce livre est grandement redevable à l'ancien conservateur du *Kunstmuseum* de Bâle, le Dr Stephan Kemperdick, aujourd'hui à Berlin. Sa disponibilité, ses conseils éclairés, sa finesse d'observation m'ont ouvert les yeux sur des détails de ce *Tüchle* que nous avons examiné au cours d'un long après-midi, sur place. Ses commentaires m'ont fait apprécier la technique de la peinture dite *a tempera* et mieux connaître le marché de l'art et la vie des artistes au nord des Alpes au moment où leur métier était fortement menacé avec la disparition, dans les pays réformés, de leur principal employeur, l'Église catholique. Pour en savoir davantage, je me suis donc engagé sur des voies dont je ne connaissais que l'essentiel, comme celle du monde complexe des pigments utilisés à l'époque et le côté technique de la peinture à l'œuf. Les indications et les références à ce sujet qui m'ont été données, au cours de nos discussions, par Laurence Molinas et Stéphane Savary, m'ont fait découvrir des pistes nouvelles. Mais il y avait d'autres chemins à explorer encore : la vie quotidienne de l'époque, la cuisine, la mode, sans oublier les pratiques religieuses, la justice, la petite et la grande Histoire en Europe.

Sans les travaux exhaustifs de chercheurs suisses sur l'œuvre et la vie de Niklaus Manuel, je n'aurais pu restituer l'évolution du peintre dans son temps : les travaux des Hans Christoph von Tavel, Hugo Wagner, Paul Zinsli, Hans Rudolf Lavater, Walter Hugelshofer, Max Huggler, Ulrich Im Hof, Heinz Matile m'ont été d'un grand secours, ainsi que l'outil incontournable pour mieux connaître Niklaus Manuel, le catalogue monumental de l'exposition de 1979, organisée par le Musée de Berne, *Niklaus Manuel Deutsch. Maler, Dichter, Staatsmann.* J'ai eu beaucoup de plaisir à approfondir ma connaissance de la peinture au temps de la Renaissance en consultant à nouveau les essais et analyses de grands maîtres comme Erwin Panofsky, Ernst Gombrich, André Chastel, Kenneth Clark, Hubert Damisch, Nadeije Laneyrie-Dagen, Georges Didi-Huberman, Keith Moxey et, bien entendu, Jacob Burckhardt.

En terminant, je tiens à remercier chaleureusement Guy Boivin pour son aide précieuse quand il s'agissait de dénicher des textes rares ou difficiles à trouver. En même temps, toute ma reconnaissance et ma gratitude vont à Michèle Parrot, Marie Taillon, Gilles Pellerin et Sabrina Vervacke, dont l'amitié, la patience, sans oublier l'attention avec laquelle le manuscrit a été lu, ne se sont jamais démenties. Leur finesse d'observation et la longue fréquentation du texte littéraire m'ont aidé dans la recherche du mot qui convient, dans l'équilibre et le rythme de la phrase.

Romans parus à L'instant même :

La complainte d'Alexis-le-trotteur de Pierre Yergeau
L'homme à qui il poussait des bouches de Jean-Jacques Pelletier
Les étranges et édifiantes aventures d'un oniromane de Louis Hamelin
Septembre en mire de Yves Hughes
Suspension de Jean Pelchat
L'attachement de Pierre Ouellet
1999 de Pierre Yergeau
Le Rédempteur de Douglas Glover (traduit de l'anglais
    par Daniel Poliquin)
Un jour, ce sera l'aube de Vincent Engel (en coédition avec Labor)
Raphael et Lætitia de Vincent Engel (en coédition avec Alfil)
Les cahiers d'Isabelle Forest de Sylvie Chaput
Le chemin du retour de Roland Bourneuf
L'écrivain public de Pierre Yergeau
Légende dorée de Pierre Ouellet
Un mariage à trois de Alain Cavenne
Ballade sous la pluie de Pierre Yergeau
Promenades de Sylvie Chaput
La vie oubliée de Baptiste Morgan (en coédition avec Quorum)
La longue portée de Serge Lamothe
La matamata de France Ducasse
Les derniers jours de Noah Eisenbaum de Andrée A. Michaud
Ma mère et Gainsbourg de Diane-Monique Daviau
La cour intérieure de Christiane Lahaie
Les Inventés de Jean Pierre Girard
La tierce personne de Serge Lamothe
L'amour impuni de Claire Martin
Oubliez Adam Weinberger de Vincent Engel
Chroniques pour une femme de Lise Vekeman
Still. Tirs groupés de Pierre Ouellet
Loin des yeux du soleil de Michel Dufour
Le ravissement de Andrée A. Michaud
La petite Marie-Louise de Alain Cavenne
Une ville lointaine de Maurice Henrie
À l'intérieur du labyrinthe de Vincent Chabot

ACHEVÉ D'IMPRIMER
EN MARS 2008
SUR LES PRESSES DE MARQUIS IMPRIMEUR INC.
SUR PAPIER SILVA ENVIRO
100 % POSTCONSOMMATION